莎士比亚在中国

中国人的莎士比亚接受史

[日]濑户宏 著　陈凌虹 译

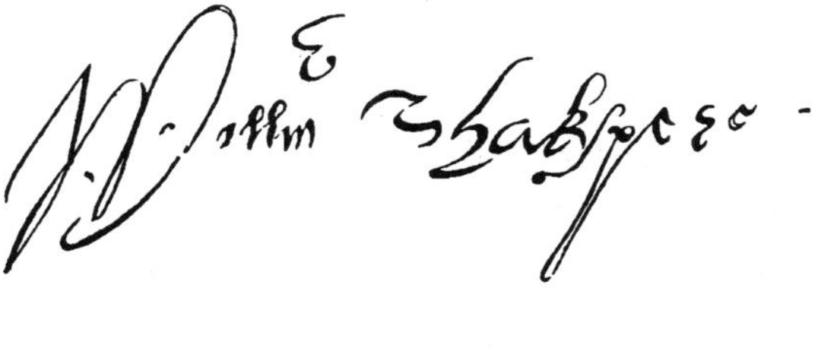

SPM
南方出版传媒
广东人民出版社
·广　州·

目 录

序章

中国的莎士比亚接受简史

中文里将Shakespeare译作“莎士比亚”。而关于西方事物的译名，例如贝克特的《等待戈多》是大陆的翻译，台湾地区则译为《等待果陀》。

1949年以后，大陆和台湾地区在政治和文化上都产生了隔阂，20世纪90年代之前一直没有交流，在这个过程中不同的译名各自固定下来。不过，“莎士比亚”这个译名却一直都是统一的，因为在1949年之前这个译名早已得到公认。

笔者管见认为，中国接受莎士比亚的历史大体可分为三个阶段：

第一阶段，从清末到1919年“五四”新文化运动前后。莎士比亚作品被看作外国的传奇故事，在当时的文化土壤中按照当时对西方的理解进行了中国化改编；

第二阶段，从“五四”新文化运动到20世纪80年代后期。将莎士比亚看作另一个文化圈中的伟大杰作，努力在当时的文化条件下尽可能忠实地介绍其作品。在这一阶段中期，1949年中华人民共和国成立，社会发生巨变，中国人对莎士比亚的理解也发生了很大的变化，然而在接受莎士比亚的态度上基本未变；

第三阶段，从 1990 年林兆华导演《哈姆莱特》至今。以第二阶段为基础，再一次对莎士比亚作品进行新的、自由的诠释。

以上的阶段划分和本书附章《日本的莎士比亚接受简史》所进行的日本的接受史的划分依据了相同的观点。[1]

I

第一阶段 1

中国正式接触西方社会和文化始于 1840—1842 年鸦片战争失败后被迫打开国门时，而莎士比亚这个名字传入中国也是在鸦片战争后。一般认为最早将莎士比亚介绍到中国的是西方传教士，1856 年在上海出版的由英国传教士翻译的《大英国志》里将莎士比亚翻译为“舌克斯毕”。然而根据近年的研究，这个时间可以追溯到 1844 年（本书第一章中详述），比日本晚三年。

随后，莎士比亚的名字不断出现在欧美传教士们在中国出版的著述中，然而外国传教士的介绍在封闭的中国文化土壤中并没有产生太多的影响力。19 世纪后半叶，中国兴起洋务运动，为了学习外国先进技术振兴产业，清政府实施了一系列举措并取得了一定的成果。然而洋务运动仅重视技术的引进，而忽略了技术背后的文化因素，因此并没有给中国的思想文化界带来影响。

1. 孟宪强《中国莎学简史》将中国接受接受莎士比亚的历史分为六个阶段：1. 发轫期（1856—1920）、2. 探索期（1921—1936）、3. 苦斗期（1936—1948）、4. 繁荣期（1949—1956）、5. 崛起期（1978—1988）、6. 过渡期（1989—）。

对中国人的精神世界产生影响的莎士比亚介绍必须由中国人自觉的行动来完成，这始于鸦片战争结束的五十年后，即1894—1895年的甲午战争战败后。败给东方的“蕞尔小国”日本，在此冲击下，中国出现了一批率先觉醒的人，他们意识到学习外国思想文化并进行改革的必要性。

梁启超

梁启超（1873—1929）是提倡模仿明治维新，在中国建立立宪君主制国家，推行维新变法的代表性人物。1898年，戊戌政变在慈禧太后等清廷保守派的镇压下失败，梁启超被迫流亡日本，在横滨创办《新民丛报》，成为中国新文化运动的先驱。梁启超同样在中国的莎士比亚接受史中留下了重要的足迹，“莎士比亚”这一译名即始于他。当然，严复、鲁迅等人也在20世纪初提及过莎士比亚。

这些提及不过是简单的介绍，而第一次把莎士比亚作品的具体内容介绍到中国的正是1903年出版的《澥外奇谈》（上海达文社）。该书选取查尔斯·兰姆（Chales Lamb）《莎士比亚故事集》里的十篇，以文言文翻译而成，译者至今仍不得而知。而比此书更重要的是1904年出版的林纾、魏易合译《吟边燕语》，即《莎士比亚故事集》的全译本。

林纾（1852—1924）不懂外文，却谙于文言，他将助手口述的内容翻译成流畅的文言文，每一篇均加以中国古典小说式的篇名。例如《威尼斯商人》译为《肉券》，《哈姆雷特》译为《鬼诏》等。除了《吟边燕语》，林纾还翻译了大量西方小说，这些小说被称作“林译小说”，畅销于清末民初的中国。

《吟边燕语》也从出版到20世纪30年代，几经再版。关于林纾的翻译以及《吟边燕语》的意义请参看本书第一章和第二章。

林纾在辛亥革命后的1916年，又翻译了《理查二世》和《亨利四世》等莎士比亚的历史剧，这些作品也都翻译自英国出版的莎士比亚作品改编的小说，而非莎士比亚作品的翻译。和《吟边燕语》不同，它们都没有在舞台上演出过。

《吟边燕语》出版后过了七年，1911年辛亥革命推翻了清王朝，1912年亚洲最早的共和国中华民国诞生了。从辛亥革命前后到20世纪10年代前半期，文明戏，或称“早期话剧”这一戏剧样式以上海为中心繁荣起来。[2]喜欢戏剧的日本留学生在东京受到日本新派剧和文艺协会的影响创立了春柳社，春柳社1907年演出的戏剧传到上海，开启了上海文明戏发展的序幕。

文明戏属于台词剧，这一点和话剧相同，但因其保留了很多传统戏剧的遗留物，和话剧相区别，今天称其为早期话剧。文明戏的特色在于大部分演出都不使用完整的剧本，演员靠一张叫做“幕表”的情节梗概即兴发挥，每日更换剧目。翻看保存至今的文明戏幕表，《吟边燕语》的二十篇故事基本都被改编成文明戏演出过。中国观众正是通过《吟边燕语》改编的文明戏认识了莎士比亚。其中最受欢迎的是《肉券》，该剧的详细幕表今天仍然可

2. 关于文明戏的具体研究请参看濑户宏《中国话剧成立史研究》（陈凌虹译），厦门大学出版社，2015年。

以看到。

文明戏的演出不过是把兰姆改编的故事进行了戏剧化的处理，且没有完整的剧本，再加上当时中国人对于莎士比亚的理解还不充分，严格说来，这些演出并非正式的莎士比亚作品演出。他们只是将莎士比亚作品当作外国的传奇小说，再根据中国式的思维加以自由的改编。

辛亥革命作为打倒封建势力的民主革命是很不彻底的，革命后封建残余仍根深蒂固地影响着中国，再加上军阀割据，中华民国远非一个统一的国家。文明戏也受此社会状况的影响，渐渐向商业主义屈服。

II 第二阶段

2

以1915年创刊的《新青年》(创刊时称《青年杂志》)为舞台，1917年由胡适、陈独秀等开启的新文化运动给中国文化带来了整体性的变革，自此，今天所谓的中国的现代文化诞生了。新文化运动和1919年的五四运动结合在一起，向全国范围内传播，中国的近现代戏剧——话剧也在新文化运动中应运而生，并在20世纪20年代确立下来。胡适曾在1917年发表的《建设的文学论》中提出莎士比亚是值得学习的西方作家之一。[3]

不是莎士比亚作品的梗概或小说体的完整翻译也出现自五四运动后。

1921年田汉翻译了《哈孟雷特》，第一幕发表在《少年中国》2卷12期上，翌年发行了全译本。田汉

3. 见胡适《建设的文学革命论》，原载1918年4月《新青年》第4卷第4号。

（1898—1968）是中国著名的剧作家、戏剧活动家，有代表作《关汉卿》等，还是新中国国歌《义勇军进行曲》的作词人。田汉 1911—1920 年期间留学于东京高等师范学校，其莎士比亚作品的翻译有可能参照过日译本，因为译文明显保留了日文影响的痕迹。[4] 田汉的出现表明了一个事实，即经历了五四新文化运动后，中国已经开始从本质上去理解并接受西方文化了。田汉的翻译采用了散文体，成为以散文体翻译莎剧的先声。继《哈孟雷特》后，他还翻译了《罗蜜欧与朱丽叶》，第一幕至第五幕分别刊登在《少年中国》第四卷（1924 年）第一期至第五期上，随后发行单行本。

田汉

贯穿整个 20 世纪 20 年代，莎士比亚作品在中国逐渐被翻译介绍，例如《罗密欧与朱丽叶》、《裘力斯·凯撒》、《皆大欢喜》、《威尼斯商人》等。此时，中国人把莎士比亚看作一个浪漫主义的诗剧作家。

关于演出，继 20 世纪 10 年代的演出后，文明戏剧团在笑舞台等剧场演出了改编自《吟边燕语》的莎士比亚作品。而刚刚确立的中国现代话剧界，似乎还无法驾驭莎剧，并没有相关的演出记录。“五四”时期，学校演剧曾尝试演出过莎剧，但规模太小，报章上仅介绍过剧名和举行演出的事实，没有演出内容的具体报道。

在舞台上演出完整的莎剧要等到 1930 年 5 月，由上海戏剧协社公演的《威尼斯商人》（顾仲彝翻译、应云卫导演）。这次公演是在当时的文化环境里，尽最大的努力完整而忠实地再现莎剧，没有随意的改编，是中国首次正

4. 朝鲜最早的《哈姆雷特》译作“玄哲《哈姆雷特》”（1923）也是根据坪内逍遥的日译版翻译而成。参见荒井良雄、大场健治、川崎淳之助主编:『シェイクスピア大事典』（日本図書センター，2002 年，515 页。

式演出莎士比亚作品，在中国接受莎士比亚的历史中具有重要的意义（本书第三章详述）。

II
第二阶段
3

进入20世纪30年代，由于蒋介石1928年结束了北伐，基本统一了中国，此时中国迎来了一个相对和平的年代。虽然也受到世界经济危机的冲击，但现代文化以上海等沿海的大城市为中心开始繁荣起来。此时在接受莎士比亚作品方面也发生了大的变化，出现了系统的、有计划地介绍莎士比亚的动向，并最终翻译出版了莎士比亚全集。

30年代，在世界经济危机和苏联社会主义建设发展的影响下，左翼艺术运动也发挥了很大的时代影响力。其中，翻译介绍莎剧的人才多为英美留学归国者或与英美国家有很深渊源的教会大学毕业生，他们和左翼艺术运动保持着距离，有时甚至处于敌对关系中。此时对莎士比亚的理解受到同时代英美的影响，认为莎士比亚作品并不包含特殊的信息或主义。

梁实秋

30年代到40年代，出现了直至21世纪的今天仍然是中国莎士比亚翻译史中的两位代表性人物——梁实秋和朱生豪。

梁实秋（1903—1987）本籍浙江，生于北京，1915年考入清华学校，大学也毕业于清华。1923年留学美国，先入科罗拉多大学，1924年转入哈佛大学学习比较文学。接受了美国式教育的梁实秋1926年回国后执教于东南大学（现在的南京大学）、青岛大学（现在的山东大学）、北京大学等，1927年和胡适、徐志摩、闻一多等创办《新月》杂志。《新月》是追求艺术至上的文学杂志，梁实秋等人也被称为“新月派”，和鲁迅等左翼作家展开了激烈的论战。这段经历长期以来一直影响到中国对梁实秋的评价。

梁实秋对莎士比亚的评价集中体现在：“莎士比亚的作品是表现基本的、普遍的人性。”[5] 他还指出“莎士比亚作品中之讽刺的成分是有的，他的讽刺是向人性的缺陷及社会的不公道而发，这其间并无阶级的限制。任何伟大作家，对于人间疾苦都不能没有深厚的同情，然而他们的胸襟是廓大的，他们的同情是超阶级的。”[6] 反对片面截取莎士比亚的台词，认为莎士比亚轻视平民或攻击资产阶级。

梁实秋30年代开始从事莎剧翻译，契机是胡适就任中华教育文化基金编译委员会主任。胡适召集了梁实秋、陈通伯、叶公超、徐志摩、闻一多五人，成立了莎士比亚全集翻译委员会，闻一多任翻译委员会主任。他们计划五个人合作，每人每半年翻译一部作品，其他四人校阅，利用五到十年的时间完成全集的翻译。

然而，天有不测风云，英国文学专家、诗人徐志摩（1897—1931）1931年在飞机事故中丧生，刊登在《新月》上的《罗米欧与朱丽叶》拔萃（第二幕阳台一场）[7] 成为其遗作。而其他人对莎剧翻译没有太多的兴趣，最终

5. 收录于《莎士比亚之伟大》（《北平晨报·文艺》第11期，1937年3月22日）、《梁实秋文集》第8卷，鹭江出版社，2002年，660页。

6.《关于莎士比亚》（《自由评论》1935年第9期）；《梁实秋文集》第8卷，鹭江出版社，2002年）

7.《罗米欧与朱丽叶》（《新月》第4卷1期·志摩纪念号），这一期为徐志摩的追悼纪念号。

由梁实秋一人完成了系统的翻译。1939年前，梁实秋发表了《威尼斯商人》《奥赛罗》《如愿》、《李尔王》《马克白》《暴风雨》《哈姆雷特》，与此同时，还在报章杂志上刊登了一系列莎士比亚研究论文。

梁实秋的莎剧翻译因为1937年爆发的抗日战争而暂停，随着抗战的胜利，翻译又得以继续。1949年梁实秋选择迁往台湾，在省立师范学院（1955年改为台湾师范大学）一边执教一边继续翻译，最终在其个人的努力下翻译完成了37篇莎士比亚剧作，集结为《莎士比亚戏剧全集》，于1967年在台湾出版。翌年，莎士比亚诗歌翻译集也得以刊行。在汉语世界中，独自完成莎士比亚全作品翻译的仅梁实秋一人。

朱生豪、宋清如夫妇

由于梁实秋逃往台湾，在1953年出版的《毛泽东选集》第三卷《在延安文艺座谈会上的讲话》（日本称《文艺讲话》）的注释里，被批判为“他在长期中宣传美国反动资产阶级的文艺思想，坚持反对革命，咒骂革命文艺”，因此梁的翻译在大陆并没有发挥影响力。“文革”结束后，大陆实行改革开放政策，对梁实秋也进行了重新评价。1990年出版的《毛泽东选集》第二版里的注释，改为简单介绍其生平。2002年，《梁实秋文集》十五卷本由厦门鹭江出版社出版，此后在大陆还有其他版本出版。[8]

大陆的研究者是这样评价梁实秋的：“梁实秋在译莎时尽量遵循原文，亦步亦趋、忠实而委婉，译笔准确明快、信实可靠。采用的是‘直译’的方法，给人的感觉是，梁实秋在译莎时不是写《雅舍小品》的散文家，而是

8. 中英对照《莎士比亚全集》（全40卷），中央广播电视出版社，2001年。

1978年版莎士比亚全集（1978年第一次印刷）照片。（朱尚刚先生提供）

一个严谨的学者。”[9]

中国最有影响力的莎士比亚翻译家是朱生豪（1912—1944）[10]，他生于浙江嘉兴，求学于杭州之江大学。之江大学是民国时期很有代表性的教会大学之一，中华人民共和国建国初期的1952年解体后并入浙江大学等。朱生豪在之江大学学习期间，参加文学结社并发表诗作，还遇见了随后成为其夫人的宋清如。他的英语能力和在之江大学的学习密不可分。

朱生豪1933年从之江大学毕业后，进入上海世界书局工作，担任编辑。在世界书局编集主任詹文浒的推荐下从1935年开始着手莎士比亚作品翻译。他在去世后才出版的《莎士比亚戏剧全集》（世界书局，1947年）译者自序中表达了自己对莎士比亚的看法：

9. 李伟民《中国莎士比亚研究》，重庆出版社，2012年，183页。

10. 朱生豪的生平主要参考了朱尚刚《诗侣莎魂 我的父母朱生豪、宋清如》（华东师范大学出版社，1999年）。

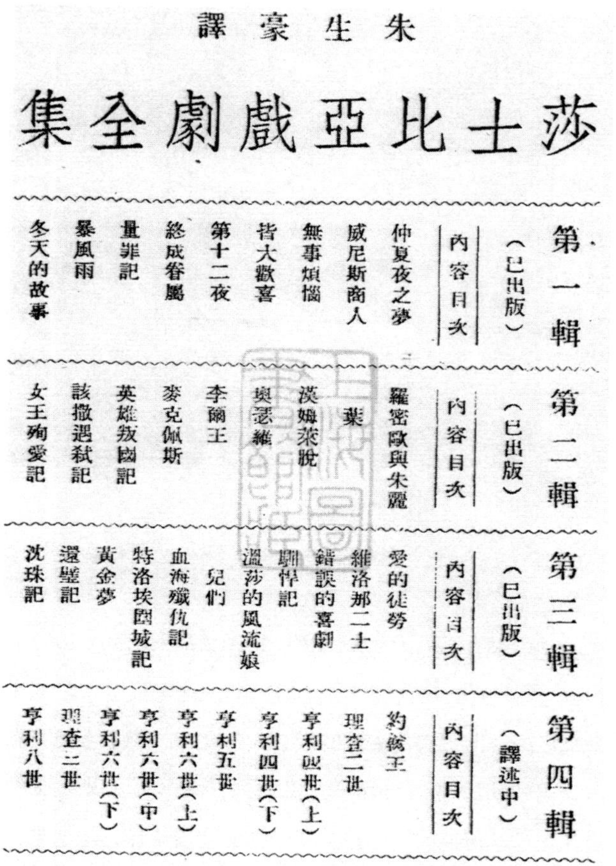

朱生豪譯

莎士比亞戲劇全集

第一輯（已出版）

內容目次

仲夏夜之夢
威尼斯商人
無事煩惱
皆大歡喜
第十二夜
終成眷屬
量罪記
暴風雨
冬天的故事

第二輯（已出版）

內容目次

羅密歐與朱麗葉
漢姆萊脫
奧瑟羅
李爾王
麥克佩斯
英雄叛國記
該撒遇弒記
女王殉愛記

第三輯（已出版）

內容目次

愛的徒勞
維洛那二士
錯誤的喜劇
馴悍記
溫莎的風流娘兒們
血海殲仇記
特洛埃圍城記
黃金夢
還璧記
沈珠記

第四輯（譯述中）

內容目次

約翰王
理查二世
亨利四世（上）
亨利四世（下）
亨利五世
亨利六世（上）
亨利六世（中）
亨利六世（下）
理查三世
亨利八世

世界書局發行

朱生豪译《莎士比亚戏剧全集》广告

莎士比亚之成就，实远在三子（荷马、但丁、歌德）之上。盖莎翁笔下之人物，虽多为古代之贵族阶级，然彼所发掘者，实为古今中外贵贱贫富人人所同具之人性。

故虽经三百余年以后，不仅其书为全世界文学之士所耽读，其剧本且在各国舞台与银幕上历久搬演而弗衰，盖由其作品中具有永久性与普遍性，故能深入人心如此耳。[11]

《曹译莎士比亚全集》封面

朱生豪 1937 年上半年已经翻译完成了《第十二夜》等九部喜剧，同年抗战爆发。战争中“越年战事发生，历年来辛苦搜集之各种莎集版本，及诸家注释考证批评之书，不下一二百册，悉数毁于炮火，仓卒中惟携出牛津版全集一册，及译稿数本而已”（《译者自序》）。随着日本和欧美各国进入全面战争，上海的租界不复存在。

1942 年，失业的朱生豪和宋清如结婚后由于厌恶在日本占领下的上海生活，举家迁回嘉兴老家，仅靠一间老屋的租金等微薄的收入维持艰辛的生活，同时专心于翻译莎士比亚作品。在其惊人的努力下，到 1944 年 4 月已经完成 31 部作品的翻译。虽然他计划完成所有的莎士比亚作品，但艰苦的生活一点点侵蚀着他的健康。

1944 年 12 月，年仅 32 岁的朱生豪病逝，翻译由此中断。未完成的六部作品是：《理查三世》《亨利五世》《亨利六世》（上、中、下）和《亨利八世》，均为历史剧。

在宋清如的努力下，朱生豪的翻译在抗战结束后的 1947、1948 年由上海世界书局出版了三卷本《莎士比亚戏剧全集》。《全集》收录了除历史剧以外的 27 部莎剧，第一集中收录译者自序、译者介绍（宋清如）、莎翁年谱，每一集都附有朱生豪执笔的提要。其中还提到未完成的历史剧正在翻译中，预计作为第四集出版。

11.《莎士比亚戏剧全集》第一辑，世界书局，1947 年。

1954 年版《莎士比亚戏剧集》

《莎士比亚戏剧全集》出版时正值中国通货膨胀、社会不安定时期，但两年后已经售完再版，预计共售出 7000 套。[12] 中华人民共和国建立后，作家出版社又于 1954 年 3 月发行了 12 卷本《莎士比亚戏剧集》，包含了朱生豪已经完成的四部历史剧在内，共收录 31 个作品。12 卷按顺序出版，第一至三卷出版印刷 1 万部，因为广受好评，从第四卷开始印刷册数增至 2 万。[13]

伴随着作品的出版，朱生豪的译本迅速在中国国内普及开来。1978 年，人民文学出版社发行了完整的 11 卷本《莎士比亚戏剧全集》，均依照朱生豪译本。当然，朱生豪在翻译时因受到各种条件的限制，出版后被指出一些误译，特别是喜剧作品有很多省略，[14] 因此1978 年的全集已由其他研究者进行了补正。

朱生豪不仅具备英美文学教养，同时对中国的古文也造诣颇深，他的译文被评价为“在翻译中善于典雅的、富于中国气派并符合民族欣赏习惯的适当语句，恰当地表达原作的精神，使译文流畅、生动，有很强的感染力，给人以美的享受”（周培桐执笔《中国大百科全书 · 戏剧卷》，1989）。也出于对其英年早逝的惋惜，至今中国国内对朱生豪翻译的评价仍然相当高。后文将会提到，在朱生豪之后，中国的很多学者也翻译过莎士比亚作品，不过在 21 世纪的今天，普通书店里出售的莎士比亚作品的一半以上仍是朱生豪译本。

在中国台湾地区，1957 年由台湾世界书局发行了朱生豪译、虞尔昌补译的全集。另外，最近还出版了保留

12. 朱尚刚《诗侣莎魂 我的父母朱生豪、宋清如》，华东师范大学出版社，1999 年。

13. 朱尚刚《诗侣莎魂 我的父母朱生豪、宋清如》，华东师范大学出版社，1999 年。

14.《莎士比亚全集》“前言”，人民文学出版社，1978 年。

朱生豪译文原文的版本。[15] 朱生豪在嘉兴的老家也被改建为朱生豪纪念馆对外开放。

民国时期的莎士比亚译者中，至今仍为大家所记起的还有曹未风（1911—1963）。他在抗战中最艰苦的条件下继续翻译，1944 年由中国大陆的贵阳文通出版社发行了《莎士比亚全集》，包括《尤李斯·恺撒》、《暴风雨》、《微尼斯商人》、《凡隆纳的二绅士》、《如愿》、《仲夏夜之梦》、《罗米欧与朱丽叶》、《李耳王》、《汉姆莱特》、《马克白斯》、《错中错》，共 11 个作品。

抗战结束后，曹未风又于 1946 年在上海出版了《曹译莎士比亚全集》。不过，曹的译作正如香港学者周兆祥批评的那样，"不论用来上演、阅读、研究，曹本都没有特别出色的效果"[16]，包含诸多缺陷，基本没有被舞台表演所采用过。

此外，从抗战到第二次世界大战期间，中国出版了十多种由不同译者翻译的莎士比亚作品，其中杨晦译《雅典的泰门》、曹禺译《柔蜜欧与幽丽叶》是属于较有代表性的。

15. 朱尚刚审订《莎士比亚戏剧朱生豪原译本全集》，中国青年出版社，2013 年。

16. 周兆祥：《汉译〈哈姆雷特〉研究》，香港中文大学出版社，1981 年。

II

第二阶段 4

从 20 世纪 20 年代到抗日战争期间的民国话剧史上，创作剧的演出活跃，外国剧的演出也选取问题意识较为明确的近代剧系列剧作，而莎士比亚作品的演出则较少。在一般剧团的演出中，1937 年 6 月上海业余实验剧团演出

国立剧专校旗（江安，笔者摄影）

《罗蜜欧与朱丽叶》（田汉译、章泯导演）、1944年成都神鹰剧团演出《罗蜜欧与朱丽叶》（曹禺译、张骏祥导演）、1945年《乱世英雄》（李健吾编剧、黄佐临导演，又名《王德民》，根据《麦克白》改编）以及国立剧专的演出。上海业余实验剧团的演出是莎士比亚作品的第一次大规模的商业演出，而神鹰剧团的演出中曹禺优美流畅的译文得到好评。

民国时期的莎剧演出中，不可不提的还有国立戏剧专科学校（国立剧专）的演出。本书第五、六章对国立剧专有具体的介绍，这是一所1935年在民国首都南京成立的国立的戏剧学校。成立之初定名为国立戏剧学校，1940年改为国立戏剧专科学校。抗日战争期间，国立剧专搬迁至四川江安，继续培养了众多的戏剧人才。从创立至关闭，担任国立剧专校长的一直是余上沅。抗战结束后，学校搬回南京，1950年，和从解放区转移到北京的鲁迅艺术文学院戏剧系、华北大学艺术系合并为中央戏剧学院。

余上沅（1890—1970）是留美派，也是《新月》派的成员之一。他尝试通过舞台演出把莎士比亚介绍到中国，因此在1937年6月国立剧专第一次毕业公演之际，选择演出《威尼斯商人》（梁实秋译），自己也参与了演出。由于是戏剧教育机构的演出，不用考虑成本收益，因此排练时间充分，演出同时还发行了《莎士比亚特刊》，举办了莎士比亚讲座等，与学术研究很好地结合到了一起。余上沅曾打算利用国立剧专的毕业公演演出

余上沅

所有的莎士比亚剧作，但随着抗战爆发，这个设想没有实现。除《威尼斯商人》外，国立剧专还在 1938 年 7 月演出《奥赛罗》（梁实秋译、余上沅导演）、1942 年 6 月演出《哈姆雷特》（梁实秋译、焦菊隐导演）、1948 年再次演出《威尼斯商人》（梁实秋译、余上沅导演）。在战争的影响下，尽管国立剧专的莎士比亚公演仅举行了四次，[17] 但在民国时期的分散的莎剧演出中，四次已经非常值得瞩目了。

余上沅铜像（江安，笔者摄影）

从抗战开始到结束后的国共内战期间，中国共产党在国民政府控制外的陕西省延安等中国内陆地区建立了解放区，解放区非常重视直接反映社会现实问题的创作剧以及苏联近代剧，对莎剧基本没有关注。1940 年至 1942 年，在中国共产党中央委员会所在地延安出现了“大戏热”，连续演出了国内外的多部大型剧作，其中却没有一部莎剧。这种倾向一直延续到中共成为执政党的中华人民共和国成立后。

从清末到民国时期，对莎士比亚作品的解读，例如作品评论以及相关小说、戏剧的创作都为数不多。原因在于此时期对莎士比亚的介绍不多，莎士比亚作品集直至 40 年代才得以出版。1942 年，郭沫若发表了剧作《屈原》，这是一部模仿《李尔王》的作品。屈原是战国时代楚国的宰相，主张连横抗秦，却不被愚昧的楚王及大臣所接纳，投身汨罗江而死。剧作以屈原为主人公，批判和讽刺了国民党政府不积极抗日，却将反共放在首位的策略。第五幕第二场里屈原有大段的独白表达内心的愁闷，

17.《哈姆雷特》公演与江安国立剧专比亚公演和重庆公演之间相隔半年，演员有更替，因此可以视作另外的演出。将《哈姆雷特》公演计算为两次，则国立剧专的莎剧演出次数应为五次。

这些独白很明显参照了《李尔王》。在此无法引用超长篇幅的台词，仅以开头的部分说明其风格特征。

风！你咆哮吧！咆哮吧！尽力地咆哮吧！在这暗无天日的时候，一切都睡着了，都沉在梦里，都死了的时候，正式应该你咆哮的时候，应该你尽力咆哮的时候！

尽管你是怎样的咆哮，你也不能把他们从梦中叫醒，不能把死了的吹活过来，不能吹掉这些比铁还沉重的眼前的黑暗，但你至少可以吹走一些灰尘，吹走一些砂石，至少可以吹动一些花草树木。你可以使那洞庭湖，使那长江，使那东海，为你翻波涌浪，和你一同地大声咆哮啊！[18]

II

第二阶段 5

1945 年抗战结束，而国共两党的矛盾逐渐表面化，内战爆发。国民党最初在物资方面占据优势，但政策的失误引起巨大的通货膨胀，腐败也使其渐失民意。1949 年共产党取得胜利，中华人民共和国成立了。1949 年到"文革"爆发的 1966 年，在共和国历史中被称为"十七年"，"十七年"和"文革"时期合在一起又被称为"毛泽东时代"。然而"十七年"和"文革"时期在文化方面有着极大的不同，因此本书将其和"文革"时期区分开来陈述。

新中国在文化方面迎来了新气象。"十七年"时期

18. 郭沫若《郭沫若剧作选》，人民文学出版社，1978 年，169 页。

中国接受莎士比亚的最大特征在于受到苏联的直接影响。新中国成立之初，向苏联学习是全国所向，从20世纪50年代开始便接受了苏联的高额援助，向苏联学习立国。

莫罗索夫

实际上，马克思和恩格斯曾在其著作中高度赞赏过莎士比亚。苏联也非常重视莎士比亚，相关研究和演出相当活跃。[19] 根据苏联社会主义文艺理论，苏联对莎士比亚进行了完全不同于英美等西欧各国的诠释。对莎士比亚的艺术造诣给予高度评价是相同的，不同在于苏联运用进步与保守反动相对立以及阶级斗争的历史观为基本理论，认为莎士比亚代表了16、17世纪英国社会的进步力量，莎士比亚也在作品中寄托了自己的理想。认为莎士比亚作品包含特定的含义、莎士比亚是一位反映社会现状的现实主义作家，这种诠释是不同于西欧各国的，即莎士比亚为代表的古典作品从"人民性"的角度被加以重新解读。"人民性"是社会主义文艺理论中的重要概念，苏联社会主义美学教科书对其进行如下的说明："反映人民大众的基本关心，成为劳动者为自由进行抗争的武器，拥有使各个时代最完整的首尾一贯的先进思想进一步发展的艺术力量"。具有"人民性"的作品是"在人民最终解放的道路上，促进社会进步的艺术"。[20]

这种解释也影响了中国。苏联的莎士比亚研究逐渐被介绍到中国，1953年莫罗佐夫《莎士比亚在苏联舞台上》[21] 被翻译并出版了两种版本，1957年阿尼克斯特《莎士比亚戏剧》出版。苏联学者的论文也被翻译介绍并发表在中国的杂志上。在此状况下，中国研究者也发表了

19. 莫罗索夫著、中本信幸译『シェイクスピア研究』(未来社、1961年),「ソヴェトの舞台におけるシェイクスピア」。

20. 苏联科学院研究所编、山村房次编译《马克思列宁主义美学的基础》第二分册，启隆阁，1975年，575页。

21. 莫罗索夫著、巫宁坤译《莎士比亚在苏联》(平明出版社，1953年)；莫罗索夫著、吴怡山译《莎士比亚在苏联舞台上》(上杂出版社，1953年)。

大量的莎士比亚研究论文。根据李伟民的调查，“十七年”时期在中国发表的莎士比亚研究论文有将近130篇，[22] 超越了整个民国时期。另外，《中国莎学简史》最系统地研究了清末至20世纪90年代的中国莎士比亚接受史，作者孟宪强在书中概括了“十七年”时期的莎士比亚研究。

这些论文都力图用马克思主义的基本观点分析莎剧（包括莎诗），这些莎评较多地运用了社会学的批评方法，着重研究了莎士比亚戏剧产生的历史背景，所反映的社会矛盾和阶级关系，重点揭示了莎剧对封建势力及资产阶级的揭露与批判以及莎剧中所体现出来的政治观、历史观、社会观、伦理观等思想内容，对某些问题也曾有过一些小规模的讨论，如怎样看待莎士比亚戏剧中的鬼魂迷信问题等。这些评论基本上是把莎剧视为现实主义杰作来进行研究的，充分肯定了体现于其中的人文主义思想，同时也指出了它的阶级局限性。[23]

例如，此时期研究莎士比亚的代表性学者卞之琳（1910—2000）在1964年这样评价《哈姆雷特》：

《哈姆雷特》所揭开的丑恶现实，实际上是英国资本主义原始积累时期封建关系和资本主义关系由新陈代谢而“新”旧合流的社会局面，这种局面原先是新的历史时期的前奏，后来就变成了旧的历史时期的尾声。这种现实的趋势，从历史剧、喜剧、前期悲剧里逐渐抬头和壮大起来，集中到因为邦家发生变故而从威登堡大学跑回来的哈姆雷特面前，就造成了一种突变的印象。他顿然觉得一

22. 李伟民《中国莎士比亚研究——莎学知音思想探析与理想建设》，重庆出版社，2012年

23. 孟宪强《中国莎学简史》，东北师范大学出版社，1994年，31页。该书虽为“简史”，却是至今为止最系统的中国莎士比亚接受史研究著作。

切都不合原来的理想，一切都敌视任何的理想。他要扭转乾坤，实际上无异于担当了当时具有实际价值的反封建主义和当时只有空想价值的反资本主义的双重任务，当然就力不从心。[24]

此时期也开展了对民国时期莎士比亚研究的批判。1955年，在最权威的戏剧杂志《戏剧报》上发表了徐述纶《清除莎士比亚介绍中的资产阶级思想》，文章指出"市侩文人梁实秋"，"从莎士比亚的艺术中抽走了巨大的社会内容、时代的精神、人民的理想和愿望、英国文艺复兴时期人文主义的精神，抹杀了莎士比亚艺术中的现实主义，胡说什么莎士比亚是'纯艺术'的代表，是'浪漫主义作家'、'绝对的天才'、'永恒的人性论者'等等"，"新中国成立以后，欧美资产阶级莎士比亚研究者的'学说'和观点，在一般大学文学教学和莎士比亚介绍研究当中还有这不容忽视的影响"，呼吁对此进行批判。[25]

莎士比亚作品的翻译出版也迎来高潮。除了《莎士比亚戏剧集》外，包括22种单行本在内，共出版34种莎士比亚作品。卞之琳、方平（1912—2008）、孙大雨（1905—1997）等发表了新的译作。在英语圈作家中，莎士比亚是出版最多的作家，数量超过民国时期。

和研究状况相反，"十七年"时期的莎剧演出为数寥寥。1942年毛泽东发表《文艺讲话》以来，直接在作品中描写现实问题的现实主义得到推崇。戏剧领域里，鼓励演出描写"阶级斗争"和社会主义建设现实的创作剧，

24. 卞之琳《莎士比亚戏剧创作的发展》，《文学评论》1964年第4期。

25. 徐述纶《清除莎士比亚介绍中的资产阶级思想》，《戏剧报》1955年第4期，44—45页。

1960 年中央戏剧学院版《罗密欧与朱丽叶》

和当下中国社会现实没有直接关系的莎士比亚作品演出基本被遗忘了。以下为“十七年”时期的所有莎剧演出：

中央戏剧学院《罗密欧与朱丽叶》(1956)
上海戏剧学院《无事生非》(1957)
北京电影学院《第十二夜》(1957)
上海电影剧团《第十二夜》(1959)
中央戏剧学院《罗密欧与朱丽叶》(1961)
上海青年话剧团《无事生非》(1961)
上海电影专科学校《十二夜》(1962)

新中国建立后，各省设立至少一个话剧团，从数量上看普及率远远超过民国时期。尽管如此，莎士比亚剧作品在学术研究方面有诸多的成果的发表，但在演出方面却明显遭受冷遇，连《哈姆雷特》也没有被演出过。

“十七年”时期演出莎剧的剧团主要是中央戏剧学院、上海戏剧学院、北京电影学院、上海电影专科学校等戏剧、电影的教育机构。前三次演出作为苏联援助的斯坦尼斯拉夫斯基体系集中训练班的结业公演，由苏联专家导演，演出遵循斯坦尼斯拉夫斯基体系。上海电影剧团、上海青年话剧团的公演是听说了集中训练班演出的相关评价后举行的。1961 年中央戏剧学院的《罗密欧与朱丽叶》公演是刚从苏联留学回国的张奇虹被分配到戏剧学院执教，由他执导了表演系学生的毕业公演，证明依靠中国人自己的能力也能上演莎剧了。这次演出中，罗密欧由当今中国的著名戏剧家林兆华扮演（和以扮演周恩来著名的演员王铁成共同分担），后来成为林兆华夫人的何炳珠女士（原中央戏剧学院副院长）扮演奶妈。以上介绍的莎剧演出均依照朱生豪译本。

值得注意的是，北京人民艺术剧院、中国青年艺术剧院、上海人民艺术剧院等著名的一般剧团在“十七年”期间完全没有演出过莎剧。虽然上海青年话剧团 1961 年演出《无事生非》、上海电影剧团 1959 年演出《第十二夜》，但上海青年话剧团是从上海戏剧学院附属剧团里独立出来的，上海电影剧团是上海电影制片厂的下属剧团，他们和由军队的文工团发展起来的一般剧团有着不同的成长历程。

在“十七年”时期接受莎士比亚的过程中，值得一提的还有 1958 年上海译制片厂将劳伦斯·奥利弗制作、导演并主演的英国电影《哈姆雷特》（1948）译制为《王子

《哈姆雷特》导演、主演劳伦斯·奥利维埃的铜像（笔者摄影）

复仇记》在全国公映。中国最有代表性的电影杂志《大众电影》1958年第16期（8月25日发行）刊登了卞之琳的影评《评英国电影〈王子复仇记〉》。[26] 这是一篇按照社会主义文艺理论写成的影评：

英国电影明星劳伦斯·奥利维埃，通过电影方式，导演和主演这出大戏，应算一个“壮举”。由于资产阶级唯心主义观点，结果成败参半。也就算难能可贵。

影评刊登之际正值“大跃进”时期，《大众电影》上也满载着相关文章。在这种状况中，影评没有全面否定

26. 卞之琳《评英国电影〈王子复仇记〉》，《大众电影》1958年第16期。

《哈姆雷特》值得我们注意。“文革”结束后，《王子复仇记》于1979年再次公映。后文会提到，传统戏剧演出《哈姆雷特》时常常使用《王子复仇记》这个剧名，这也源于该部影片的影响力。

1964年是莎士比亚诞辰400周年。然而1963年中苏论争表面化，中共公开批判苏共的修正主义，毛泽东反复发表谈话和指示，进一步强调阶级斗争的重要性。本来预定赶在莎士比亚诞辰400周年之际出版以朱生豪译本为基础编辑而成的中文版《莎士比亚全集》，虽然编辑工作已经结束，然而由于时代背景终究不能容许莎士比亚作品的出版。另外，也有计划演出莎剧的剧团，但最终都无法实现。

II 第二阶段

6

1966年开始的“文革”不仅是“十七年”时期思想倾向的归结点，更将其发展到了新的阶段。为了“防止资本主义的复活”，重视阶级斗争，严厉批判封建的和资本主义的要素，莎士比亚也成为批判的对象。即使以否定的态度批评莎士比亚，也会受到批判。因此“文革”期间没有一篇以莎士比亚为主题的论文，更不用说莎剧演出，就连阅读莎士比亚作品也必须做好被批判的心理准备。

中共认为资本主义在苏联复辟，批判苏共的修正主义，因此“十七年”时期炙手可热的苏联文艺理论同样遭

京剧《智取威虎山》

到批判。1969 年 11 月 7 日《人民日报》刊登了辛午的评论《英雄胸中有朝阳——赞光辉的无产阶级英雄典型杨子荣》[27]，旨在赞美革命现代京剧《智取威虎山》的主人公杨子荣，其中出现提及《哈姆雷特》的内容。该评价反映了“文革”期间中国的莎士比亚观：

“大家知道，英国文艺复兴时期有一个著名的戏剧家莎士比亚，他写了许多剧本，其中有一部叫作《哈姆莱特》。这部剧写的是丹麦王子哈姆莱特复仇的故事，主人公就是这个浑身渗透着剥削阶级世界观的王子。可是，现代修正主义的文艺评论家们却把这个王子吹捧成一个超阶级的‘人道主义者’，‘人民的思想感情的代言人’，说他‘反对生活中的一切不义行为’，说他‘寻求为正义而斗争的方法和手段’，如此等等。这真是海外奇谈！‘在阶级社会中，每一个人都在一定的阶级地位中生活，各种思想无不打上

27. 辛午《英雄胸中有朝阳——赞光辉的无产阶级英雄典型杨子荣》，《人民日报》1969 年 11 月 9 日。

阶级的烙印’，哪有什么超阶级的人道主义！处在王子这样一种剥削阶级地位的哈姆莱特，竟然能成为一个‘为正义而斗争’的‘人民的思想感情的代言人’，实在是荒诞无稽。事实上，《哈姆莱特》中尽情描写的，只不过是这个王子在复仇过程中的剥削阶级的变态心理，何尝有一丝一毫‘人民的思想感情’！现代修正主义的吹鼓手所以要这样做，就是为了抹杀对立阶级之间的阶级界限，麻醉和毒害劳动人民的心灵。其实，这些现代修正主义者自己的资产阶级党性是很顽强的，所谓的‘无党性论’，不过是他们向无产阶级进攻的一种武器和口号罢了！”

“十七年”时期得到肯定的《哈姆雷特》在这里完全被否定了，这种评价标准也被用到莎士比亚其他作品中。

“文革”结束后，1978 年 1 月 7 日《人民日报》刊登了北京图书馆（现中国国家图书馆）最近解禁了大量外国图书，欢迎读者前来阅读的消息，[28]《莎士比亚戏剧集》也在解禁书籍当中。这篇报道正好说明了“文革”期间不能在图书馆阅读莎士比亚作品的事实。

28.《狠批“四人帮”文化专政主义，“文艺黑线专政”论 北京图书馆开放多批中外图书》，《人民日报》1978 年 1 月 7 日。

II 第二阶段 7

1976 年 10 月“文革”结束，国家实行改革开放政策，莎士比亚在中国迎来了春天。

1977 年 12 月，朱生豪译《哈姆莱特》单行本由人民文学出版社发行，1978 年《莎士比亚全集》得以出

1978年版《莎士比亚全集》(1988年第2次印刷)

版。该全集为11卷本，补充了朱生豪未完成的六个历史剧，包含了长诗、十四行诗，是完整的中文译本。全集在“文革”前已经定版，然而直至1978年才得以出版，首印大概3万套。之后，包括方平译《莎士比亚喜剧五种》以及各种单行本等，新译莎士比亚作品陆续被出版。中央戏剧学院设立莎士比亚研究中心，专业的莎士比亚研究机构得以建立。1984年12月，作为莎士比亚研究团体，中国莎士比亚研究会成立大会在上海召开。曹禺被推选为第一任会长，江俊峰（上海戏剧学院副院长）担任秘书长，会址在上海戏剧学院。

中国的莎士比亚研究在“文革”后马上得以恢复的原因在于“十七年”时期的积累。同时也意味着“文革”结束后，“十七年”时期对莎士比亚的理解得到恢复和认可，1978年版《全集》的前言正表明了这一点。[29] 长达15页的前言，开篇就引用马克思、恩格斯的话，指出莎士比亚作品是“现实主义创作方法上的杰出成就”，在介绍莎士比亚生平和作品后，概括了莎士比亚作品的特征：

在欧洲文艺复兴时期，新兴的资产阶级还是一个正在成长中的革命阶级，有与封建的、宗教的黑暗势力做斗争的革命朝气。作为这一阶级的思想家和代言人的人文主义者，运用人道主义的思想武器来抨击封建的和宗教的世界观，不仅直接为资产阶级制造舆论，而且符合广大人民的愿望和利益，在历史上起过很大的进步作用。

莎士比亚的大部分戏剧，都是根据旧剧本、编年史

29. 根据徐馨《文学翻译现状亟待改观》(《人民日报》2004年11月12日)的说法，初版没有署名，再版署名为施咸荣。施咸荣为人民文学出版社编辑、翻译家，译作有《等待戈多》等。

或小说改写的，但在改写的过程中，作者注入自己的先进思想，给旧的题材以丰富而深刻的思想内容，赋予它们新的生命……

莎士比亚的戏剧从主题到人物刻画和细节描写，都放射出人文主义者反封建、反宗教的强烈思想光芒。在喜剧中，针对中世纪封建制度和禁欲主义的束缚，他尊重妇女，歌颂爱情，塑造出一系列理想化的资产阶级新女性的可爱形象，无情地揭露和批判封建暴政。[30]

赤裸裸地强调阶级斗争的论调已经消失无影，然而却可以读出“十七年”时期莎士比亚理解的延续。有研究者指出，认为莎士比亚代表进步势力，其作品中包含了反封建的要素这种观念在“文革”后仍然长时间占据着主流地位。[31]

让我们再来看看莎剧演出的情况。

20 世纪 80 年代的特点是莎剧演出数量突增，80 年代的中国在政治上依然和苏联保持对立，开放面向的是西欧各国，因此演出被认为是西欧最杰出的莎士比亚剧作当然没有问题。

最早的演出是 1979 年 1 月上海青年话剧团的《无事生非》。上海青年话剧团在“十七年”时期已经有过演出《无事生非》的经验，以此公演为契机，中国出现了一系列莎翁作品。随后是中央戏剧学院的《麦克白》(1980)、上海戏剧学院的《罗密欧与朱丽叶》(1980)。

30.《莎士比亚全集 1》，人民文学出版社，1978 年，9 页。

31. 李伟民:《中国莎士比亚研究——莎学知音思想探析与理想建设》，重庆出版社，2012 年。

上海戏剧学院藏族班排演的《罗密欧与朱丽叶》

上海戏剧学院的《罗密欧与朱丽叶》由藏族班的同学演出，受到广泛关注，他们还被邀请到北京中南海，为国家领导人表演。不仅戏剧学院，中国青年艺术剧院《威尼斯商人》（1980）、上海人民艺术剧院《罗密欧与朱丽叶》（1980）、北京人民艺术剧院《一报还一报》（1981）等一般剧团也积极地演出莎剧。虽然80年代演出激增，但在话剧领域中，这些演出都很传统，使用西式服装，并在镜框式舞台中表演，不具有实验性，主要目的是向中国观众介绍这位世界级文豪及其作品。

张奇虹

1980年首演的中国青年艺术剧院《威尼斯商人》（张奇虹导演）一共演出200多场，1986年莎士比亚戏剧节时再度演出，可谓"文革"后最具代表性的莎剧演出。我们可以通过DVD观看当时的舞台。"文革"后张奇虹从中央戏剧学院调到中国青年艺术剧院，她这样说明演出的目的："观众所以喜爱这出戏，不仅由于剧中那'一磅肉'、'选盒子'、'女扮男装'等动人的情节，而且由于它讴歌仁慈、善良，赞美真挚的友谊、纯真的爱情，鞭笞残暴、丑恶的主题，与我们的思想感情息息相通……人文主义思想是莎翁所赋予的这部戏中的精华……我们考虑到宗教上的矛盾和民族的矛盾，并不是《威》剧中的实质性的矛盾，它不是莎士比亚在这个剧作中所要表现的主要精神。"[32]

"文革"后最早的由外国剧团演出的莎剧，是1979年10月31日由英国老维克剧团在北京和上海演出的《哈姆雷特》，负责同声传译的北京人艺演员使用了卞之琳译本。

32. 张奇虹《奇虹舞台艺术》，文化艺术出版社，2013年，266—268页。

1986年4月10日至23日，在北京和上海举办了为期两周的第一届“莎士比亚戏剧节”，掀起了80年代中国接受莎士比亚剧作的高潮。戏剧节由上海戏剧学院、中央戏剧学院、中国话剧艺术研究会、中国莎士比亚研究会联合举办。这是中国国内第一次举办翻译剧的戏剧节。为方便读者了解戏剧节的全貌，特将所有演出剧目整理如下。

在上海，13个演出团体举行了14场演出：

上海青年话剧团《安东尼与克里奥佩特拉》
陕西人民艺术剧院《驯悍记》
上海人民艺术剧院《驯悍记》
辽宁人民艺术剧院《李尔王》
上海戏剧学院《泰特斯·安特洛尼克斯》
西安话剧院《终成眷属》
中国青年艺术剧院《威尼斯商人》
江苏省话剧院《爱的徒劳》
武汉话剧院《温莎的风流娘儿们》
上海戏剧学院《奥赛罗》
安徽省黄梅戏剧团《无事生非》
杭州越剧院一团《冬天的故事》
上海昆剧团《血手记》(改编自《麦克白》)
上海越剧院三团《第十二夜》

在北京，11个演出团体举行了12场演出：

1984 年上海话剧院版《安东尼与克莉奥佩特拉》剧照

北京青艺版《威尼斯商人》剧照

中央实验话剧院《温莎的风流娘儿们》
中国铁路文工团话剧团《奥赛罗》
中国煤矿文工团话剧团《仲夏夜之梦》
中国儿童艺术剧院《理查三世》
中央戏剧学院《李尔王》
中国青年艺术剧院《威尼斯商人》
北京师范大学北国剧社《第十二夜》
北京师范大学北国剧社《雅典的泰门》
解放军艺术剧院《威尼斯商人》（英语演出）
北京第二外国语学院《雅典的泰门》（英语演出）
天津人民艺术剧院《李尔王》
北京实验京剧团《奥瑟罗》

中国青年艺术剧院的《威尼斯商人》参加了上海、北京两地的演出，因此，此次戏剧节共计23个团体参加、共演出25个剧目。在一个戏剧节上演出了如此数量庞大的莎剧，可谓前无古人后无来者。戏剧节还举办了学术讨论会以及剧评会，出版了论文集《莎士比亚在中国》（中国莎士比亚研究会编）。[33]

II 第二阶段 8

莎士比亚戏剧节上海地区的参演剧目中，值得注意的有上海昆剧团《血手记》（改编自《麦克白》）、上海越剧院《第十二夜》、杭州越剧院《冬天的故事》、安徽省黄梅戏剧团《无事生非》等由传统戏剧（戏曲）团体演出的莎士比亚剧目。本书第七章会简单提及传统戏剧的莎剧演出，虽然新中国成立前已经有过先例，但有规模的演出还是在80年代。最早的演出是1983年由北京实验京剧团带来的《奥赛罗》。

中国的传统戏剧属于巴洛克风格，应该比较好驾驭莎剧演出，但却一直没有动作，原因在于传统戏剧的观众，即普通老百姓难以适应外国剧目。而之所以80年代演出变得频繁起来，是因为西方文化在中国的普及使得老百姓已经不再抵触传统戏剧演出外国剧目。莎士比亚戏剧节参演的传统戏剧团演出中，最受好评的是上海越剧院的《第十二夜》，上海昆剧团《血手记》也引起了关注。《第十二夜》的演出使用了西式服装，而《血手记》仍使用中国传统服饰。

33. 中国莎士比亚研究会：《莎士比亚在中国》，上海文艺出版社，1987年。

昆曲《血手记》剧照（1986，上海昆剧团提供）

另一方面，此时传统戏剧因为观众的急剧减少，正处于所谓的“戏剧危机”当中，演出莎剧剧目也是传统戏剧界探索生存之道的一种尝试，因此莎剧演出到底需要具备什么条件等问题并没有得到充分的讨论，所有参加戏剧节的传统戏剧演出都由话剧导演执导（第七章有详细讨论）。

III 第三阶段

9

20 世纪 80 年代后半期开始，“戏剧危机”在中国愈演愈烈，戏剧演出急剧减少。 这个时期诞生了一系列仿佛倒退到70年代的戏剧作品。

一些敢于创新的莎剧演出也出现了，最有代表性的是林兆华戏剧工作室出品的《哈姆莱特》（1990）。林兆华1982年和高行健等通过《绝对信号》尝试了小剧场戏剧后，便成为中国实验戏剧的先锋。

林兆华导演的《哈姆莱特》在保留原剧本骨架的同时进行了自由的改编，扮演哈姆莱特和克劳狄斯的演员在演出中多次交换角色成为其一大特色，反映了当时知识分子们的迷惘精神状态。戏剧评论家林克欢这样评价这场演出：

> 令人感到十分有趣的是，哈姆莱特作为现代人，或者说哈姆莱特被装扮成现代人，至少有两副王权不同，甚至是绝然对立的面具。阿尼克斯特不仅将他装扮成一名不与罪恶妥协的英雄，而且是一位为解放人类而献身的斗士。林兆华则给哈姆莱特涂抹了一脸小丑的白粉。阿尼克斯特拔高了哈姆莱特之死的意义，林兆华则否定哈姆莱特之死的意义。《哈姆莱特》的末尾是一场大杀戮，一场复仇者与仇敌同归于尽的惨剧。阿尼克斯特从中看到未来的曙光，林兆华则视为世界的必然归宿。[34]

从中可以看出完全不同于“十七年”时期的莎士比亚戏剧观。这次演出后来作为北京人艺的正式公演再一次上演，1995年还在东京举行了短期公演。本书第八章将详细讨论这次演出。

34. 林克欢编《林兆华导演艺术》（北方文艺出版社，1992年，240页）收录了林克欢《人人都是哈姆莱特》。

1990 哈姆莱特

1992年，邓小平发表南巡讲话，再一次强调改革开放。同年秋天，中国共产党第十四次全国代表大会提出了社会主义市场经济的概念，中国从此告别了50年代开始实行的计划经济体制。在戏剧领域里，不同于以往的实验戏剧逐渐盛行起来。1993年，中央戏剧学院演出的《第十二夜》(何柄珠导演)，以游戏性的、充满色彩感的小剧场演出形式成功编演了莎士比亚作品而备受关注。

1994年，中国举办了“’94上海国际莎士比亚戏剧节”。参加演出的剧目有：

上海人民艺术剧院《奥赛罗》
上海戏剧学院《亨利四世》
上海儿童艺术剧院《威尼斯商人》
上海越剧院名月剧团《王子复仇记》
哈尔滨歌剧院《特洛伊罗斯与克瑞希达》

台湾屏风表演班与上海现代人剧社《莎姆莱特》

英国索尔兹伯里剧团与爱丁堡皇家书院剧团《第十二夜》

英国利兹大学戏剧系《麦克白》

德国纽伦堡青年剧团《罗密欧与朱丽叶》

中央戏剧学院版《第十二夜》剧照

这次戏剧节中最受关注的是赵志刚导演的越剧《哈姆雷特》，即上海越剧院名月剧团演出的《王子复仇记》。台湾屏风表演班与上海现代人剧社的《莎姆莱特》是取材于《哈姆雷特》的创作剧，并非莎剧。这次戏剧节之后，中国虽然也举办过莎士比亚相关的学术研讨会，但莎士比亚戏剧节从此销声匿迹。2016 年 9 月在上海召开 2016 莎士比亚戏剧节，但外国剧团演出为主。

20 世纪 90 年代末，随着经济发展而富裕起来的城市富裕阶层发现了戏剧，发现了这种符合自己审美的艺术形式，北京、上海等大城市的戏剧演出从 80 年代中期到 90 年代的戏剧“危机”中解放出来，然而莎士比亚作品的演出却并不多。

进入 21 世纪后的主要的莎剧或莎剧相关演出有如下这些：

2001 年　林兆华戏剧工作室《理查三世》（林兆华导演）

2007 年　北京人民艺术剧院《大将军寇流兰》（林兆

2012 年国家话剧院版《理查三世》剧照（中国国家话剧院提供）

王晓鹰

华、易立明导演，改编自《科利奥兰纳斯》，2013年再次公演，参加过爱丁堡戏剧节）

2008年　中国国家话剧院《明—明朝那些事儿》（田沁鑫导演，将《李尔王》的故事以明朝为时代背景进行了改编）

2008年　北京人民艺术剧院《哈姆雷特》（浅利庆太导演）

2012年　中国国家话剧院《理查三世》（王晓鹰导演，作为伦敦奥运会的艺术展示，37个国家分别演出莎士比亚的一个作品，中国负责《理查三世》的演出。第九章有详细讨论）

2014年　中国国家话剧院《罗密欧与朱丽叶》（田沁鑫导演）

上海话剧艺术中心《驯悍记》（保罗·斯特宾导演，2015年重演）

2015年　浙江传媒学院《速写麦克白》

除此之外，伴随中国和海外的交流扩大化以及中国人愈发富裕起来，外国剧团以英文进行的莎剧访中演出也越来越活跃。有英文系学生的英语莎剧演出，还举办了专业的竞赛。改革开放和中国经济的强大也使得中国的研究者、戏剧人很容易到欧美各国访问，欧美的莎士比亚研究、演出信息也大量传入中国，使中国的莎士比亚戏剧观发生了变化。1991年苏联解体，进一步促使了中国的莎士比亚戏剧观的改变。

《哈姆莱特》成为中国教育部《普通高中语文课程标准》推荐书目，作为人民文学出版社推荐书目之一发行了单行本，2000年第二版“导读”这样写道：

在哈姆莱特身上，人的脆弱性和环境（古希腊人称之为命运）的残暴性是如此相反而又相成，以致这个独特的性格在内涵方面显得密致而厚重，在外延方面也显得博大而深广。正是这样，有的专家便声称，哈姆莱特并不是一个客观的过时的角色，而是我们每个人自己。也就是说，谁为自己的或别人的灾难而沉思、而忧郁；谁目睹邪恶如芒在身，深受忧郁如疽附骨；谁只有思想而无行动，越精于思想，越疏于行动，以致一点行动的力量为思想吞噬殆尽；谁眼见白昼的日照为自己胸中升起的怀疑浓雾所遮蔽，前面只剩下白茫茫一片；谁痛感宇宙无垠而个人渺小空虚，最后宁愿自身向人世孤注一掷——谁就是真正的哈姆莱特。[35]

“导读”肯定了对莎士比亚进行多样化的解读，告别了阶级斗争的历史观，呈现出与“十七年”时期完全不同的莎士比亚戏剧观。

随着大学的开设以及学院（学科）的增加，中国的莎士比亚研究学者也在不断增加，研究不断推陈出新。中国莎士比亚研究会自90年代开始实际上已经停止活动，2003年被民政部取消学会登记，但2013年4月又作为中国外国文学学会的下属学会得到重建，会长是辜正坤（北

35. 朱生豪译《哈姆莱特》，人民文学出版社，第一版1997年12月，第二版2000年，3—4页。

京大学教授）。有关莎士比亚的大型学术研讨会也分别在2004、2008、2013、2014、2016年举办过。

同时，中国还出版了大量的莎士比亚研究著作。本书的引用文献如孟宪强《中国莎学简史》（1994）、李伟民《中国莎士比亚批评史》（2000）、曹树钧《莎士比亚的春天在中国》（2002）、李伟民《中国莎士比亚研究——莎学知音思想探析与理论建设》（2012）等，都是在中国接受莎士比亚剧作的历史上出现的较有体系的研究成果。

莎士比亚作品新译也不断涌现，最受关注的有方平主编《莎士比亚全集》（河北教育出版社，12卷本，2000；上海译文出版社，10卷本，2014）。这套全集的特色在于以诗歌体翻译了莎剧。另外还有萧运初、蒋坚等编《莎士比亚全集》（新世纪出版社，1997；时代文艺出版社，2010）；2002年中央广播电视出版社发行的英汉对照版梁实秋译《莎士比亚全集》40卷；人民文学出版社多次重编1978年版全集并出版；朱生豪译本被不同的出版社出版发行；2015年辜正坤主编的中英对照《莎士比亚全集》由外语教学与研究出版社发行；《哈姆莱特》等受欢迎的作品则有诸多新译单行本被推出。

进入21世纪，戏剧开始有复兴的迹象，纯粹的民间剧团涌现，虽然他们很少演出莎士比亚剧作。

在中国，莎剧是“世界名著”这样一种根深蒂固的观念或许没能培养出年轻剧团自由挑战莎剧的风气。概览中国的莎士比亚接受史，我们感到和日本相比，在第二个阶段即忠实地介绍和接受西方的莎士比亚这个阶段比较弱，从莎士比亚研究著作、译著以及演出的数量上都可以看出。

但是从20世纪末开始，莎士比亚作品的出版、新译作的大量出现正在弥补这一缺点。21世纪的今天，中国接受莎士比亚已经进入第三阶段，即对莎士比亚作品进行自由诠释的阶段，同时因为第二阶段遗留下来的课题依然存在，这些课题仍然在进行中。

III。第三阶段 10

本节以演出为主介绍中国台湾地区和香港地区的莎士比亚接受史。

1945年战败后，日本撤离台湾。80年代后半期开始，围绕台湾是否是中国的一部分，在文化等领域都展开了激烈的讨论。事实上，台湾属于中文文化圈的事实无可争辩，而关于台湾接受莎士比亚的历史在日本还没有被介绍过，特在此作一简单陈述。[36]

日本对台湾进行殖民统治的时期，在台湾的学校教育中应该也介绍过莎士比亚，但都以日语或英语作为媒介，在此不纳入本研究的范围。另外，本书所称的第一阶段的介绍，即台湾地区本地戏剧歌仔戏是否演出过莎士比亚剧作，至今也仍然没有定论。

公认的台湾地区最早的莎剧演出是陈大禹改编自《奥赛罗》的作品《疑云》(1949年2月28日)。陈大禹曾在1947年导演过一部涉及“二二八事件”的戏剧《香蕉香》，随即遭遇国民党当局禁演。1947年2月27日国民

36. 台湾部分，参考了邱坤良《漂流万里：陈大禹》，台湾“文化建设委员会”，2006年；邱懋景《〈莎士比亚戏剧在台湾〉——专访雷碧琦教授》http://ts.ntu.edu.tw/e_paper/e_paper_c.php? SID=63(2016年2月4日终稿时最后阅览)；李伟民《台湾莎学研究情况综述》(《西华大学学报》哲学社会科学版2006年第1期)。

党当局的警官殴打兜售香烟的妇女，导致28日民众的大规模抗议活动。国民政府从大陆调派军队，彻底镇压抗议活动，在此过程中有一万八千名或两万八千名本省人被残杀。陈大禹通过奥赛罗和苔丝狄蒙娜这对肤色特别的夫妇的悲剧表达了战后台湾的悲剧性和对民族和平的渴望。上演时正值“二二八事件”两周年之际，禁演后陈大禹逃往大陆并最终在大陆去世。

后来国民党当局想通过朝鲜战争巩固自己的地位，同时在冷战格局中采取了严格的政治思想统治政策，戏剧领域内，“反共抗俄”剧占据了舞台主流。在此期间，台湾世界书局1957年发行了朱生豪译、虞尔昌补译的《莎士比亚戏剧全集》，远东图书公司1968年发行了梁实秋译《莎士比亚全集》。另外，1964年为了纪念莎士比亚诞辰400周年，还出版了梁实秋主编的论文集《莎士比亚诞辰400年纪念集》。

台湾第一次演出纯粹翻译剧的莎剧是在1964年，由“政工干校”（现为“国防大学”政治作战学院）戏剧系编演的《王子复仇记》(《哈姆雷特》)。“政工干校”是一所军事院校，之所以成为台湾第一次演出莎剧的团体，是因为“反共抗俄”剧不受欢迎，且当局军队需要培养文化宣传的人才。《王子复仇记》也是“政工干校”戏剧系第一个舞台作品。继之，中国文化学院（现为“中国文化大学”）戏剧系在1966年毕业公演时演出《仲夏夜之梦》，此后每年都会上演莎剧。这个惯例持续了十多年，演出了几乎所有的主要莎剧。80年代中期之前，台湾主要演出莎剧的团体是学校（戏剧教育机构）。查看当时的舞台剧照，这一阶段的演出可以归为本书所称中国或日本接受莎士比亚的第二阶段，即以介绍“世界名著”为目的、以欧美的舞台为范本的演出阶段。

为何从60年代中期到戒严令被解除的大约20年间，台湾可以演出一系列莎士比亚剧作呢？台湾大学副教授、台湾莎士比亚学会理事长雷碧琦回答了这个问题：“其一是在当时的冷战格局下，从事莎剧表演可证明台湾是英、美的同路人，不同于苏联阵营。其二是莎剧在那个年代，被国民党当局政策塑造成中华文化复兴运动的代言人，比方说:《哈姆雷特》就成为为执政者宣传‘忠’、‘孝’的优秀文宣品。”[37]

在台湾接受莎士比亚的历史中，宣告进入本书所称的第三阶段的作品是1986年当代传奇剧场的《欲望城国》，改编自《麦克白》。当代传奇剧场是以吴兴国（1953—）为核心的年轻的传统戏剧演员创立的剧团，《欲望城国》集中了京剧、现代剧场、电影手法、现代舞等为一体，作为当代传奇剧场的开幕首演获得了成功。除了在台湾多次重演，还在英国、法国、德国等举办了海外公演。1993年以《京剧麦克白》为题在日本演出。雷碧琦指出：“由《欲》剧一打破陈规之后，台湾剧场仿佛获得解放，自此，迈向似乎什么都可以的年代。”《欲望城国》不仅影响了台湾的莎剧演出、也影响了整个台湾戏剧。当代传奇剧场一直活动到21世纪的今天，演出了《王子复仇记》（1990）、《李尔在此》（2001）、《暴风雨》（2004）、《罗密

37.《〈莎士比亚戏剧在台湾〉——专访雷碧琦教授》。

欧与朱丽叶》（2004，歌仔戏的形式演出）等莎剧改编剧，同时还不断地改编希腊悲剧、现代戏剧以及京剧的传统剧目，呈现了一个个精彩的舞台。

1987年解除戒严令后直至今天，台湾地区每年都有莎剧演出，在量上甚至超过大陆。和日本一样，这些演出有本土化演出、音乐剧演出、创作性演出等。2006年，台北艺术大学邀请杨世彭导演的《罗密欧与朱丽叶》被评价为“一部21世纪少见的‘忠于原著’的制作”。对于这些多姿多彩的莎剧演出的情况，在此很难以简短的篇幅进行概括，且留作今后的课题。现在通过网络可以看到“台湾莎士比亚资料库”[38]，收录了60年代以来台湾主要的莎士比亚戏剧演出资料（包括英文演出），近年的演出还附有影像资料，是台湾莎剧演出的重要资料库。

笔者2012年访问台湾参观几所大型书店，贩卖莎士比亚作品大都是梁实秋译本。研究方面来说，2013年台湾莎士比亚学会成立，雷碧琦当会长。

再看看中国香港的情况。[39]香港从19世纪中叶沦为殖民地后，学校的英文教科书里出现了莎士比亚故事和戏剧选，英国的职业剧团、香港当地的英人业余剧团也经常演出莎剧。这些演出都以英语进行，观众以在香港的英美人为主。1915年5月，香港的人我镜剧社在澳门的清平戏院演出了改编自《威尼斯商人》的《金杀人》。1964年，联合书院用广东话演出了《威尼斯商人》缩略版。据原香港话剧团艺术总监、莎士比亚研究家杨世彭研究，香港最早用中文演出完整的莎剧是在1977年香港话剧团

38. http://shakespeare.digital.ntu.edu.tw/shakespeare/home.php?Language=ch（2016年2月4日最后阅览）。

39. 香港的莎士比亚接受史，参考了杨世彭《香港话剧团的莎剧演出》，《戏剧艺术》1999年第2期；梁燕丽《全球化和本土化：莎士比亚戏剧的香港演绎》，《文学评论》2013年第1期。

成立以后。香港话剧团原为香港市政局下属的职业剧团，2001 年成为普通剧团，但仍然是接受香港政府资金援助的职业剧团。

香港话剧团演出的第一部莎剧是 1977 年 12 月首演的《王子复仇记》（何文汇导演），以五代十国的南汉为舞台，改编自《哈姆雷特》。直至 1998 年的 21 年间，话剧团以两年一部的节奏演出了 11 部莎士比亚作品。杨世彭说，到了 90 年代，香港话剧团的莎剧演出已经达到世界水平。杨世彭生于台湾，在美国学习戏剧，就任香港话剧艺术总监前主要在美国开展活动。他分别于 1983—1985 年、1990—2001 年担任香港话剧团艺术总监，在香港的莎剧演出中发挥了重要的作用。

1986 年，香港的其他职业剧团——中英剧团演出了《元宵》，该剧由陈钧润改编自《第十二夜》，将故事背景放到唐代广州的元宵节。次年，陈钧润又把《仲夏夜之梦》改编为黑色幽默剧《仲夏夜之魇》。这些演出都获得了成功，成为香港莎剧演出本土化的转折点。

根据梁燕丽的研究，[40] 香港的莎剧演出分为国际化和本土化两种。国际化指忠实于原著的演出，以毕业于香港大学等英文专业的人士为中心，杨世彭导演的作品也属于这一类。本土化，指将莎剧改编成中国或者香港故事的演出。中英剧团的《元宵》就在台词里加入了大量港式广东话即香港人的日常口语。同时，在香港的莎剧演出中还不能忽视当地传统戏剧——粤剧所进行的改编演出。

40. 梁燕丽《全球化和本土化：莎士比亚戏剧的香港演绎》。梁燕丽是复旦大学中文系副教授，主要著作有《香港戏剧史：1907—2007》（复旦大学出版社，2015）等。

莎士比亚作品在世界戏剧史、文学史上的地位是不言自明的。莎翁作品不仅对英国，对世界各国的戏剧、文学都产生了巨大的影响，在中国也是如此。中国正式介绍莎翁作品，或者说出现完整形式的莎翁作品翻译，是在发生了“五四”、新文化运动的20世纪20年代以后。

当然，莎翁不是在20世纪20年代突然被介绍到中国的。在此之前有一定的过程，我们可称之为中国接受莎士比亚作品的黎明期。本章将追溯黎明期中国接受莎剧的过程，并探讨其背后隐藏的问题。

第一章

中国接受莎士比亚的黎明

I “莎士比亚”传入中国的黎明

莎士比亚之名最早在何时传入中国的呢？[1]

根据研究中国莎士比亚接受史的代表性学术书籍，从孟宪强《中国莎学简史》可知，最早向中国介绍莎士比亚的，是1856年在上海出版，慕威廉翻译、托马斯·米尔纳著的《大英国志》，将莎士比亚译为“舌克斯毕”。这种说法在中国已经成为定论，笔者也曾多次这样引用。[2]

然而时至今日，已经证明在这之前莎士比亚已经在中国得以传播。根据李长林、杜平《中国对莎士比亚的了解与研究——〈中国莎学简史〉补遗》[3]可知，1844年出版的魏源《海国图志》把莎士比亚译为“沙士比阿”。该书将莎士比亚视为英国著名诗人，同时还介绍了弥尔顿、斯宾塞、德莱顿。岩田高明《士达萨、Who are you？》（《安田女子大学图书馆报·图书独娱》创刊号，2003）中也指出了这一点[4]，并注明依据了1834年出版的Hugh Murray著《地理学百科事典》[5]。

不过，在很长一段时间内，中国学界并未注意到《海国图志》对莎士比亚的介绍。《海国图志》出版时引起了一定的关注，但影响力毕竟有限。关于《海国图志》的

1. 第一节的很多内容参考了孟宪强著《中国莎学简史》，东北师范大学出版社，1994。

2. 濑户宏「中国のシェクスピア受容略史」(『シアターアーツ』十一号、2000)、「林纾のシェクスピア観」(「演剧映像の国际的教育研究拠点」『演剧博物馆グローバルCOE记要 演剧映像学2008』第一集、早稲田大学演剧博物馆グローバルCOEプログラム、2009）等。

原型《四洲志》[6]，关注点相对较多的是翻译者的语言能力，以及对欧美理解不充分造成的译文不准确。也就是说"和中国人翻译的《四洲志》相比，外国传教士用中文撰写的图书更能为中国人所接受"[7]。1851年，《海国图志》传入日本，情况和中国相反，该书对日本幕末的知识分子产生了巨大的影响，关于此点，在此不再详述。

也许正是由于上述原因，《大英国志》很长一段时间被认为是最早介绍莎士比亚到中国的书籍。《大英国志》中关于莎士比亚的记述如下：

> 当以利沙伯时，所著诗文，美善俱尽，至今无以过之也。儒林中如锡的尼、斯本色、拉勒、舌克斯毕、倍根、呼格等，皆知名之士。

当然，不论最早介绍莎士比亚是在何时，莎士比亚之名在中国的传播是因鸦片战争被强制开国之后的事情。

另一方面，一般认为日文文献中最早出现莎士比亚之名，是在1841年（天保十二年）左右。江户幕府天文机构（天文方）的涩川六藏从荷兰文版本翻译了Lindley Murray所著《英文典》。该书"シャーケスピール（Shaakesupiiru）"的译名成为日本介绍莎翁的滥觞[8]。所以和《海国图志》相比，日本介绍莎翁的时间更早一些。1853年（嘉永六年）佩里黑船来日之前，日本一直处于闭关锁国的状态，而开国之前莎士比亚之名已得到传播。或许可以认为，鸦片战争之前的中国，在思想上比日本更

3.《中国对莎士比亚的了解与研究——〈中国莎学简史〉补遗》，《中国比较文学》1997年第4期。

4."有沙士比阿、弥尔顿、士达萨、特弥顿四人工诗文、富著述。"参见《海国图志》四，台湾成文出版社，1967年、1812页。据岩田高明研究，士达萨正确应为"士边萨"（即斯宾塞）。

5. Hugh Murray, *An Encyclopedia of Geography*，也被译为《地理学大全》等。

6. 根据佐々木正哉「『海国図志』余谈」（『近代中国』第17卷，1985）等可知，在《海国图志》出版前《四洲志》没有被单独出版，而是两者同时出版。

为封闭。

然而,《大英国志》却在意想不到之处产生了影响。《大英国志》迅速被传到日本，并以《英国志》的书名被翻印，得到了日本人的广泛阅读。1871 年（明治四年）出版的塞缪尔・斯迈尔斯著、中村正直译《西国立志编》传播了西洋的价值观，成为明治初年的畅销书。该书用一节的篇幅介绍了莎士比亚，这是日本最早的具体介绍莎士比亚的例子，和《大英国志》一样，将莎士比亚译为“舌克斯毕”。这个事实表明，当时的中国和日本之间以汉字为媒介进行交流，即中日之间形成了一个共同的知识网络。

之后，在欧美基督教人士在中国出版的书籍中，莎士比亚之名也不断地出现。然而，这些人的介绍在当时封闭的中国文化环境下几乎没有影响力。关于莎士比亚的介绍，若想真正影响中国人的精神世界，仍需通过中国人自己来完成。

除了《海国图志》，最早记述莎士比亚的中国人是郭嵩焘（1818—1891）。郭嵩焘是清末外交官，1876 年担任驻英大使，1878 年开始兼任驻法大使。在郭嵩焘驻英期间的日记中，莎士比亚（舌克斯毕尔）于 1877—1879 年间出现了三次。与郭嵩焘同时期被派往英法的曾纪泽（1839—1890，曾国藩之子）也在 1879 年 3 月 7 日的日记中涉及莎士比亚作品，虽然没有出现莎士比亚的名字，但记述的戏剧显然是《哈姆雷特》。

然而，这些只是一些片断性的提及，并且仅出现在私

7. 佐々木正哉「近代中国における対外认识と立宪思想の展开（二）」、『近代中国』第 17 卷、1985 年。

8. 河竹登志夫『日本のハムレット』南窓社、1972 年。

人日记中。真正具体地介绍莎士比亚是在1894—1895年中日甲午战争之后。败给一直以来被认为是东海夷狄的小国日本，着实给予中国知识阶层很大的冲击，于是出现了一批主张学习外国思想文化、改革中国的人士。

严复的《天演论》译自托马斯·亨利·赫胥黎所著的《进化论与伦理学》，该书于1898年出版，叙述了基于进化论思想的优胜劣汰法则，给当时的青年人带来了巨大的影响。该书将莎士比亚译为“狭斯丕尔”。

鲁迅也是受《天演论》影响的其中一人，日本留学时期，尚无名气的鲁迅于1908年相继发表《科学史教篇》、《摩罗诗力说》、《文化偏至论》，文章皆言及莎士比亚。并且与严复的《天演论》一样，使用了狭斯丕尔而这个称呼。

在这些知识分子对莎士比亚的记述中，影响至今的是梁启超的文章。梁启超作为清末的维新派政治家，与康有为、谭嗣同等人共同推进维新变法。而以慈禧太后为首的保守派1898年发动戊戌政变，致使维新运动以失败告终。谭嗣同被处以死刑，康有为、梁启超等人逃亡日本横滨，继续推进维新运动。他们在横滨创办《清议报》、《新小说》并以此作为传播思想的阵地，成为新文化运动的先驱。

梁启超所著《饮冰室诗话》在当时被广泛阅读，其中梁启超这样写道：“希腊诗人荷马、古代第一文豪也。近代诗家、如莎士比亚、弥尔顿、田尼逊等，其诗动亦数万言、伟哉！勿论文藻、即其气魄、固已夺人矣。”[9]

9. 见《新民丛报》1902年5月号。

这里，梁启超将 Shakespeare 译为莎士比亚，即现在通用的莎士比亚译名始于梁启超。由此也可知梁启超的影响力是相当大的。

从《海国图志》中被译为“沙士比阿”，到如今通用的莎士比亚，这当中经历了各种形式的译名。下面列举沙士比阿、莎士比亚之外其他一些译名：[10]

舍克斯毕尔（郭嵩焘《郭嵩焘日记》，1876）
沙斯皮耳（谢卫楼《万国通鉴》，1882）
筛斯比尔（艾约瑟《西学启蒙十六种》，1885）
狭斯丕尔（严复《天演论》，1898）
沙基斯庇尔（李提摩太《泰西历代名人传》，1903）
索士比亚（《澥外奇谭》，1903）
索士比尔（江义修《东西洋尚友录》，1903）
夏克思芘尔（李思·伦白·约翰《万国通史》，1904）
希哀苦皮阿（《大陆》，1904）
莎士比（林纾《吟边燕语》，1904）
叶斯璧（《近世界六十名人传》，1907）
沙克皮尔（《世界名人传略》，1908）

10. 该名单参照孟宪强著《中国莎学简史》，由笔者补充。

《澥外奇谭》和《吟边燕语》：古典小说化的莎士比亚

II

然而，梁启超等人不过是简单介绍了莎士比亚而已。在中国具体介绍莎士比亚作品始于1903年出版的《澥外奇谭》（上海达文社）[11]。

《澥外奇谭》（又名《海外奇谭》），译自兰姆的《莎士比亚故事集》，选择20篇中的10篇进行翻译。封面上虽写为"澥外奇谭"，但目录、正文、版权页均为"海外奇谭"。因为没有署名，所以具体译者不详。莎士比亚被译为"索士比亚"。根据序言部分的凡例可知，《澥外奇谭》从兰姆的《莎士比亚故事集》中"兹选译其最佳者十章"、"书中人名皆刻意翻译求似中国姓名"。每章都被加上了中国章回体小说风格的题目，具体如下：

第一章　蒲鲁萨贪色背良朋（《维洛那二绅士》）
第二章　燕敦里借债约割肉（《威尼斯商人》）
第三章　武历维错爱孪生女（《第十二夜》）
第四章　毕楚里驯服恶癖娘（《驯悍记》）
第五章　错中错埃国出奇闻（《错误的喜剧》）

11. 馆藏于中国北京的国家图书馆。凡例"武历维错爱孪生女"（《第十二夜》）、"毕楚里驯服恶癖娘"（《驯悍记》）被收录于施蛰存主编《中国近代文学大系·翻译文学集（三）》（上海书店，1991）中。

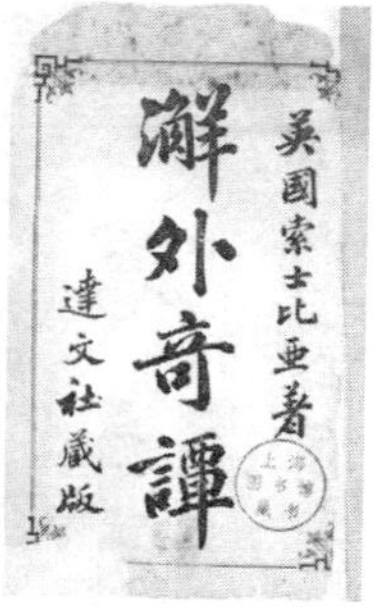

上海达文社出版的《英国索士比亚澥外奇谭》封面

第六章　计上计情妻偷戒指（《终成眷属》）

第七章　冒险寻夫终谐伉俪（《辛白林》）

第八章　苦心救弟坚守贞操（《一报还一报》）

第九章　怀妒心李安德弃妻（《冬天的故事》）

第十章　报大仇韩利德杀叔（《哈姆雷特》）

《澥外奇谭》虽然有意译的部分，但基本上正确传达了英文原文的内容。然而还是有不少奇怪之处，例如“报大仇韩利德杀叔”一章中，国名被译为丹麦没问题，人名却被译为了中国风格的“韩利德”（哈姆雷特）以及“葛洛兆”（克劳狄斯）。

《澥外奇谭》中还有不少其他问题。莎士比亚的多数名作，例如《罗密欧与朱丽叶》，悲剧作品《麦克白》、《奥赛罗》、《李尔王》没有被收录。四大悲剧中的三部、莎翁作品中与《哈姆雷特》同样脍炙人口的《罗密欧与朱丽叶》都没有收录，这算是《澥外奇谭》在介绍莎翁时的致命弱点了。并且，封面和目录、版权页中的书名不一致，很容易让人认为没有认真校对就匆忙出版了。此后不到一年，《莎士比亚故事集》的全译本《吟边燕语》就出版了，这在后面还有介绍。可以说，《澥外奇谭》几乎没有产生影响就被遗忘了。

然而，《澥外奇谭》有一点比《吟边燕语》更胜一筹。凡例中“是书原系诗体。经英儒兰卜行以散文，定名曰 *Tales From Shakespeare*，兹选译其最佳者十章。名以今名。”明确表示翻译的底本是兰姆的《莎士比亚故事集》。

1904年林纾、魏易合译的《吟边燕语》由商务印书馆出版。林纾将莎士比亚译为莎士比，从中可以感受到梁启超的影响。《吟边燕语》的出版标志着中国开始真正介绍莎士比亚。“吟边燕语”的“‘吟边’一词意为‘诗中’或‘作诗’”[12]。

林纾编译的小说丛书《吟边燕语》封面

林纾（1852—1924）不仅介绍了莎士比亚，还是为清末介绍西方文学小说做出重要贡献的重要一人。本书第二章将详细介绍林纾的一生以及翻译特点，这里不再赘述。但正如许多人知道的那样，林纾本人并不懂外语，他是根据助手口述的译文翻译为中国古文的。

关于林译小说，对中国现代文学产生巨大影响的郭沫若，以《吟边燕语》为例，如是描述初读时的印象[13]：

> 林译小说对于我后来的文学倾向上有决定影响的，是Scott的*Ivanhoe*（即《艾凡赫》），他译成《撒克逊劫后英雄略》。这书我后来读过英文，他的误译和省略处不少，但那种浪漫主义的精神他是具象地提示给我了……
>
> 我对于他并没有深刻的研究，然而在幼时印入脑中的铭感，就好像车辙的古道一般，很不容易磨灭。
>
> Lamb的*Tales from Shakespeare*，林琴南译为《英国诗人吟边燕语》，也使我感受着无上的兴趣。它无形之间给了我很大的影响。后来我虽然读过*Tempest*, *Hamlet*, *Romeo and Juliet*等莎氏的原作，但总觉得没有小时候所读的那种童话式的译述更来得亲切了。

12. 请参看本书第二章。李庆国《吟边燕语留余韵——林译小说书·篇名一瞥》（《清末小说》2010年第33期）中指处“‘吟边’一词意为‘诗中’或‘作诗’”。

13. 郭沫若《郭沫若选集》第一卷，四川人民出版社，1982年。

《吟边燕语》中的20章都被加上了中国古典小说风格的题目。按照顺序，标题如下：

《肉券》(《威尼斯商人》)
《驯悍》(《驯悍记》)
《孪误》(《错误的喜剧》)
《铸情》(《罗密欧与朱丽叶》)
《仇金》(《雅典的泰门》)
《神合》(《泰尔亲王佩里克里斯》)
《蛊征》(《麦克白》)
《医谐》(《终成眷属》)
《狱记》(《一报还一报》)
《鬼诏》(《哈姆雷特》)
《环证》(《辛白林》)
《女变》(《李尔王》)
《林集》(《皆大欢喜》)
《礼哄》(《无事生非》)
《仙狯》(《仲夏夜之梦》)
《珠还》(《冬天的故事》)
《黑瞀》(《奥赛罗》)
《婚诡》(《第十二夜》)
《情惑》(《维洛那二绅士》)
《飓引》(《暴风雨》)

前文已经指出《吟边燕语》等林译小说作为翻译作品

的特殊之处。那么译文具体是怎样的呢？这里引用《肉券》的一部分译文以及原文，并且与《莎士比亚故事集》中该部分的正确译文进行对比：

鲍梯霞有戚畹贝拉略，精于刑律者也，鲍梯霞以书请托名以往，且假其衣饰一行。书既报闻，鲍梯霞果变服为律师，并饰其侍儿为书记状，驰至微臬司。时公爵方临鞫此狱，鲍梯霞出贝氏上公爵书，书云："吾夙计自来为安君平反狱事，顾病莫至，今请以忘年友贝而莎鞫，为安氏辨曲直。"公爵允之。然堂之上下见律师貌美，恒奇骇。……鲍梯霞曰"君以为安东尼不能出此金，故甘其肉乎？"语未竟，巴散奴捧三千圆上，且曰："金固有，即多索子金至数倍者，当不敢较，并乞律师于法外行恕，拯吾良友。"鲍梯霞怒曰："国家定律，安可恕者。"歇洛克乐而呼曰："但尼而来平亭谳矣。"但尼而者，犹太良有司也，律师妙年鞫谳，乃老练至此。鲍梯霞趣取约，读竟曰："约甚明审，据律安东尼当剜却心头肉矣，然以吾决之，得金为优，曷碎此约！"歇洛克坚勿承。

那么，兰姆的原作是怎样的呢？下面引用按照英语忠实翻译了该部分的中译文（英语原文省略）[14]：

鲍西娅有个亲戚是当律师的，名叫培拉里奥。她给这位先生写了一封信，把案情告诉他，征求他的意见，并且希望随同意见寄给她一套律师穿的衣裳。派去的送信

14. 兰姆著、萧乾译《莎士比亚戏剧故事集》，人民文学出版社，2004年，90—91页。

人回来以后，带来培拉里奥关于进行辩护的意见和鲍西娅所需要的一切服装。

鲍西娅和她的丫鬟尼莉莎穿上男人的衣裳，鲍西娅还披上律师的长袍，随身带着尼莉莎，作为她的秘书。她们马上动身，就在开庭的那天赶到了威尼斯。案子刚要当着威尼斯公爵和元老们的面在元老院开审的时候，鲍西娅走进这个高等法庭了。她递上那位有学问的律师培拉里奥写给公爵的一封信，说他本想亲自来替安东尼奥辩护，可是他因病不能出庭，所以他请求允许让这位学识渊博的年轻博士包尔萨泽（他这样称呼鲍西娅）代表他出庭辩护。公爵批准了这个请求，一面望着这个陌生人的年轻相貌纳闷：她披着律师的袍子，戴着很大一具假头发，乔装得很好看。……

“难道他拿不出钱来还你吗？”鲍西娅问。于是巴萨尼奥表示三千块金币以外，随便他要加多少倍的钱都可以给。可是夏洛克拒绝了这个建议，还是一口咬定要安东尼奥身上的一磅肉。巴萨尼奥央求这位学问渊博的年轻律师想法变通一下法律条文，救一救安东尼奥的命；可是鲍西娅很庄重地说，法律一经订了，那是绝对不能变动的。夏洛克听到鲍西娅说起法律是不能变动的，觉得她好像站在他这方面说话了，就说：“但尼尔下世来裁判啦！啊，聪明的年轻律师，我多么敬重你呀！你的学问比你的年纪要高多啦！”

这时候，鲍西娅要求夏洛克让她看一看那张借约。看完之后，她说：“应该照借约规定的来处罚。根据借约，这个犹太人能够合法地要求从安东尼奥的胸脯最靠近心脏的地方割下一磅肉来。”然后她又对夏洛克说，“还是发发慈悲，接过钱来，让我撕掉这张借约吧。”

可是狠毒的夏洛克是不肯发慈悲的。他说：“凭着我的灵魂起誓，谁也不能用辩才改变我的决心。”

通过对比能够明白林译有不少省略，但也正确表达了兰姆原文的大意。

林译《吟边燕语》里的20篇故事后来都被改编演出，在当时的中国引起了巨大反响，初版发行后也多次被再版。

关于《吟边燕语》，还有一点需要指出。林纾在序言中写道“然证以吾之所闻，彼中名辈，耽莎氏之诗者，家弦户诵，而又不已；则付之梨园，用为院本；”，可见在林纾的理解里，莎士比亚首先把作品以诗的形式写下，后来被改写为戏剧剧本。而实际上众所周知莎士比亚作品的发表过程和林纾的理解恰恰相反。林纾没有充分理解小说和戏剧的不同之处，更没有认识到翻译莎士比亚作品与翻译经兰姆故事化、小说化的《莎士比亚故事集》的不同。因此，《吟边燕语》出版时，林纾仅标注原著为莎士比亚，而没有提及兰姆的名字。

林纾对莎士比亚的理解引发了一些问题。他对莎士比亚的介绍在《吟边燕语》之后暂时中断，直到1916年，才又翻译了《吟边燕语》中没有收录的《亨利六世遗事》（*Henry VI*）等历史剧，翻译底本是奎勒·库奇的《莎士比亚历史剧故事集》。历史剧的发表虽然没有像《吟边燕语》那样引起轰动，但由于林纾依然标注莎士比亚为原作，让后来的人们误认为林纾将莎士比亚的戏剧翻译成了小说。兰姆的《莎士比亚故事集》非常有名，还不至于产生误解，然而几乎没有中国人认识奎勒·库奇。关于这个问题，本书将在第二章中详细介绍。

《女律师》：最早上演的中文“莎剧”

III

在中国的戏剧舞台上，也逐渐出现了莎士比亚的作品。然而，早期的演出比早期的文字介绍更加偏离莎士比亚原作，与莎剧可谓相去甚远。因此，这些演出与其说是莎士比亚戏剧演出，不如说是莎士比亚戏剧的相关演出。

早期莎士比亚作品演出中，学校演剧发挥了很大的推动作用。

目前的研究表明，中国最早的莎剧演出是在 1896 年 7 月 18 日，圣约翰书院的学生在夏季学期毕业典礼上表演了《威尼斯商人》中的法庭一幕[15]。从此，圣约翰书院的学生在每年夏季学期毕业典礼上用英语演出莎剧成为惯例。根据留下的记录可知，至 1910 年左右，《尤利乌斯·恺撒》、《皆大欢喜》、《亨利四世》、《仲夏夜之梦》等剧均被演出过。这些莎剧演出是否使用了莎翁原文，还是使用改写后的简单英语，目前还无从得知。校园演剧中的英文莎剧演出并非本书关注的问题，因此后文中不会再做介绍。

用中文的莎剧演出最早出现在 1911 年左右[16]，由城东

15. 钟志欣《走向现代——晚清中国剧场新变》，台北艺术大学博士论文，2012 年。

16.《申报》中没有关于城东女学演出《女律师》的记录，朱双云《新剧史》（上海小说新剧社，1914）中记录为 1912 年演出。

女学社在年末的游艺会上演出了《女律师》，改编自《威尼斯商人》。

因演出剧本刊登在该校的校园杂志《女学生》第二期上[17]，我们可以知道演出的具体内容。署名为“笑”的作者是当时该校的教师，后来成为著名记者、小说家的包天笑（1876—1973）。包天笑在《钏影楼回忆录》[18]中提及曾经为城东女学学生编写《女律师》。剧本仅七页，可以推测演出时间为10—20分钟。演出不靠歌唱而靠台词来推进，分四幕，初步具备了话剧的形态。有名字的出场人物仅有鲍梯霞（Portia、鲍西娅）、巴散奴（Bassanio、巴萨尼奥）、安东尼（Antonio、安东尼奥）、歇洛克（Shylock、夏洛克）、微臬斯公爵（Magnificoes of Venice）五人。

《女律师》中对Portia等人名、Venice等地名的翻译与《吟边燕语》中《肉券》的翻译相同，可见包天笑是根据林纾翻译的《肉券》进行剧本改编的。然而包天笑的《女律师》并不单纯是《肉券》的压缩版。剧本的开头，鲍西娅做出了这样的叹息：

> 近来世界上，有件极不平等的事，诸位知道是什么事？便是我们女子没有参政权。我想20世纪中，这参政权也不能让男人独占，所以我急急想办个女子政法学堂。只是要办学堂，第一要有经济，没有钱如何办得。不免和我哥哥商量去者。

剧本开头的这段台词集中反映了创作并上演《女律

17. 樽本照雄编『清末民初小说目録X』（清末小说研究会，2015）2991页有相关介绍。《女学生》现藏于上海图书馆。

18. 包笑天《钏影楼回忆录》，中国大百科全书出版社，2009年

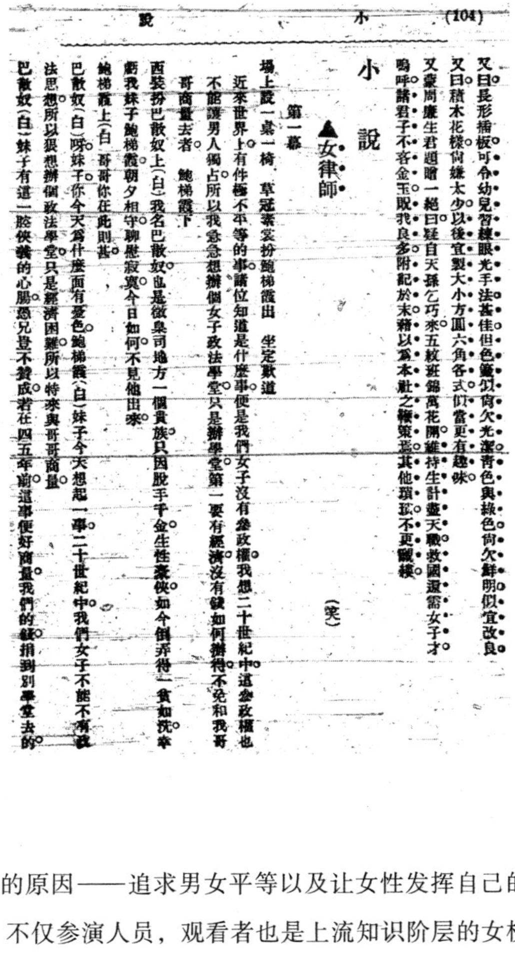
(104) 小 說

又曰。長形插板。可令幼兒習練眼光手法。甚佳。但色彩似尚欠光潔。青色與綠色。尚欠鮮明。似宜改良。

又曰。積木花樣。尚嫌太少。以後宜製大小方圓六角各式。似當更有趣味。

又彙周廉生君題贈一絕曰。疑自天孫乞巧來。五紋斑錦萬花開。維持生計盡天職。救國還需女子才。

嗚呼。諸君子不吝金玉。賜我良多。附記於末。藉以爲本社之鞭策焉。其他瑣瑣。不更覼縷。

小說

▲女律師 (笑)

第一幕

場上設一桌一椅　草冠素裳扮鮑梯霞出　坐定歎道

近來世界上。有件極不平等的事。諸位知道是什麼事。便是我們女子沒有參政權。我想二十世紀中。這參政權也不能讓男人獨占。所以我急急想辦個女子政法學堂。只是辦學堂。第一要有經濟。沒有錢如何辦得。不免和我哥哥商量去者。　鮑梯霞下

西裝扮巴散奴上(白)我名巴散奴。也是微臬司地方一個貴族。只因脫手千金。生性豪俠。如今倒弄得一貧如洗。幸虧我妹子鮑梯霞。朝夕相守。聊慰寂寞。今日如何不見他出來。

鮑梯霞上(白)哥哥你在此則甚。

巴散奴(白)呀。妹子。你今天爲什麼面有憂色。鮑梯霞(白)妹子今天想起一事。二十世紀中。我們女子不能不有政法思想。所以狠想辦個政法學堂。只是經濟困難。所以特來與哥哥商量。

巴散奴(白)妹子有這一腔俠義的心腸。愚兄豈不贊成。若在四五年前。這事便好商量。我們的錢。捐到別學堂去的。

包天笑《女律师》台本

师》的原因——追求男女平等以及让女性发挥自己的能力。不仅参演人员，观看者也是上流知识阶层的女校学生以及相关人士。很好地反映了辛亥革命前后，社会上追求民主、提倡男女平等的思想氛围。

该剧的大致情节为：听了妹妹的诉说后，巴萨尼奥（巴散奴）为筹备办学资金向商人朋友安东尼奥（安东尼）借款，可安东尼奥手头并没有现金，考虑到自己的商船回

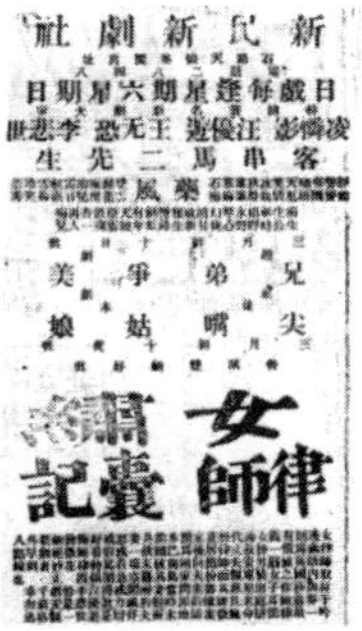

新民社戏剧《女律师》公演广告

航后就能即刻还款，安东尼奥向犹太人夏洛克（歇洛克）借款。一向憎恶英国人的夏洛克与安东尼奥定下契约，如不能如期还款则要割下一磅肉。因船只遇到海难无法归还借款的安东尼奥在法庭上即将被割肉，被女扮男装的律师及时救下。巴萨尼奥为了表示感谢，将金表赠予律师。最后，鲍西娅（鲍梯霞）恢复女装并拿出金表，巴萨尼奥和安东尼奥终于明白律师原来是鲍西娅。

在《威尼斯商人》中结婚后成为夫妻的鲍西娅与巴萨尼奥，在《女律师》中成了兄妹，进而《威尼斯商人》中占据了重要位置的恋爱情节都被抹去了。另外，还有这样的错误，明明地点在威尼斯，可巴萨尼奥和安东尼奥却是英国人。不过剧中保留了夏洛克的犹太人身份，部分台词还表现出他对安东尼奥等人抱有的民族怨恨，可见该剧基本内容与《威尼斯商人》一致。这一点和下一节讲述的文明戏改编演出有很大不同，可见编剧者包天笑出众的理解能力。

包天笑回忆道“学校演剧，当然草草不恭，却也有声有色”。这部剧在上演当时引起了相当大的反响，例如朱双云在《新剧史》中记述此剧“情节甚善”，而且不久后演出《威尼斯商人》的新民社也借用了《女律师》这个剧名。

通过《申报》的报道可知，直至20世纪20年代，上海的女子学校每隔一段时间便会演出《女律师》或者《肉券》。然而多数报道只简单记述了时间、剧目、演出学校这样的信息，目前还无法得知演出的具体内容。

《肉券》：早期大规模的莎剧公演

IV

职业演剧中也出现了莎剧演出，即文明戏剧团演出的莎剧。“文明戏”即中国早期话剧，与日本的新派剧类似，是传统戏剧形式与纯粹的近代话剧之间的过渡形态。

有演出广告等确切记载的、最初演绎莎翁戏剧的文明戏是在1914年4月5日晚，由新民社演出的《女律师》。当时刊登在《申报》上的演出广告上写道“女律师取材于《吟边燕语》的《肉券》一则，为英国莎翁最有价值之作”。另外，新民社在1913年10月15日晚等多次上演《驯悍记》，令人猜测该剧是否来自《吟边燕语》中的《驯悍》，然而演出广告记述“凡中国历来家庭社会之习惯描摹无遗”，也没有提到《吟边燕语》或者莎士比亚，大概与莎士比亚没有关系。

也许是新民社公演的《女律师》受到了好评，5月5日的六大剧团联合汇演中也有与《吟边燕语》译名相同的《肉券》一剧[19]。文明戏六大剧团联合公演，表明文明戏正处于鼎盛时期，它们分别是民鸣社、新民社、春柳社、启民社、开明社、文明社。

1914年出版的幕表集《新剧考》中有这次《肉券》

19.《肉券》演出的相关记述与濑户宏《中国话剧成立史研究》（东方书店，2005）的一部分有所重叠。

演出的详细梗概，由此可以相当详尽地了解演出内容。《肉券》不是直接参照《威尼斯商人》，而是改编自《吟边燕语》中的一篇。全剧没有固定台词，由演员按照幕表上的剧情梗概进行半即兴的演出，这也是文明戏的主要特点之一。通过1919年出版的文明戏梗概集《新剧考证百出》（郑正秋编）可知，《吟边燕语》中的20篇故事全部被改编并演出。中国观众正是通过《吟边燕语》的改编演出，知道了莎士比亚，其中最受欢迎的剧目是《肉券》。

根据刊登在《申报》上的演出广告可知，六大剧团联合演出《肉券》的主要演员表如下：

巴山奴（巴萨尼奥）——新民药风
安东尼（安东尼奥）——新民无恐
鲍栖霞（鲍西娅）——新民优游
梨纱（尼莉莎）——民鸣孤雁
薛禄克（夏洛克）——民鸣笑吾
贝乃良（培拉里奥）——新民双云

这份演员表和《新剧考》中记述的人物姓名完全一致，因此可以通过《新剧考》中收录的幕表得知演出内容。

文明戏《肉券》的幕表开头写道“是剧出自英国文豪莎士比亚所著”，可见大家已经自觉地意识到该剧出自莎士比亚作品。然而，正如前文指出的那样，《肉券》不是直接译自《威尼斯商人》。也就是说，从莎翁原作到演剧

上海新剧工会联合公演海报

《肉券》经历了三个阶段，首先兰姆将莎士比亚原作《威尼斯商人》整理收入《莎士比亚故事集》，然后林纾以此为底本翻译出了《吟边燕语》，最后《吟边燕语》被改编为文明戏。因此，文明戏《肉券》虽然借用了《威尼斯商人》的故事情节，可细节部分与原著却有很大的不同。《新剧考》显示这次演出的《肉券》共有六幕。可我们都知道莎士比亚的《威尼斯商人》是五幕剧。幕数之外，还有很多与原著不同之处。

最大的区别是，如“伦敦女子鲍栖霞”的记述那样，鲍西娅的居住地以及故事的舞台被安排在了伦敦，而不是原著中的威尼斯。林纾翻译的《肉券》中，将鲍西娅的居住地描述为“鲍栖霞，贝而孟德人也”，这和原著中明确记述的贝尔蒙脱是一致的。林纾的译文中也明确记述了故事的背景舞台在威尼斯。我们只能推测，也许文明戏《肉券》的改编者简单地认为，比起贝尔蒙脱、威尼斯这样中国人不熟悉的地名，将英国文豪莎士比亚作品的地

文明戏《肉券》剧照

点安排为伦敦或许更好。因为改编者并不了解莎士比亚的《威尼斯商人》，观众更是如此。

另一个明显的不同点是，没有明确记述夏洛克是犹太人。关于夏洛克，前面已经知道，林纾在《肉券》中明确记述了他是犹太人。这大概也是《肉券》改编者的一个随意改编，20 世纪初的上海市民对犹太人也没有更多的了解。当然，《新剧考证百出》中收录的《肉券》明确记述夏洛克是犹太人，实际演出中应该也会出现一些涉及犹太人的台词。《新剧考》的幕表中没有明确记录这一点，可见《新剧考》的作者，也就是观众的代表并没有关注到这一点。

再者，在《威尼斯商人》的原作中，败诉的夏洛克，被判处改信基督教、将财产让给女儿。而在文明戏《肉券》中，夏洛克被判处“四等有期徒刑、三百元以下之罚款”。不知道四等有期徒刑是什么概念，可能是当时刑罚的一种吧。

另外，文明戏中，鲍西娅一开始就是安东尼奥的未婚妻，夏洛克女儿杰西卡的相关情节也被省略了。同时，该剧完全省略了摩洛哥亲王、阿拉贡亲王选择箱子的情节（这一情节在兰姆《莎士比亚故事集》中已经被省略），而加入了胜诉后巴萨尼奥与安东尼奥一同拜访培拉里奥的情节。

很明显，这些改编使得文明戏《肉券》与《威尼斯商人》原著，甚至与林纾翻译的《肉券》也相去甚远。故事地点不在威尼斯、没有犹太人登场的《肉券》，是否还能算是《威尼斯商人》呢？这些都表明了文明戏《肉券》中有很多杜撰的改编，和上一节分析过的城东女学《女律师》相比，文明戏对欧洲的认识反而倒退了。

说得夸张一些，文明戏《肉券》不过借用了莎士比亚原作的故事梗概和人名，而本质上还是一出中国戏。当时的文明戏依然标榜自己的“社会教育”功能，《肉券》或许被视为有着讽刺吝啬、强调女性能力的“社会教育”意义。《威尼斯商人》中有一段判决结束后围绕鲍西娅戒指发生的诙谐场景，对于擅长表演滑稽的文明戏来说，结合其独特的演技，一定给观众呈现了诸多欢乐。

不过，当时的中国人还是将《肉券》视为外国演剧。例如，广告中的宣传为“泰西名剧”，《新剧考证百出》也将《肉券》归到西洋新剧一类。对于当时的文明戏观众来说，只要登场人物的名字有外国风格，舞台布置、服装道具有外国风情就足够了。在20世纪初的中国，人们对欧洲的认识还是非常片面的。文明戏虽然是台词剧，但从《肉券》中也可以看出，作为写实性的戏剧还有很多不足的地方。

从这个时期文明戏代表剧团新民社、民鸣社、春柳社的演出剧目来看，新民社在1914年5月13日晚、5月29日晚（《女律师》)、6月14日白天、7月15日晚（《女律师》)、11月7日白天（《女律师》)、11月30日晚（《女律师》、4月5日，共计演出《肉券》7次。民鸣社于1915年1月29日晚上演了《女律师》，但这是在兼并新民社之后的演出，实质上还是新民社在演。此后民鸣社以《借债割肉》为名，演出了几次。春柳社既没有演出《肉券》，也没有演出《女律师》。

新民社在独立存在的一年半中上演7次《肉券》)，不算多，也不算少。排在新民社演出次数第十位的《情天恨》(《恨海》) 共演出过11次。至于《驯悍记》，1913年10月15日晚，1914年7月14日晚、11月10晚，共有3次。除此之外，新民社就没有其他用《吟边燕语》译名进行的公演了。民鸣社除已提到的《女律师》《借债割肉》外，没有出演其他莎士比亚作品。因此，文明戏鼎盛期的1914年前后，莎士比亚相关的演出并不多。曾经师从坪内逍遥、在日本文艺协会参演过《哈姆雷特》的陆镜若是春柳社的创立者，而春柳社却没有演出《吟边燕语》的改编剧。或许是因为曾经参演莎剧的陆镜若无法忍受演出奇怪的莎剧赝品吧。春柳社曾在1915年4月3日上演了由陆镜若亲自改编自《奥赛罗》的《春梦》。当时的演出广告如下：

《春梦》为英国莎士比亚名著，原名倭塞罗。剧中哀感顽艳，迥不犹人。名人名作名下无虚，兹经陆君镜若译编署，其名曰春梦。盖其中铺叙恍若，春花灿烂，梦幻迷离，观之不等身亲历，而转缀之妙，斩折之奇，尤属令人不可思议。

遗憾的是，或许因为公演不成功，该剧从未再演。所以关于此剧，本文也只能叙述到这里。

文明戏鼎盛期过后，支撑文明戏的笑舞台演绎了很多莎翁戏剧。笑舞台成立于1915年2月14日，成立之初名为沐尘舞台，后多次更名，从1916年2月6日开始更名为笑舞台。1917年1月民鸣社解散后，笑舞台成为文明戏的主要阵地。笑舞台在1929年左右关闭前，演出了《女律师》、《黑将军》、《金环铁证》(《辛白林》)等剧目[20]。关于笑舞台的研究还不充分，而笑舞台演出的莎剧也有待进一步的研究。

总之，中国以完整形态翻译莎士比亚作品是在20世纪20年代后，以完整形态演出莎士比亚戏剧是在20世纪30年代后。毕竟，中国能够从本质上理解西方、并在社会上产生一定影响力，仍需等到《新青年》的出现以及五四运动时。

20. 关于笑舞台，黄爱华《上海笑舞台的变迁及演剧活动考论》(收录于袁郭兴编《清末民初新潮演剧研究》广东人民出版社，2011）中有记述，该论文没有提及莎士比亚。但黄爱华在《笑舞台与文明新戏后期剧坛》(早稻田大学演剧博物馆演讲原稿，2011年10月15日）中对莎士比亚有所提及。

中国接受莎剧实质上始于兰姆《莎士比亚故事集》中译本的出现，即林纾、魏易合译的《吟边燕语》(1904)。自20世纪初至20世纪前半叶，《吟边燕语》在中国国内被广泛阅读，林纾在中国的莎剧接受史中也受到了高度评价。[1]

林纾于1916年再次集中介绍了《查理二世》等一些没有被收录到《莎士比亚故事集》中的莎翁历史剧。这些译作与《吟边燕语》一样都是小说形式，并且林纾只注明“英国莎士比亚原著”。因此，林纾将戏剧原作改译为小说形式成为定论。近年，清末小说研究者樽本照雄先生的研究表明，林纾翻译莎翁历史剧时使用的底本是已被改写为小说形式的作品。[2]这一发现是樽本先生的一大贡献。然而，樽本先生还指出所谓定论，实际上是郑振铎等新文化运动参与者为了贬低新文化运动反对者林纾而“近乎捏造”的说法，因此认为林纾蒙受了冤屈。[3]本章将围绕这个问题展开，探讨为何会产生这样的定论，林纾是否对定论的成立负有责任，进而重新确认林纾在中国莎学发展史上的地位。因本章是与樽本先生争论后的产物，所以保留对樽本先生的尊称。

1. “林纾的译作《吟边燕语》在中国莎学发展史上占有十分重要的地位，它不仅影响到一代文学戏剧大家，而且成为中国文明戏时期上演莎剧的蓝本。”(孟宪强《中国莎学简史》，东北师范大学出版社，1994年，10页。)

2. 樽本照雄『林纾冤罪事件簿』、清末小说研究会、2008年。以下注释略称为『事件簿』。

3. 『事件簿』345页。

第二章
林纾的莎士比亚观

I 林纾：莎翁翻译的先行者

首先简单介绍一下林纾的生平。[4]

林纾1852年生于福建的一个商贾之家，幼名群玉，号畏庐，字琴南。他在考中举人、参加礼部会试时开始使用林纾这个名字，当然林琴南之名也广为人知。因经营不善而家业衰败后，林纾度过了艰苦的少年时代。然而，他在贫困中依然嗜书如命，自幼接触大量中国古典文学。他希望通过科举考试出人头地，然而只考中举人，在私塾教书而未能步入仕途。

1897年，45岁的林纾痛失爱妻。此时，从法国回国的朋友王寿昌向他介绍了小仲马《茶花女》的故事内容。林纾颇感兴趣，开始着手翻译。1899年，林纾的翻译以《巴黎茶花女遗事》为题出版发行。因《茶花女》内容新颖、译文流丽，立刻受到读者欢迎。林纾翻译《茶花女》近乎偶然，却在文学史、思想史上产生他不曾预想的意义。中国人通过《茶花女》，第一次接触到了西方的爱情观。[5]

《茶花女》的成功激起了林纾对翻译的兴趣，其中当然也有维持生计的原因，他一篇接一篇地将能够接触到的

4. 传记部分主要参考文献如下：薛绥之、张俊才编《林纾研究资料》（福建人民出版社，1983），林薇编《百年沉浮——林纾研究综述》（天津教育出版社，1990），张俊才《叩问原题的消息》（中国社会科学出版社，2006），张俊才《林纾评传》（中华书局，2007），增田涉『中国文学史研究』（岩波书店，1967）。

外国文学翻译为中文，总数达到246种以上。林纾翻译的一系列小说被称为林译小说，在清末被广为阅读，而清末的中国知识分子也强烈渴望了解外国的相关知识。连中国话剧的先行者春柳社，也是通过改编上演林译小说《茶花女》、《黑奴吁天录》（斯托夫人《汤姆叔叔的小屋》）开始话剧演出活动的。[6]

林纾

如多次提到的那样，林纾其实不懂外文，翻译时将助手口述译文（口译原文多为英文）改写成文言文形式。林纾的文言文功底非常深厚，往往“口述者未毕其词，而纾已书在纸”。林纾的翻译态度也非常严谨，一旦有口译不通顺的地方就立刻停下来确认。我们今天阅读《吟边燕语》，虽然会发现一些省略、意译之处，但可以确认基本上正确传达了原文的内容。林纾也将魏易等合作者的名字和自己的名字一起写在出版的译作上。他坚持每天上午下午各翻译两小时，以这样的方式译出了大量的作品。

20世纪初，林纾属于在政治上期待英明君主、谋求社会变革的立宪派，尤其推崇戊戌政变中被囚禁的光绪帝，对社会变革持肯定态度。因此在清末，林纾绝不是像后来人们描述的那样属于守旧派。他也时常撰写译作序言，借以说明改革的意义。

辛亥革命推翻清政府意味着依靠英明君主进行改革的梦想破灭，这让林纾倍感失望。自此，林纾性格中的归隐思想愈发强烈，也几乎不再为译作撰写序跋文。然而，林纾依然推崇光绪帝，清朝灭亡后仍旧时常拜谒光绪陵

宫尾正树「林纾——外国語のできない翻訳者」(『しにか』3月号，1995)，樽本照雄『林紓冤罪事件簿』(清末小说研究会，2008)。

5. 张競『近代中国と「恋愛」の発見』、岩波書店、1995年。

6. 具体内容参见濑户宏《中国话剧成立史研究》，厦门大学出版社，2015年。

墓。1919年五四运动前夕，林纾因《新青年》而与新文化运动活动家们产生强烈对立，严重影响了他的形象，守旧派的标签也因此而来。1924年10月19日，72岁的林纾以落后于时代的遗老形象离世。

《吟边燕语》的出版前后

II

第一章已经介绍了林纾之前的中国接受莎剧的情况，以及《吟边燕语》的基本内容，这里不再赘述。《吟边燕语》的序文体现了林纾的翻译意图，引用如下：[7]

欧人之倾我国也，必曰：识见局，思想旧，泥古骇今，好言神怪；因之日就沦弱，渐即颓运。而吾国少年强济之士，遂一力求新，丑诋其故老，放弃其前载，唯新之从。余谓从之诚是也，顾必谓西人之夙行夙言，悉新于中国者，则亦誉人增其义，毁人增其恶耳。

英文家之哈葛得，诗家之莎士比，非文明大国英特之士耶？顾吾尝译哈氏之书矣。禁蛇役鬼，累累而见。莎氏之诗，直抗吾国之杜甫。乃立义遣词，往往托象于神怪。西人而果文明，则宜焚弃禁绝，不令淆世知识。然证以吾之所闻，彼中名辈，耽莎氏之诗者，家传户诵，而又不已，则付之梨园，用为院本。士女联襼而听，欷歔感涕，竟无一斥为思想之旧，而怒其好言神怪者，又何以故？

夫彝鼎罇罍，古绿斑驳，且复累重，此至不适于用

7. 参照《林纾译著经典》（1—4）系列之一《吟边燕语》，上海辞书出版社，2013年，参考民国三年六月初版《吟边燕语》等文本。

者也。而名阀望胄，毋吝千金，必欲得而陈之。亦以罗绮刍豢，生事所宜有者，已备足而无所顾恋。于是追蹑古踪，用以自博其趣，此东坡所谓久餍膏粱，反思螺蛤者也。

盖政教两事，与文章无属，政教既美，宜泽以文章，文章徒美，无益于政教。故西人惟政教是务，赡国利兵，外侮不乘，始以余闲用文章家娱悦其心目，虽哈氏、莎氏思想之旧、神怪之托，而文明之士，坦然不以为病也。余老矣，既无哈、莎之通涉，特喜译哈、莎之书。

挚友仁和魏君春叔，年少英博，淹通西文，长沙张尚书既领译事于京师，余与魏君适厕译席。魏君口述，余则叙致为文章。计二年以来，予二人所分译者得三四种，《拿破仑本纪》为最巨本，秋初可以毕业矣。夜中余闲，魏君偶举莎士比笔记一二则，余就灯起草，积二十日书成，其文均莎诗之纪事也。嗟乎！英人固以新为政者也，而不废莎氏之诗。余今译莎诗纪事，或不为吾国新学家之所屏乎？莎诗纪事，传本至夥，互校颇有同异，且有去取。此本所收仅二十则，余一一制为新名，以标其目。绪三十年五月闽县林纾序。

原文未分段，为了便于阅读，这里进行了分段。文中的哈葛德（Henry Rider Haggard, 1856—1925）是活跃于19世纪末20世纪初的英国通俗小说作家。哈葛德不是能与莎士比亚齐名的人物，林纾却将他们并列进行介绍，当然他翻译的哈葛德小说也给清末的中国知识分子带来很大影响。另外，文中“长沙张尚书既领译事于京师，余与魏君适厕译席”一句，指林纾自1903年在京师大学堂译书局工作的事情。

林纾逝世后，《吟边燕语》仍被不断再版。根据笔者的考证，分别在1935年、1981年、2013年再版。1935年、1981年由商务印书馆出版，2013年由上海辞书出版社出版。林纾逝世后的版本上都明确记述了作者是兰姆，而非莎士比亚，例如，查尔斯·兰姆著（1935年版）、兰姆著（1981、2013年版）。

雷差得紀
英國莎士比原著
閩縣林紓 靜海陳家麟 同譯

英王奈支倭得第三殂。王冕遂屬皇太孫雷差得。卽黑太子之子。太子以英武之姿。早年卽世。舉國痛惜前星之隕。故擁戴太孫。時太孫甫十一歲。民以悼念東宮之故。咸輸誠於太孫。加冕之時。倫敦人燕歡踴無極。巨商設機於公園。易飛泉爲酒。流沫成池。恣人浩飲。以常理言。英雄之父。或產英雄之兒。顧乃不爾。父老因大失望。人既荏弱。或本諸天性。實亦教育使然。時侍從人多叢脞雜進。讒諂者錯出其間。卽自好之士。亦圖營己私。無心於爲國。王長養宮中。逸樂而縱恣。甘言易入。故樂與宵小爲緣。閱歷既淺。爲近習所牽引。言匪弗售。侍從大臣十二人。尚有族父三人。亦在侍中之列。一爲蘭卡司忒公。一爲要克公。一爲格老西司忒公。此三人中。以玉牒近支。極力輔政。而格老西司忒公獨專揆席。一時政府人稱之曰怪政府。而識者亦稱之曰不仁之政府。格老西司忒當國。時有德維亞及沙復克均王之弄臣。格老西司忒以罪誅之。籍沒其家。王怒。顧政權不屬。則聽攝政所爲。容忍及於二十二歲。罷攝政大臣。獨操政柄。國中晏然稱治。然量局而慨。深思圖報復。尚畏懾格老西司忒。未敢肆之市朝。在位八年。忽一日降勅。流格老西司忒於卡雷。卡雷留守爲那白雷。封腦復克公。格老西司忒既至配所。遂瘐死獄中。死狀初無人知者。讒者亦未嘗謂格老西司忒之死。由王授計於那白雷。然物議沸騰。咸指爲王之陰謀。蓋王初御極。尚顧恤民心。已而去其僞飾。恣意所如。遂立布西及格雷魯。與巴高忒爲執政大臣。一變從前舊政。因意立制。悉國家大計。用私見爲去取。民不堪命。天下人主。有自利之心。則非專制斷不能攄其己意。故格老西司忒

小說月報　第七卷　第一號　雷差得紀

林纾、陈家麟合译《雷差得记》（即《理查二世》）

《吟边燕语》出版后，林纾暂停了莎士比亚相关的翻译介绍。而时隔12年后的1916年，林纾再次集中翻译了一批莎士比亚作品，即《莎士比亚故事集》中没有收录的历史剧。林纾为何于1916年再次着手介绍莎士比亚，至今无从得知。以下为这些历史剧的篇名及刊载情况：

《雷差得纪》（查理二世）《小说月报》7卷第1期，英国莎士比亚原著闽县林纾、静海陈家麟合译（以下三篇译者等信息相同，不再重复）

《亨利第四纪》(亨利四世)《小说月报》7卷第2—4期

《亨利第六遗事》(亨利六世)商务印书馆4月出版

《凯撒遗事》(裘力斯·凯撒)《小说月报》7卷第5—7期

林纾逝世后的1925年,《亨利第五纪》(亨利五世)作为林琴南遗稿被刊登在《小说世界》周刊12卷9、10期上,但没有写明合译者[8]。以上历史剧译文皆为小说形式,且仅记为"英国莎士比亚原著",因此,如前面提及的那样,很长一段时间中人们认为林纾将莎士比亚戏剧作品改译成了小说。而樽本照雄先生2007年的研究成果表明,这四篇历史剧的底本都是奎勒·库奇的《莎士比亚历史剧故事集》(A.T.Quiller-Couch, Historical Tales from Shakespeare, London: Edward Arnold, 1899)。

奎勒·库奇(1863—1944)是英国作家、剑桥大学教授、莎士比亚研究者。《莎士比亚历史剧故事集》收录了兰姆《莎士比亚故事集》中缺少的历史剧,且为儿童版梗概集,在一段时间内受到欢迎,中国也出版过全译本,日本也有摘译本[9]。然而其内容为并不显眼的普通历史剧,且作为梗概过于冗长,现在已经被遗忘。林纾这次的翻译,与《吟边燕语》不同,并没有引起多少关注,刊登后既没有被集册出版,也没有被再次转载。

1921年,林纾又将易卜生的《群鬼》译为《梅孽》发表。《梅孽》也以文言故事形式被翻译为中文,仅

8. 未见。根据张俊才《林纾评传》(中华书局,2007)附录《林纾翻译目录》。此外,根据孟兆臣《中国近代小报史》(社会科学文献出版社,2005)虽然有莎士比亚原著、林纾陈家麟共译《欧史遗文》(《上海亚细亚报》1915年9月10—13日),但张俊才所编目录没有收录,具体情况不明。

9. 中文译本为汤真译《莎士比亚历史剧故事集》(中国青年出版社,1981)。日文译本为クヰラ・クウチ氏原著、課外読物刊行会編集部訳編『シェクスピア史劇物語』(课外读物刊行会、大正十四年)。该书还收录了《科利奥兰纳斯》、《裘力斯·凯撒》、《约翰王》三篇,附有序言和莎士比亚小传。(奎勒·库奇的

注明“原著者德国伊卜森译述者闽县林纾、吴县毛文钟”。因此，也产生了林纾将易卜生戏剧改译为小说形式的说法。据樽本先生的研究，《梅孽》的翻译底本为 Draycot Montage Dell（1888—1940）所写 Ibsen’s Ghosts’ Adapted as a Story（1918？）的压缩译本[10]。此后《梅孽》一文也没有被再版。

原书在以下网址可以看到原文，http://www.archive.org/details/historicaltales-f00quiluoft）

10. 馆藏于挪威奥斯陆的易卜生研究中心（Centre for Ibsen Studies）。出版年份是在该馆馆藏检索功能中确认的。

III 林纾《吟边燕语》翻译的疑问

那么，为什么错误的认识会被广泛流传呢？前文以提到，林纾在介绍历史剧时没有说明直接参照的底本，《吟边燕语》在这一点上也一样。如果林纾明确说明翻译时参照的底本，就不可能产生对他的误解。而《吟边燕语》，因其底本恰巧是著名的兰姆《莎士比亚故事集》，才没有产生误解罢了。

那么，林纾为什么不明确记述翻译底本呢？

《吟边燕语》中有一篇620字左右、由林纾署名的序言（见本章第二节），由此可知林纾的莎士比亚观。林纾的序言指出西洋人非常喜爱莎士比亚充满传奇性的作品，同时劝诫热衷于改革中国的青年人不要急于舍弃中国古典文学。其中需要格外注意这段文字："莎氏之诗，直抗吾国之杜甫……然证以吾之所闻，彼中名辈，耽莎氏之诗者，家弦户诵，而又不已，则付之梨园，用为院本。士女联襟而听，欷歔感涕"，集中反映了林纾的莎士比亚观。在林纾看来，莎士比亚作品最初是诗歌形式，受到人们的广泛吟唱后，才被作为剧本用于演出。序言的最后写道："夜中余闲，魏君偶举莎士比笔记一二则，余就灯起草，积二十日书成，其文均莎诗之纪事也”，而题目《吟边燕语》意为“‘吟边’一词意为‘诗中’或‘作诗’”。由此可见，林纾将莎士比亚视为诗人，将《莎士比亚故事集》视为莎士比亚诗歌的梗概集。

林纾没有明确记述《吟边燕语》的底本或许出于以下考虑：兰姆编写的《莎士比亚故事集》不过是莎士比亚作品的简单压缩，两者之间没有实质区别。1916 年林纾翻译莎翁历史剧时，依然抱有相同的翻译态度。

林纾将莎士比亚视为诗人，是受当时英国文艺思潮影响的结果。莎士比亚戏剧本身以韵文写成，且进入 19 世纪后，浪漫主义文艺思潮兴盛，莎士比亚作品的文学性得到高度评价，在英国产生了将莎士比亚当作诗人而不是剧作家进行高度评价的风潮。而高度强调莎翁作品的诗学价值、主张其不适宜于演出的正是查尔斯·兰姆。林纾翻译《吟边燕语》时的 20 世纪初期，正流行着这样的莎士比亚观。不要说林纾，连梁启超、王国维等人也将莎士比亚视为诗人。

然而，进入 20 世纪后，莎士比亚观发生逆转，以英国为首的欧洲诸国再次将莎士比亚视为剧作家重新评价[11]。莎士比亚是剧团专属的戏剧作者，他在进行戏剧创作时，首先将作品定位为所属剧团的演出剧本。剧作本身在上演时尚未公开发表，在上演一段时间、有一定名气后才会将剧作印刷出版。

根据目前的研究成果，莎士比亚研究者普遍认为，莎翁戏剧中有不少部分是针对剧团演员所作，受到所属剧团

11. 以《驯悍记》为中心，分析了这种变化的研究有小林かおり『じゃじゃ馬たちの文化史』（南云社，2007）一书。

的束缚，莎剧并不是莎士比亚脱离舞台背景、全凭自己的想象力创作出来的[12]。也就是说，莎翁剧作实际的发表、传播过程，同《吟边燕语》序言中的理解正相反。而林纾因历史条件的局限而没有认识到这一点。

戏剧是明确以演出为最终目的而被创作出来的文学作品。正因为有戏剧作品，演员才能在舞台上表演。因为有“上演”的制约，优美的台词、诗情等独特的形式美才被创造出来。因此，翻译被小说化的戏剧或者戏剧梗概，即便能够介绍戏剧的梗概，却不是对戏剧本身的翻译。举个例子，假如有人将近松门左卫门的《曾根崎心中》、《情死天网岛》演出手册里的详细梗概翻译后发表，那么可以算作是《曾根崎心中》的内容介绍，却不能说是《曾根崎心中》、《情死天网岛》的翻译。或者说，如果直接使用《吟边燕语》中的语言，演员能演绎出这些作品吗？事实上，文明戏剧团在演出《吟边燕语》各个章节时都要先进行改编，而且如第一章已经说明的那样，实际的演出与莎翁原作有着很大的不同。

林纾本人还创作了一些“传奇”类作品，然而这些作品都是和演出无关的阅读性剧本，而林纾也并不理解戏剧作品的本质。林纾没有意识到，翻译由兰姆改编为小说体的《莎士比亚故事集》与翻译莎士比亚原作无法相提并论。于是，在翻译经奎勒·库奇小说化改编的莎翁历史剧时，林纾将原作者仅记为莎士比亚。也就是说，林纾将不是莎士比亚作品的文章当作莎士比亚作品进行了介绍。

在此，我们想起《吟边燕语》之前出版的《澥外奇

12. “近现代的剧作中，也有像小说的人物描写那样，仅靠大脑想象并塑造出来人物形象。诗人莎士比亚同样也发挥自己的想象力创造了他的戏剧世界，这种论调看似可以成立，然而却无法成立。原因在于伊丽莎白王朝时期的公演并非制作人制，而是人数不多的小剧团制。附属于剧团的剧作家莎士比亚必须考虑好舞台上演员们的演技、身体特长才能进行创作。”（河合祥一郎『ハムレットは太っていた』、白水社、2001）。该书由作者的剑桥大学博士论文修改而成，曾获三得利学艺奖等，评价很高。

谭》，该书的译者明确记述了翻译底本。《澥外奇谭》同时还在凡例中写道“氏乃绝世名优，长于诗词。其所编戏本小说，风靡一时，推为英国空前大家”。莎士比亚是不是绝世名演员尚有争议，且译者误以为莎士比亚还会写小说。然而，《澥外奇谭》的译者至少认识到，莎士比亚是戏剧演员，并且莎士比亚的作品为剧本。《澥外奇谭》之所以明确写出翻译底本，和以上的理解方式不是没有关系。与《澥外奇谭》的译者相比，林纾对莎士比亚的理解可谓略逊一筹。

坚持林纾冤案说的樽本照雄先生指出“林纾、陈家麟以小说化英文作品为底本进行汉译，却没有写明改写人的名字，仅简单记为莎士比亚原著，这真的是林纾自己的问题吗？[13]”笔者认为，这是一种无视小说与戏剧区别的言论。樽本先生以鲁迅的译文为例为林纾辩护，然而林纾的《吟边燕语》与鲁迅将小说翻译为小说的译作没有可比性。

潘家洵是易卜生《群鬼》的汉译者，樽本先生又进一步以潘家洵为例为林纾辩护，指出“确实是以原文戏剧的形式进行翻译，但同样没有明记英文底本。”[14] 然而，在今天看来，这只能证明潘家洵的翻译态度不够严谨，却不能为把不是莎士比亚、易卜生作品的文章作为莎士比亚、易卜生作品来翻译的林纾证明什么。

文章至此，林纾没有明确记述《吟边燕语》翻译底本的原因已经很清楚了。这与林纾的莎士比亚观密切相关，“定论”产生的主要原因也在林纾自身。当然，我们应当理解林纾的看法受到当时的历史社会条件的限制。

13.『事件簿』259 页。

14.『事件簿』280 页。

IV 《新青年》制造的林纾“冤案”

然而，如本章开头介绍的那样，樽本先生认为“定论”的产生以及流传是新文化运动活动家故意诋毁新文化运动反对者林纾的结果。下面，笔者将探讨这个问题。

1917年《新青年》刊登了胡适《文学改良刍议》，次月刊登了陈独秀《文学革命论》，此为新文化运动提倡白话文之始，也被认为是中国现代文学的开端。新文化运动对封建旧文化的强烈批判在短期内并没有引起共鸣，苦闷的《新青年》成员为了吸引读者关注，制造了一出双簧表演。钱玄同以王敬轩的名义和旧文化拥护者的身份给《新青年》写信，刘半农回信反驳，二人的信件以《文学革命之反响》为题同时刊登在《新青年》上。刘半农的文章就是今天大家熟知的《复王敬轩书》[15]，刊登在《新青年》第4卷第3期（1918年3月）时还没有标题。1935年郑振铎执笔《中国新文学大系·第二集文学论争集》导言时，说明了这出双簧的真相。

这出双簧的信件中有涉及林纾的内容，也许是因为林纾为当时的古文大家，且曾发表文章拥护古文。首先由“王敬轩”赞美林纾，刘半农做出反驳。刘半农在反

15. 郑振铎编《中国新文学大系·第二集文学论争集》（良友图书公司，1935）中加入题目《覆王敬轩书》，但是新中国成立后的资料集中为《复王敬轩书》，因此本文写为《复王敬轩书》。复不是覆的简体字。

驳中写道："吟边燕语本来是部英国的戏考，林先生于'诗''戏'两项，尚未辨明，其知识实比'不辨菽麦'高不了许多"。《戏考》是当时出版的京剧观戏手册、梗概集，有时也刊登剧本，主要是为了方便观众观戏（之后出版的《京剧大戏考》《越剧小戏考》等以戏考为题的出版物大多不再有剧本集的要素）。刘半农认为既然《吟边燕语》是戏考，那就应该提及诗（文学）与戏（演剧）两方面，然而林纾连这两者的区别都不知道。

樽本先生将刘半农的这句话翻译为"『吟边燕语』は、本来は英国の戯曲である。林氏は「詩」と「戯曲」のふたつの区別がついていない"（《吟边燕语》本为英国剧本。林先生连'诗'和'剧本'两项的区别尚未辨明），并分析道"林纾将莎士比亚剧作改译为小说形式。这是连戏剧和小说都分不清的恣意翻译。（刘半农）为了说明这样的观点而单方面以《吟边燕语》作为典型。……重要的是，这种将戏剧小说化的指责在此后长时间内仍然被反复引用"。[16] 这种分析相当牵强。若刘半农真如樽本先生所言批判林纾"分不清戏剧和小说"的话，不会使用"戏考"这个词，而是使用"戏本"或"剧本"这样的词汇。再者，《吟边燕语》序言中"余今译莎诗纪事"一句明确说明了《吟边燕语》的翻译底本是莎士比亚作品的梗概集，很难相信刘半农没有注意到这一点。因此，樽本先生的林纾冤罪说的出发点本身就很牵强。

兰姆将莎士比亚戏剧梗概集视为文学作品而写出《莎士比亚故事集》，而将《莎士比亚故事集》（《吟边燕语》）

16.『事件薄』47 页。

郑振铎

看作戏考的确是刘半农理解不到位。然而，“林先生于‘诗’‘戏’两项，尚未辨明”一句点明了林纾的莎士比亚观的局限，必然影响了后来的评论者们。

次月，胡适在《新青年》第4卷第4期（1918年4月）上发表了《建设的文学革命论》一文，该文也触及林纾对莎士比亚的译介：“又如林琴南把莎士比亚的戏曲，译成了记叙体的古文！这真是莎士比亚的大罪人。”从胡适的文学素养来看，他当时应该已经知道兰姆的《莎士比亚故事集》[17]，这句话应该指的是1916年《雷差得纪》之后的翻译。如樽本先生所指，这是胡适的误解。然而考虑到当时的条件，既然林纾没有明示小说化的翻译底本，那么就不能单方面指责胡适。

林纾逝世后，郑振铎在《林琴南先生》(《小说月报》第15卷11号，1924年11月）一文中延续了刘半农、胡适对林纾的评价，成为林纾评价的一种定论。郑振铎这样写道：

还有一件事，也是林先生为他的口译者所误的：小说与戏剧，性质本大不同。但林先生却把许多的极好的剧本，译成了小说——添进了许多叙事，删减了许多对话，简直变成与原本完全不同的一部书了。如莎士比亚的剧本，《亨利第四》、《雷差得纪》、《亨利第六》、《凯撒遗事》以及易卜生的《群鬼》都是被他译得变成了另外一部书了——原文的美与风格及重要的对话完全消灭不见，这简直是步武却尔斯·兰在做《莎氏乐府本事》，又何必

17. 平田昌司根据胡适日记编写的《胡适留美期间读过的文学著作》(「胡適がアメリカ留学期間に読んだ文学書」)（平田昌司「胡適とヴィクトリアン・アメリカ」、『東方学』第150辑、2008）中没有提及《莎士比亚故事集》，但有莎士比亚诸作品和《查尔斯·兰姆书信集》。几乎可以肯定胡适知道《莎士比亚故事集》这本书。

写上了“原著者莎士比亚”及“原著者易卜生”呢？林先生大约是不大明白小说与戏曲的分别的——中国的旧文人本都不会分别小说与戏曲，如《小说考证》一书，名为小说，却包罗了无数的传奇在内——但是口译者何以不告诉他呢？[18]

郑振铎此文确立了林纾将莎士比亚（以及易卜生）戏剧改译为小说形式的定论。如樽本先生所指，这是误解。那么，为什么郑振铎会有此误解呢？笔者认为应考虑林纾、郑振铎双方的原因。林纾方面的原因，首先如前文所述，林纾没有写明翻译底本。在介绍历史剧时，他甚至连解说作品意义的序文都没有写（《梅孽》中有一小段“发明”，但没有言及翻译底本）。其次，林纾没有反驳刘半农、胡适的评论。也许林纾本人并不理解戏剧和小说的本质区别，所以没有理解刘半农、胡适的批判内容。因为刘半农、胡适批判林纾之后，林纾在翻译作品《梅孽》中依然没有写明底本。

至于郑振铎方面的原因，或许因为历史剧在莎翁戏剧中相对不引人注意，且林纾的译作也没有引起太大反响，所以郑振铎没有分析《雷差德纪》等译文。至于翻译底本，奎勒·库奇《莎士比亚历史剧故事集》远没有兰姆《莎士比亚故事集》有名气，可以肯定郑振铎并不知道此书的存在。毕竟在当时的条件下，寻找原作十分困难。

林纾将莎士比亚剧作改译为小说形式，这种定论并不正确。然而林纾把小说化的莎翁作品，或者说把不是莎

18. 笔者使用的文本被收录在《林纾研究资料》中。

士比亚原作的文章当作莎翁作品来翻译却是一个不变的事实。因此，即便在今天，郑振铎“林先生大约是不大明白小说与戏曲的分别的”这种评价依然正确。同时，郑振铎提及了口译者的责任，也提出“中国的旧文人本都不区分小说与戏曲”，指出不单是林纾个人的责任，而是扎根于中国传统文化中的问题。这种评价应该说是很公正的。

樽本照雄为林纾的辩护

V

可是，樽本先生对林纾的拥护还有下文：

> 真实的林纾并不能成为陈独秀、钱玄同、刘半农等文学革命派人士所期待的应该抵抗的强敌。他们热切期望的是能够发表文章、大声咒骂进行还击的敌人。甚至最好是有军阀作后盾、炫耀武力进行恐吓的强敌。正是出于这样的原因，文学革命派传播流言，给林纾贴上了有军阀作后盾的标签，而这比事实夸张数倍……总之，对林纾的批判完全是文学革命派一手制造的冤案。[19]

樽本先生的此番断言真的正确吗？让我们暂时脱离莎士比亚这个话题，在中国现代文学史中梳理这个问题。

林纾虽然没有立即反驳“王敬轩”（钱玄同）和刘半农的双簧信以及胡适的批判，但林纾肯定有所不悦，一年之后突然做出了反击。

首先，1919 年 2 月 17、18 日林纾在《新申报》上发表文言文小说《荆生》。《荆生》讲的是名为荆生的年轻人听到了三人的对话，十分生气并且痛斥三人的故事，而这

19.『事件薄』171 页。

三人明显是以陈独秀、钱玄同、胡适为模型的人物。

3月18日，他在《公言报》[20]上发表了那篇有名的致北京大学校长蔡元培的拥护古文的公开信，而胡适、陈独秀等《新青年》成员的阵地正是北大。突然在报纸上发表公开信大多持有特定的攻击目的。公开信之后，3月19—23日，林纾再次在《新申报》上发表了文言文小说《妖梦》。《姚梦》中隐射蔡元培、陈独秀、胡适的人物皆被阿修罗王吃掉了。

两篇小说都对以新文化运动核心人物为原型的出场人物施以暴力、给以重创，甚至将其杀死，可见林纾对这些人怀有的强烈恶意。自此北京城开始流传林纾计划用暴力打倒《新青年》倡导者的流言，并将《荆生》、《妖梦》两文视为证据。

对此，樽本先生这样解释：

> 影射特定人物、意图暴力镇压。无论怎么看，《每周评论》的评论是有问题的。因为这种评论把现实和虚构的小说混为一谈。
>
> 虚构和现实是不同的。之所以强调这个人人皆知的事实，是因为在关于林纾的批判中这个基本原则被忽视了。而忽视这个原则的正是文学革命派的诸位倡导者。[21]

樽本先生的这种批判是否妥当？这里就要提及中国文学中的影射传统。所谓影射，是指借小说讽刺现实。当时的中国也有把小说内容理解为现实的文化习惯。例如，

20.《公言报》缩印本馆藏于北京中国国家图书馆，可阅览。

21.『事件薄』153页。

几年后鲁迅发表《阿 Q 正传》时也有这样的理解方式。鲁迅研究者丸山昇指出“这部作品当时被连载的时候，许多人误以为讽刺攻击的就是自己并且感到惶恐”[22]。即使是误解，但《新青年》成员极可能认为林纾对《新青年》以及北京大学怀有强烈恶意，并意图使用暴力攻击。自三岛由纪夫《宴后》事件（1961）以来，围绕隐射小说日本还存在着各种各样的争论。可见，即便在如今的日本，樽本先生“小说是虚构的，脱离任何束缚、有着高度的自由，所以怎么写都没有问题”的观点也行不通。[23]

实际上，林纾确实和军阀徐树铮关系密切。徐树铮（1880—1925）是曾任国务院秘书长、陆军次长的北洋军将领。据徐树铮之子徐道邻回忆，民国八、九年，也就是林纾与《新青年》成员对立表面化之时，徐树铮每周三定期邀请林纾等人到饭店吃饭。饭桌上总是林纾一个人在说话。[24]

据多人的回忆和评价，林纾性情急躁[25]。考虑到林纾的性格以及《荆生》中表现出的对《新青年》成员的强烈恶意，林纾和徐树铮等人吃饭时，言辞中很有可能有谩骂诋毁。当时 67 岁的林纾在文坛上有很高的地位，还与段祺瑞政权的重要人物徐树铮定期会面。与此相对，《新青年》成员中最年长的陈独秀也仅仅 40 岁，并且刚到北京，社会地位尚未稳固。加之辛亥革命后，军阀大量虐杀革命派、国民党员的事实尚且令人记忆犹新。

关于流言的真实性有两种说法，一种认为的确是流言，还有一种认为林纾等人的确企图使用武力反击，但因

22. 丸山昇『鲁迅　その文学と革命』、平凡社、1965 年、162 页。

23.『事件薄』154 页。

24. 徐道邻编述《徐树铮先生文集年谱合刊》，台湾商务印书馆，1962 年，171 页。

25. 佚名《林纾略传》，林薇《百年沉浮——林纾研究综述》，天津教育出版社，1990 年 10 月等。

五四运动的爆发而终止。流言中最荒唐的，居然认为他们要在景山上架好大炮准备轰炸北京城内的北京大学。[26]这种近乎荒唐的言论似乎在某种意义上证明了林纾等人实际上并未计划武力镇压。然而，就算林纾没有此意，不实之词被夸大后流传于市井，是极有可能给《新青年》成员、北京大学相关人士造成强烈威胁感的。

两个月后，即1919年5月4日爆发的五四运动，淹没了林纾与新青年成员的这场论证。如前文所述，1924年10月19日林纾作为清朝遗老离世。

林纾逝世次月，郑振铎在《小说月报》1924年11月号上发表了《林琴南先生》一文，"对林纾生平、思想及其对中国近代文学、现代文学上的贡献作了全面的评价"。[27]对于林纾晚年的守旧思想，郑振铎认为"然而他的主张是一个问题；他的在中国文坛上的地位，又另是一个问题；因他的一时的守旧的主张，便完全推倒了他的在文坛上的地位，便完全堙没了他的数十年的辛苦的工作，似乎是不很公允的"[28]，给予林纾相当高的评价。

对此，樽本先生认为"郑振铎的《林琴南先生》一文，标榜公正评价的同时从根本上就是不公正的。此文正是造成林译小说冤案的发端"。[29]樽本先生做出这样评价，一是因为郑振铎误解林纾将莎士比亚（以及易卜生）戏剧改译为小说形式，二是因为樽本先生认为"介绍五四时期文学状况时多会引用郑振铎在《中国新文学大系》第二集文学论争集中发表的导言。既然郑振铎是当事人，那么可以认为他非常了解详细情况……他是文学革命派

26. 张俊才《叩问现代的消息——中国近代文学专题研究》，中国社会科学出版社，2006年，337—338页。

27. 张俊才《林纾年谱简编》，《林纾研究资料》，福建人民出版社，1983年，61页。

28. 郑振铎《林琴南先生》，《小说月报》1924年11月号。

29.『事件薄』353页。

的一员……我们在阅读郑振铎的文章时应该注意其是有所偏向的”。[30]

然而，笔者认为这种批判很难成立。

1919 年时，《新青年》成员多在 30 岁左右，例如陈独秀（40 岁）、鲁迅（38 岁）、钱玄同（32 岁）、刘半农（28 岁）、胡适（28 岁），他们和当时只有 21 岁的郑振铎之间有着很大的年龄差。不过，也有傅斯年（23 岁）、罗家伦（22 岁）这样 20 多岁的成员，因为他们是北京大学的学生。

与此相对，郑振铎当时是北京铁路管理学校（如今的北京交通大学）的学生，和北京大学没有关系。因为《鲁迅日记》中首次出现郑振铎的名字，是在他迁居上海后的 1921 年 4 月 11 日。郑振铎后来在上海成为《小说月报》编辑部的核心人物，与《新青年》成员有了相近的社会地位，或许这个时候有机会知道当时的情况，但很难认为 1919 年时郑振铎是《新青年》的一员（当事人）。并且，多数《新青年》成员没有加入文学研究会。笔者认为，郑振铎在《中国新文学大系》第二集导言部分说明钱玄同、刘半农的双簧信的真相，不是因为“破罐破摔”，而是带着责任感和良心去记录被隐藏的事实。

通过以上的分析，我们知道胡适、郑振铎是真的以为“林纾将莎士比亚戏剧改译为小说形式”，而不是故意扭曲事实。胡适曾编辑《新青年》戏剧改良专号，郑振铎曾给《戏剧》第 1 卷第 3 期投稿《光明运动的开始》，可见二人对话剧运动有着一定的理解，对小说与戏剧的区别也

30.『事件薄』34 页。樽本先生在个人网站上将文中的“导论”订正为“导言”。

相当敏感。前文也已经说明林纾自身的翻译态度是引起误解的主要原因。樽本先生虽然说定论“近乎捏造”[31]，但却无法断言这就是“捏造”。

林译《雷差得纪》等文不是林纾将莎翁戏剧改译为小说的译本，而是以奎勒·库奇的《莎士比亚历史剧故事集》为底本的译本，樽本先生的这个发现非常重要。樽本先生的发现是中国莎学接受史研究上重要的研究成果，笔者对此毫无疑问。但是，如前文已经论证的那样，引起郑振铎等人误解的直接原因是林纾没有理解戏剧与小说的本质区别，并且没有明确记述翻译底本。“林纾把莎翁戏剧改译为小说”这种定论形成的原因在林纾本人。郑振铎指出，这不单是林纾自身的问题，也是中国旧文人共同的问题，有着时代和文化的缘由。总体来说，郑振铎的《林琴南先生》一文对林纾做出了很高的评价。认为刘半农、胡适、郑振铎等新文化运动活动家“恣意的断定”造成了定论，从而使林纾蒙受冤屈的这种观点，不仅不符合历史事实，更是对郑振铎等人附加的另一种冤屈。

包括笔者在内的研究者，在此之前确实认为“《雷差得纪》等文是林纾将莎翁戏剧改译为小说形式的文章”。樽本先生提到了研究者的责任问题，那么在樽本先生指正之后，大家可以尽可能地更正以往的记述错误，这是研究者承担责任的方式，本论文的发表也是笔者承担相应责任的一种方式。与此同时，林纾把不是莎翁作品的文章当作莎翁作品来译介也是事实，笔者认为没有必要修正郑振

31.『事件薄』345 页。

铎"林先生大约是不大明白小说与戏曲的分别的"的观点，也没有必要为此而改写中国莎士比亚接受史的主要线索。[32]

32. 彭建华在《论林纾的莎士比亚翻译》(《福建工程学院学报》2012年第5期)，《林纾、陈家麟翻译的〈亨利第六遗事〉考辩》(《闽江学院学报》2013年 第6期)中指出《亨利第六遗事》加入了大量的莎翁剧作《亨利六世》的台词，认为林纾对于莎士比亚的知识比今天认为的要丰富得多。然而，《亨利第六遗事》是小说形式而不是戏剧形式的事实无法改变，因此不影响本文的结论。

1930年5月，戏剧协社第14次公演上演了《威尼斯商人》（顾仲彝译、应云卫执导），这是莎剧在中国舞台上第一次严肃正规的演出。

目前还没有对这次公演的正式研究[1]，因此本文首先分析这次公演的背景，再根据笔者的调查总结这次公演的特点，进而考察中国第一次严肃正规的莎剧上演选择《威尼斯商人》的原因以及中国接受莎剧的特点，并明确这次公演的意义。

1. 言及这次公演的研究著作有：周兆祥《汉译〈哈姆雷特〉研究》（香港中文大学出版社，1981），孟宪强《中国莎学简史》（东北师范大学出版社，1994），曹树钧、孙福良《莎士比亚在中国舞台上》（哈尔滨出版社，1989），李伟民《中国莎士比亚批评史》（中国戏剧出版社，2006）等，但都止于概论性、片断性的内容。

第三章

戏剧协社《威尼斯商人》（1930）的公演

I 清末到民国的《威尼斯》接受概况

首先，对公演当时即清末到民国（19 世纪末—1949）时期中国接受《威尼斯商人》的情况作一概述。[2]

最早将《威尼斯商人》的故事内容以中文介绍到中国的是 1903 年出版的《澥外奇谭》(作者不详，上海达文社出版)。该书选取兰姆《莎士比亚故事集》中的 10 篇进行翻译，在第二章将《威尼斯商人》翻译为《燕敦里借债约割肉》。次年，林纾、魏易合译《吟边燕语》(商务印书馆)出版。这是《莎士比亚故事集》的全译本，《威尼斯商人》即《肉券》一篇。《吟边燕语》得益于林纾精妙的译文，被广泛阅读，以《吟边燕语》为蓝本的改编上演也兴盛一时。与此相对，《澥外奇谭》因不是全译本等原因，在《吟边燕语》盛行前已被遗忘。

1924 年发行的曾广勋译《威尼斯商人》(新文化出版)是中国最早的剧作全译本。[3] 自曾广勋译文开始，《威尼斯商人》的译名被固定下来。接下来出版的是顾仲彝译《威尼斯商人》，本章主题中的戏剧协社公演以此为演出本。1930 年由新月书店出版，次年由商务印书馆再版。该书以长段序文介绍了莎士比亚及《威尼斯商人》。

2. 这个时期中国对莎士比亚的接受情况可参考本书第一章。

3. 本文中《威尼斯商人》译本列表参考注 1 中所列书籍制成。如序章中所言，20 世纪末期开始，中国涌现了大量的莎士比亚戏剧新译本，笔者希望日后能整理出所有的译本目录。

之后，至1949年中华人民共和国成立前，共有以下译本出版：

1933年　陈治策译《乔装的女律师》（出版社不详）

1936年　梁实秋译《威尼斯商人》（上海商务印书馆）

1942年　曹未风译《微尼斯商人》（贵阳文通书局）

1947年　朱生豪译《威尼斯商人》（世界书局）

这些译本中，梁实秋译本被收入台湾版《莎士比亚全集》，朱生豪译本被收入大陆版《莎士比亚全集》，都得到广泛阅读。

中华人民共和国成立后主要译本如下：

1954年　方平译《威尼斯商人》（平明出版社）

2016年　辜正坤译《威尼斯商人》（外语教学与研究出版社）

《威尼斯商人》是剧作，只有通过演出才能完成其艺术使命。早期的《威尼斯商人》的上演情况如何呢？

中国最早上演《威尼斯商人》是在1896年7月18日，圣约翰书院学生在夏季学期毕业典礼上用英语演出了法庭一幕。[4] 这也是至今为止有记载的最早的学生莎剧演出。校园里的英文莎剧演出超出了本文的讨论范围，故不再做详细探讨。

4. 钟志欣《清末上海圣约翰大学演剧活动及其对中国现代剧场的历史意义》，袁国兴主编《清末民初新潮演剧研究》，广东人民出版社，2011年。

关于汉语演出，如第一章所介绍，1911年前后城东女学上演了《女律师》。之后，文明戏改编上演了《肉券》。据笔者调查，首演是1914年4月5日新民社的《女律师》，此后民鸣社、笑舞台等剧团也多次上演该剧。1914年5月5日，文明戏全盛期的六大剧团联合演剧时，该剧也是上演剧目之一。[5]

文明戏是中国传统戏曲与话剧的中间形态，多数情况下演员根据记录故事梗概的幕表进行即兴演出。《吟边燕语》二十则皆被改编上演，1914年文明戏全盛期出版的范石渠编《新剧考》（中华图书馆）中收录了《肉券》的详细幕表。虽然我们知道《肉券》是当时最受欢迎的剧目，然而通过幕表可知，以当时中国人对西方的认识来改编的剧本，不仅无视原作且荒诞滑稽。例如故事地点不在威尼斯而在伦敦，也没有明确说明夏洛克是犹太人等。

不过，1919年出版的郑正秋编《新剧考证》（上海中华图书集成公司）收录的梗概基本上贴近《吟边燕语》，也明确记述了夏洛克是犹太人。这大概显示了五年间中国在西方理解方面的进步。

1919年五四运动后，同年12月有报道显示，景贤女校等学校上演的《肉券》作为学校演剧对外公演[6]，但改编的具体内容如今已经无从知晓。

1930年，戏剧协社上演《威尼斯商人》。戏剧协社的公演和此前文明戏等上演的《肉券》截然不同，是莎翁原作的完整翻译演出。此外，国立剧专（国立戏剧学校）也曾演出过两次《威尼斯商人》。[7]

5. 这次公演的具体情况请参考第一章。

6. 景贤女校的这次公演被刊登在1919年12月17日的《申报》上。

7. 国立戏剧学校上演《威尼斯商人》的具体情况请参见本书第五章。

在中国《威尼斯商人》接受史上还需要强调一点，民国时期（1912—1949），特别是民国后半期，中国话剧的主流是左翼戏剧，这期间的莎剧上演很分散。但正如中国研究者指出“从《威尼斯商人》在中国的传播看，该剧已经成为中国的舞台上演出最为频繁的一部外国戏剧和莎剧”[8]，《威尼斯商人》确实是清末民国时期被上演最多的莎士比亚戏剧。据孟宪强《中国莎学简史》记述，清末民国时期《威尼斯商人》一共被上演了 8 次，当然该数字遗漏了许多文明戏时期的公演。文明戏时期上演次数尚不明确，但可以肯定超过 10 次。而据《中国莎学简史》统计，《罗密欧与朱丽叶》的上演次数排第二位。[9]

8. 参见李伟民《中国莎士比亚批评史》（中国戏剧出版社，2006）的第三章第二节“《威尼斯商人》批评演进在中国”。

9. 孟宪强《中国莎学简史》指出，清末民初时期《威尼斯商人》共上演 8 次，《罗密欧与朱丽叶》共上演 5 次。

II 为何引进《威尼斯商人》

戏剧协社为何在1930年决定上演《威尼斯商人》呢?

戏剧协社1923年1月14日成立于上海[10]，因此也被称为上海戏剧协社，报纸、广告常称该其为戏剧协社。1924年，戏剧协社成功演出了洪深根据英国作家王尔德《温德米尔夫人的扇子》改编并导演的《少奶奶的扇子》，并成为开创中国话剧历史的剧团。[11]这次公演后戏剧协社成为上海最有影响力的剧团，但20年代后期，因内部矛盾而导致剧团实力下降，在艺术上也陷入混乱。我们先简单了解这次演出之后剧团的发展情况。[12]

1924年 12月（7日、14日、21日、22日、25日），戏剧协社在主要活动据点中华职业学校的职工教育馆（上海南市陆家浜路）上演了（第8次公演）由欧阳予倩《回家以后》、汪仲贤《好儿子》、徐半梅《月下》三个独幕剧构成的集锦作品[13]。直到第12次公演，协社的演出都在职工教育馆举行。

1925年戏剧协社又上演了由欧阳予倩改译自易卜生《玩偶之家》、洪深执导的《傀儡之家庭》(第9次公演)。

10.《申报》1923年1月12日、1月15日报道。

11. 详见濑户宏《中国话剧成立史研究》第十三章。

12. 上演日期参照《申报》刊登的演出广告。此处修正了应云卫回忆录中的错误。

13. 汪仲贤《好儿子》收录在《剧本汇编》第一集（商务印书馆，1925）中。欧阳予倩《回家以后》、徐半梅《月下》，收录于《剧本汇编》第二集（商务印书馆，1928）中。

戏剧协社为这次公演投入了很大的精力，但受到五卅惨案的冲击，几乎没有引起反响。

1926年1月（10日、17日）第10次公演上演了洪深改译的《黑蝙蝠》。讲述的是资本家和强盗的故事，但具体内容已无从考证。[14]

同年10月（10日、16日、17日、23日、24日）第11次公演上演了《第二梦》。《第二梦》由洪深改译自詹姆斯·巴里[15]的戏剧*Dear Brutus*，是一部人生哲理剧[16]。将人生视为第一梦，第二梦里实现重新来过的人生，但即便如此人类也不满足，表现了人类对人生的永不满足。如今，巴里作为《彼得潘》的作者为大家所熟悉。《第二梦》在11月（14日—16日）又再次上演（第12次公演）并取得了成功。然而，据戏剧协社成员顾仲彝回忆，这部剧的内容对于上海的观众来说"似乎太高深太难懂一点，很多人看了有点莫名其妙。"[17]

此后戏剧协社内部产生分歧，公演一度终止。钱剑秋、王毓清等成功演绎了《少奶奶的扇子》的女演员们纷纷离开戏剧协社，洪深也远离了戏剧协社，应云卫成为剧团负责人。

应云卫（1904—1967）出生于上海，7岁丧父后，在老家宁波的私塾念书。1915年，11岁的他再次来到上海，一边工作一边读夜校。1919年，在五四运动的影响下开始参与演剧活动，并参与策划了戏剧协社的成立，是剧团的核心成员之一。戏剧协社在1933年后停止活动，而他依然在戏剧、电影两方面发挥重要作用，抗日战争时期

14.《中国现代戏剧综目提要》(南京大学出版社，2003）中也没有提及。该书由董健主编，是研究民国戏剧文学最详细的书籍。

15. 詹姆斯·巴里（James Matthew Barrie，1860—1937）。

16. 顾仲彝《戏剧协社的过去》，《戏》1933年第1期。《第二梦》收录于《剧本汇编》第二集（商务印书馆，1928）。

17. 顾仲彝《中国新剧运动的命运》，《新月》1933年第1期。

应云卫

在重庆组织了该时期重要剧团之一的中华剧艺社，作为社长、导演非常活跃。他属于对共产党抱有好感的无党派戏剧人士，中华人民共和国成立后任上海江南电影制片厂厂长，主要从事电影导演活动，但也持续参与话剧演出。"文革"初期被扣上"反动学术权威"的帽子遭到批斗，后辞世。[18]

在应云卫的领导下，戏剧协社于1929年5月25日、6月2日，时隔3年再次举行公演即第13次公演，上演了《血花》。该剧是汪仲贤根据萨尔都《祖国》，结合当时北伐结束后的社会形势改译而成的革命剧。[19]其时大多数知识青年不支持国民党，而该剧富有赞美国民党的色彩，"这出戏的上演大家公认是失败"。[20]

为了脱离困境，戏剧协社在此时选择上演西方名剧。顾仲彝说：

> (民国)十八年冬经过再三的讨论，便决定以排演欧美古典剧来重振协社的旗鼓。当时决定这计划有好几层理由：
>
> 一、中国剧本的病乏，不能不向欧美翻译，而欧美现代的剧本真正有搬演到中国舞台上的非常少(因欧美现代物质文化与中国社会根本不同，道德精神意识观念都不相同，改译剧本所以十九是很勉强的)，最妥当的办法莫如专演欧美成名已久之古典剧，无时代性，无国别之迥异；
>
> 二、协社之组织以研究为基础，欲穷究西洋戏剧之

18. 应云卫的介绍主要依据：张逸生、金淑之《记忆云卫》(《中国话剧艺术家传》第3集，文化艺术出版社，1986)、《应云卫生平大事记》(杜宣主编《戏剧魂——应云卫纪念文集》应云卫纪念文集编辑委员会出版，2004)。

19. 顾仲彝《戏剧协社的过去》，《戏》1933年第5期。

20. 同上。

精华，自以从古典派剧本入手为最稳妥（名剧传诵已久一切参考模仿较易），所以在十八年的除夕酒筵上遂决定从世界第一名剧家莎士比亚入手。[21]

顾仲彝的言论表明了《威尼斯商人》与《第二梦》《血花》的不同之处，即从改编剧走向了翻译剧。他关注到了这样一个问题，中国话剧界此前的改编剧无法在舞台上严密再现西方戏剧的内容，因此他首先以介绍原汁原味的西方戏剧为目标。当然，他也对观众能否接受现代戏剧而感到不安，因而选择了声望已固的莎士比亚，以莎剧作为戏剧协社的上演剧目。顾仲彝的提议被戏剧协社接受，可见当时的时代变化。

戏剧协社上演《威尼斯商人》在戏剧史上有两个意义：既是莎剧在中国舞台上第一次严肃正规的演出，也是中国最早严格上演外国翻译剧。

之后，应云卫在新中国成立后回忆戏剧协社转换艺术路线一事时，说法与顾仲彝一致。[22] 从哲理剧《第二梦》，到资产阶级革命剧《血花》，再到西方古典剧《威尼斯商人》，戏剧协社经历了迂回曲折的艺术路线，是早期中国话剧摸索尝试的一个典型。再者，同时期还出现了辛酉剧社的《文舅舅》、复旦剧社的《西哈诺》等翻译剧[23]，但戏剧协社《威尼斯商人》的影响力最为突出。

顾仲彝不仅是《威尼斯商人》的翻译者，也在戏剧

21. 同上。

22. 应云卫《回忆上海戏剧协社》，《中国话剧运动五十年史料》第二集，中国戏剧出版社，1985 年。

23. 辛酉剧社《文舅舅》（1930 年 5 月 31 日）、复旦剧社《西哈诺》（同年 6 月 10 日、11 日）。有机会将另外讨论这些公演。

协社中有着参与演出决定、准备的重要作用，因此在这里做简单介绍。顾仲彝（1903—1965），出生于浙江省余姚县，曾就读于省立中学、南京高等师范英文科。受五四运动影响开始关注演剧。戏剧协社上演《威尼斯商人》时，顾仲彝是上海暨南大学的教师。抗日战争时期他坚守上海继续开展戏剧活动，新中国成立后调入上海市文化局，1957 年成为上海戏剧学院教授，开设西欧戏剧史、戏剧概论等课程，1965 年因癌症逝世。逝世后，《编剧理论与技巧》（中国戏剧出版社，1981）、《顾仲彝戏剧论文集》（中国戏剧出版社，2004）相继出版。[24]

24. 顾仲彝简历主要参考曹树钧《顾仲彝平生纪事》，《顾仲彝戏剧论文集》，中国戏剧出版社，2004 年。

意想不到的社会关注

III

戏剧协社为何在诸多莎士比亚作品中选择《威尼斯商人》作为上演剧目呢？顾仲彝等人说明了为何选择莎士比亚，却没有说明选择《威尼斯商人》的原因，当时的公演报道也是如此。本章第6节将详细考察《威尼斯商人》的选定问题，首先确认演出过程。

当时上海发行的报纸《申报》《民国日报》中，除《威尼斯商人》公演相关上演广告外，还刊登了《申报》20篇、《民国日报》9篇相关的报道及剧评[25]。第一篇报道刊登在5月1日的《申报》上，大致内容为《威尼斯商人》即将上演，为准备16世纪意大利的服装而花费了大量经费且进行了严格的考证，并在应云卫家中进行公演前的彩排。此后，《申报》在5月6日、10日，公演首日17日，《民国日报》在5月3日、9日做了介绍性报道。虽然有戏剧协社积极推动的原因，但也足以表明公演引起了当时上海的文艺界、知识阶层的关注。因参演演员人数众多，不仅戏剧协社的演员，还邀请了交通大学、沪江大学、爱国女学等上海主要学生剧团的成员参演，演出经费超过了3000元。

25. 通过《申报全文数据库》检索《申报》报道内容。报道题目见本书参考文献。本章引用《申报》、《民国日报》相关报道时不再标注题目。

戏剧协社《威尼斯商人》公演广告

这次公演作为戏剧协社第14次公演在1930年5月17日、18日、24日、25日（均为周末）4天间进行。虽然中国戏剧史上的记载是4次公演，但据上演广告“日场：下午2点30开始，夜场：晚7点30开始”，可见共上演了8次。剧场在位于北四川路的中央大会堂。广告上没有演员表，但顾仲彝译《威尼斯商人》序言中介绍了演员情况。

威尼斯公爵（威尼斯公爵）——陈仁炳

摩洛哥王子（摩洛哥亲王）——唐吉春

阿拉冈王子（阿拉贡亲王）——吴桢

安东尼（安东尼奥）——黄一美

白山奴（巴萨尼奥）——陈宪谟

沙衲尼（萨莱尼奥）——赵伯成

萨履诺（萨拉里诺）——杨隽

葛兰西（葛莱西安诺）——王剑侯

罗伦助（罗兰佐）——孙敏侯

夏劳克（夏洛克）——沈潼

邱伯（杜伯尔）——宋文标

高朴（朗斯洛特·高波）——杨子宽

老高朴（老高波）——陈仁烈

李乃德（里奥那多）——钱汝霖

白赛泽（鲍尔萨泽）——王宝梁

濮茜亚（鲍西娅）——虞岫云

南丽莎（尼莉莎）——顾秀中

夏惜凯（杰西卡）——苏宛君

书记——孙弼伍

贵族——陈学新、程泽民、葛志良、孙洵、徐仲綦、王玉书

6年前《少奶奶的扇子》参演演员中，只有扮演巴萨尼奥的陈宪谟参与了这次演出，可见戏剧协社成员的流动性之大。

对这次公演的好评诸多，例如“演员却也还有纯熟的成绩，这是使人极佩服而且是不能不说很进步的”（《申报》1930年5月25日），“在我们观众的脑海里也是难以泯灭的”（《申报》6月6日）。因此，在约一个月之后的6月21日、22日，作为第15次公演在位于上海四马路（今福州路）的丹桂第一台再次上演了该剧。[26] 首演剧场稍稍偏离上海中心，但再演地点就在上海首屈一指的繁华地带了。一直以来，据应云卫的回忆，这次再演时间为1930年7月，但根据上演广告可知应该为6月。报纸上没有特别报道再演时演员的变化情况。据《申报》7月17日、21日的报道，在中华职业教育社定期大会兼全国

26. 根据《申报》上刊登的演出广告。

戏剧协社《威尼斯商人》第五十次再演广告

职业教育机关联合大会的游园会上，有演出《威尼斯商人》。中华职业教育社是戏剧协社所属的中华职业学校的上级团体。此后不再有上演相关的信息。

另一方面，在首演当时的报道中还有另外一种评论。《申报》1930年5月24日报道“如某大学一部分自命为无产阶级之学生公然揭贴标语。攻击此种贵族色彩过于浓厚之戏剧演出。”有一位花了6角（相当于三次餐费）观看该剧的学生投稿表示，花费3000元布置的舞台“除过对于少爷小姐的消遣尽了能事外，还有什么意义与价值呢”（《民国日报》5月21日）。值得注意的是首演当初也有反对意见。然而，报道反对意见本身也反映了反响之大。“似已引起艺术界之论战。该社诸君亦足以自豪也。”（《申报》5月24日）

一次相当进步的公演

IV

这次公演的剧本是前文已经提及的顾仲彝译《威尼斯商人》。据书中序言，上演之际对内容做了一定调整，但基本上忠于原文。顾仲彝这样概括自己的翻译特点：“不过有一点是可以自信得过的，就是莎士比亚剧本上有什么我就译什么，决不删改，决不妄添一语，以符忠实二字”，并说“我用散文译，是因为便于上演”。没有译为诗歌体是为了便于上演，考虑到当时中国话剧短暂的历史中几乎没有诗剧，这也是不得已的选择。再者，顾仲彝在序文末尾表示“如果这次侥幸而能有相当的成绩，我就预备续译 *Romeo and Juliet*, *Macbeth*, *Hamlet*……等等呢个，戏剧协社也预备接续演下去。”可见，戏剧协社打算以《威尼斯商人》为莎剧公演的开始，接下去仍会继续。

顾仲彝译《威尼斯商人》封面

关于这次演出的责任者戏剧活动家应云卫，报纸上刊登了如下文章：

最近他更努力于提倡用国语在中国表演莎翁的剧本……他对于剧里的服装——欧洲16世纪的服装——和当时威尼斯城的风俗习惯，而至于一双手套一个烛奏都详

加研究，他不愿像现在的中国舞台剧只凭着空想和揣测便估定了数百年前人民的服装和一切的风俗习惯。（《申报》5月26日）

在当时的理解水平下，应云卫仍以准确再现西洋风俗为目标，译者和导演之间见解是一致的。

演员方面，出演夏洛克的沈潼受到了一致好评，1930年6月22日的《申报》中有一篇以他的名字为题的报道，题为《威尼斯商人中之沈潼》，另外还有4篇剧评、报道对他做出了具体的评论。本文介绍其中两篇：

但是比较能给观众印象深刻的，还是要算沉潼君饰的夏劳克，十足的流现出他老奸巨猾的酷残，使别人倒运而反倒运到他自己头上来的晦气。（《申报》5月25日）

其中以沈潼君的夏劳克为最妙，可谓异善尽美。当他在威尼斯法庭上的一幕，表情那是多么难演，而沈君演得竟是多么体贴入微，真笔难形容。（《申报》6月6日）

除此之外，言及演员的报道很少。关于鲍西娅的演员虞岫云有这样的评论：“虞岫云的濮茜亚尚属不差，可惜讲话太快，有许地方来不及传神，可谓美中不足也”（《申报》6月6日）。关于逃离夏洛克的杰西卡（苏宛君饰演），有一段结合中国现实做出的剧评：“她是现代中国一部分女子的典型，中国的女子，像她这样的受到顽固的家庭和无理的礼教的两重压迫的，正不知有多少。”（《申报》6 月 24 日）其他就是关注夏洛克悲剧性的评论了。

如前文所言，尽管有一些批判性的意见，但报道、剧评在整体上都充满好意。可以说戏剧协社对演出的认真投入打动了观众的心，圆满完成了演出。

如今看来，1930 年戏剧协社的演出态度不过是模仿西方。可模仿也不是那么简单，在舞台上用母语来表现西方故事需要相当大的努力与智慧。可以说，直至 1930 年，中国戏剧乃至中国社会对西方的理解终于可以让这个公演成为可能，并以演出成功的形式进一步深化了这种理解。此时，距 1903 年《澥外奇谭》介绍莎士比亚时已经过去了近 30 年。

戏剧协社 1930 年《威尼斯商人》剧照（《中国摄影学会画报》1930.5）

戏剧协社 1930 年《威尼斯商人》，第二幕剧照（出处同上）

V 一波三折的后续演出

然而，顾仲彝在《威尼斯商人》序言中言及继续上演莎士比亚作品，最终却没有上演。这是为什么呢?

直接原因在于，为服装道具花费大量经费造成大额赤字，剧团财政窘迫[27]，而协社的下一次公演也是三年之后的事了。

另外，顾仲彝的译文相当晦涩难懂，笔者在通读顾仲彝译本之后也有同感。顾仲彝译本出版后从未再版过，可见译文质量确实有问题。剧评当中，虽有赞赏演员演技的文章，却没有评价顾仲彝译文的报道。也许顾仲彝也自知翻译莎剧的能力有限，此后没有再翻译过莎剧。

当然，最根本的问题在于1930年的时代背景对上演莎剧非常不利。顾仲彝在三年后发表的《戏剧协社的过去》一文中这样说道：

可是上演的结果虽得观众们一致的赞美，但批评家方面却颇不满意于戏剧协社走入离开时代和环境的路上去。确然，民十九年（1930）后中国各方面都更现恐惶窘迫困苦颠连的境况，农村破产，工业凋敝，民众失业，

27. 根据顾仲彝《中国新剧运动的命运》、应云卫《回忆上海戏剧协社》。

日益增加，匪盗横行，灾兵连年；国外帝国主义的狰狞面目愈益显露，国内封建势力的扩大增厚压迫愈甚。在这风雨飘摇烟雾瘴气的环境中古典派已失掉了重心，唯美派已失掉了需要性。加之"九一八事变"后更使热心青年奋臂而起，安分学子投笔从戎。协社于是不能不重定计划，替时代替环境尽一份极其迫切的义务。[28]

顾仲彝所说的新计划是指上演左翼话剧。《威尼斯商人》上演前一年，1929年发生的世界经济危机也给中国造成了巨大的影响，如引文中描述的那样，中国社会陷入一片混沌之中，尤其是知识分子深感危机。1934年出版的茅盾的长篇小说《子夜》等生动地反映了这种社会状况。

中国话剧在此背景下也发生巨变，1929年10月，艺术剧社诞生，这是中国最早打出"无产阶级戏剧"旗号的话剧团体。在文学界，经历1928年—1929年的文学革命论争后，1930年3月中国左翼作家联盟成立。此前一直以浪漫主义风格著称的南国社成员田汉在1930年5月《南国》杂志上发表了长篇评论《我们的自己批判》，公开表示向"左"转，给戏剧界带来了重大影响。受此影响，戏剧界也在1930年8月成立了左翼剧团联盟。正如前文所述，此时的《威尼斯商人》公演有指出其不合时代潮流的批判。

经过三年的沉默与准备后，戏剧协社于1933年9月（16—18日），在"九一八事变"两周年之际上演了特列奇亚科夫（Mikhailovich Tret'yakov）的《怒吼吧，中国！》，这次同样是翻译剧而不是改编剧。[29]

28. 应云卫《回忆上海戏剧协社》，《中国话剧运动五十年史料》第二集，中国戏剧出版社，1985年。

29. 邱坤良《人民难道没错吗？〈怒吼吧，中国！〉特列季亚科夫与梅耶荷德》（台北艺术大学，2013）中详细介绍了《怒吼吧，中国！》的上演情况。

戏剧协社1930年《威尼斯商人》第四幕

这里需要指出，戏剧协社决定上演《怒吼吧，中国！》并不是因为剧团财政状况有所好转。据应云卫在新中国成立后的回忆，当时剧团的财政依然吃紧，主要依靠借款和预售票筹备资金。[30] 在这种艰难情况下，《怒吼吧，中国！》成为戏剧协社最后的公演。[31] 戏剧协社在经济万般困难的情况下坚持演出的剧目是左翼话剧，而不是曾经公开预告过的莎剧，可见时代思潮的影响。

中国再次上演莎剧在七年之后，1937年6月4日业余剧人协会上演了《罗密欧与朱丽叶》，同年6月18日国立戏剧学校上演了《威尼斯商人》。

30. 应云卫《回忆上海戏剧协社》，《中国话剧运动五十年史料》第二集，中国戏剧出版社，1985年。

31. 1935年1月25日《申报》报道戏剧协社决定在27日召开会员大会，以期今后积极公演。此后，《申报》中不再有戏剧协社相关报道。

中国观众为何钟爱《威尼斯》

VI

最后一个问题，为何戏剧协社最初的莎剧公演选择了《威尼斯商人》? 通过第 3 节可知，公演指导者顾仲彝、应云卫，以及公演相关的大量报道、剧评，都没有触及选择《威尼斯商人》的原因。此后国立戏剧学校（国立剧专）也计划在每年的毕业公演时上演莎剧，并且第一次毕业公演也选择了《威尼斯商人》，但仍然没有特别说明选择《威尼斯商人》的原因。我们只能判断 20 世纪 30 年代中国上演《威尼斯商人》有着难以明白的理由。

第 1 节已经介绍,《威尼斯商人》是清末民国时期在中国最受欢迎的莎士比亚作品，甚至一提到莎士比亚首先会想到《威尼斯商人》。然而，在 21 世纪的中国或者日本，最受欢迎的作品已经不是《威尼斯商人》，而是《哈姆雷特》等剧作，于是今天的人就会为当时选择《威尼斯商人》感到不解。

要充分回答戏剧协社为何选择《威尼斯商人》这个问题，首先需要思考《威尼斯商人》为何在清末民国时期的中国备受欢迎。在笔者所知范围内，中国学者的研究中虽然叙述了《威尼斯商人》是最受欢迎的剧目，却没有分析原因。《威尼斯商人》受欢迎的原因，在研究上还是盲点。

虽然笔者也还没有找到解决这个问题的决定性证据，但有一些线索。我们需要思考介绍莎士比亚作品时的译名，改编上演时使用的剧名，以及选择了哪几场演出等问题。剧名和选择演出的场面集中反映了当时中国人最关心《威尼斯商人》的哪些内容。

首先来分析作品译名。全译本出现前，在兰姆的《莎士比亚故事集》的中文译本中，《威尼斯商人》的题目被译为“燕敦里借债约割肉”（《澥外奇谭》）和“肉券”（《吟边燕语》），这反映了译者对人肉抵债的关注。两者关注点一致，可知当时的中国人将《威尼斯商人》视为外国传奇故事来接受，这是该剧作受欢迎主要原因。

其次是演出剧名。包天笑改编、城东女学上演，以及文明戏时代的剧名为《女律师》。之所以强调“女”字，是因为受到辛亥革命影响，改编者高度关注女性独立以及男女平等问题。五四运动以后，女校改编上演《肉券》大概也是出于同样的原因。根据当时的报纸，同时期并没有《铸情》(《罗密欧与朱丽叶》)、《鬼诏》(《哈姆雷特》）等其他著名莎剧的改编上演。

再者，《女律师》中的“律师”一词表现了当时中国人对《威尼斯商人》中审判内容的强烈兴趣。中国最初的《威尼斯商人》上演虽然用的是英语但依然选择上演审判场面，可见对审判情节的关注。中国传统戏剧、民间戏剧中有包青天惩戒恶人等断案戏。《威尼斯商人》的内容，特别是第4幕，夏洛克即将胜利之时，人肉判决发生了逆转，充满了断案戏特有的紧张感。可见，中国人对《威尼斯商人》的喜爱与对断案戏的喜爱是相联系的。

鲍西娅在法庭上女扮男装的情节也引起了人们的关注，例如《梁山伯与祝英台》等，中国有不少女扮男装的故事。

这样看来，这部作品既有以肉抵债的传奇性，又有女性独立的进取性，更有断案戏特有的紧张感，这些特点使得清末民国时期的中国人在莎翁众多的作品中尤其钟情于《威尼斯商人》，戏剧协社应该也是出于同样的考虑才选择此剧。

有意思的是，在莎翁作品中，日本人同样最爱《威尼斯商人》，喜爱的原因基本相同。关于明治时期日本接受《威尼斯商人》的情况，河竹登志夫指出“(《威尼斯商人》) 很快成为最受欢迎的作品是因为人们异常关心人肉抵债”。[32]20世纪上半叶，日本与中国接受莎剧的情况十分相似。

河竹登志夫是日本莎剧接受史研究中贡献最突出的学者，在此顺便指出其研究中的一点误解。他说“据我调查，到1973年‘櫂’剧团演出《威尼斯商人》为止，《威尼斯》共上演56次，比第二位的《哈姆雷特》多出十多次。‘二战’前这个差异就更加大了。《威尼斯》最受欢迎这一点应该是日本仅有的特殊现象了”。[33]然而清末民国时期的中国也是如此，并非“日本仅有的特殊现象”，这关系到河竹登志夫比较戏剧研究的重要观点——“日本的

32. 分别在河竹登志夫『続比較演劇学』(南窓社、1974) 的531页、536页。

33. 河竹登志夫『続々比較演劇学』、南窓社、2005年、407页。

近代是特殊的[34]”。河竹登志夫研究的学术价值极高，今后也将持续对日本戏剧研究界产生巨大影响，在此有必要进行说明。

34. 河竹登志夫『日本のハムレット』、南窓社、1972年、1页。

中日接受《威尼斯》的区别

VII

当然，我们也有必要指出《威尼斯商人》接受史上中国与日本的不同。在日本，直至20世纪60年代末，将《威尼斯商人》视为犹太人夏洛克悲剧的观点并不常见。1968年剧团民艺上演浅利庆太导演的《威尼斯商人》，河竹登志夫评论道“此次公演站在犹太人的立场上，表现了夏洛克的悲剧性。在日本《威尼斯商人》接受史上是特殊的现象，令大家记忆犹新”。[35]

与此相对，中国在早期就注意到了这一点。顾仲彝译《威尼斯商人》的封面突出了夏洛克。戏剧协社的公演虽然还未着重关注悲剧性，然而和演员演技相关，表现出对夏洛克的极大关心。

20世纪30年代，中国对莎士比亚的关注并不是很多。在笔者所知范围内，涉及《威尼斯商人》的文章也只有杂志上的两篇[36]，这两篇文章都表现出对夏洛克悲剧性的高度关注。其中一篇为1935年《文学》第4卷第1期刊登的洪深译《威尼斯商人第六幕》。这是美国诗人Louis Untermeyer的名著滑稽改编作，发表于1935年。[37]讲述审判后改信基督教的夏洛克对审判结果强烈不满，却

35. 分别在河竹登志夫『続比較演劇学』（南窓社、1974）的531页、536页。

36. 根据收录了清末、民国时期7000余种期刊的全文数据库“大成老旧刊全文数据库”的调查结果。

37. 中文译名为《威尼斯商人第六幕》，英文原题为 *The Merchant of Venie Act VI*。作者为 Louis Untermeyer，洪深音译为路易斯·乌推茂易。作品被收录于1935年发行的Untermeyer作品集 *Selected Poems and Parodies* 中。未见原文。

又不得不与安东尼奥成为商业伙伴，坚强地活着。“你看，六年以前，我是众矢之的，在耶稣教的威尼斯城里，被人嘲笑，被人唾弃！无理的恶徒画了鬼脸跟着我行走，戏弄我，并且撬起我的犹太式的长袍。”“我上次开审虽什么一回事呢？可笑，奇丑的趣剧。主张割一磅肉不准有血——假如卖肉的人对你作这个主张的话——”，洪深注意到这些内容并且很快进行翻译介绍，反映了中国知识分子对夏洛克悲剧性的关注。

另一篇是钦文的《威尼斯商人》(《华文》1937 年第 7 期)。从发表时间来看，大约是受到国立剧专公演的启发而作，指出：“(《威尼斯商人》)是喜剧。可是悲感得很，只是夏洛克的话。”“妨碍我的买卖，离间我的友好……为了什么缘故呢？为了我是一个犹太人。”文章引用了包括这句话在内的第三幕第一场中将近 20 行的、夏洛克充满民族怨恨的台词。

国立剧专公演时，也有关注夏洛克悲剧性的剧评，“如果从作为弱小民族的中国人来看，对这部作品又可以做出新的解释。如果站在被侮辱的犹太人夏洛克的立场来看，这部作品就是一部悲剧[38]。”尤其在 1931 年“九一八事变”，日本侵华战争开始之后，对夏洛克悲剧性的关注更加明显。从文明戏时期对民族性的漠不关心，到对夏洛克的关注，再到对民族性的重视，中国接受《威尼斯商人》的过程与中国知识分子对社会现实的认知变化相互印证。

然而，这种与中国现实相结合去接受《威尼斯商人》

38.《新京日报》1937 年 6 月 16 日。

的方式，也需要首先在正确理解该剧的基础上进行介绍与翻译，才有可能成功并具有说服力。戏剧协社的《威尼斯商人》公演是一个划时代的转折点，作为中国第一次严肃的翻译剧演出，它的成功在中国莎学发展史、中国现代话剧史上的意义比以往公认的更加重大。

上海业余实验剧团 1939 年 6 月 4 日开始公演的《罗密欧与朱丽叶》一直以来受到很高的评价，例如最早从舞台艺术的角度研究莎士比亚在中国的接受史的代表学者孙福良和曹树钧在《莎士比亚在中国舞台上》中这么评价："30 年代演出莎士比亚剧作影响最大的是上海业余实验剧团（前身为 1935 年成立的上海业余剧人协会）演出的《罗密欧与朱丽叶》。这次演出是在 1937 年春夏之交，采用的主要是田汉的译本。这是左翼戏剧运动深入发展阶段的一次重要演出。"[1]

孟宪强在《中国莎学简史》中也有如下的陈述："1937 年 6 月 4 日该剧于卡尔登（今长江剧场）首场公演盛况空前，轰动上海。赵丹的表演英俊潇洒、朝气蓬勃，章曼萍的表演出类拔萃，获得好评，不少报纸发表了报道与评论，当时被国民党当局软禁在南京的著名戏剧家田汉、阳翰笙发来了贺电，内云：'罗朱相爱，吴越相亲，剧场壮烈，莎翁功臣。敬犹奋斗，寿昌，翰笙。'这次演出为中国舞台上第一次成功的莎剧演出。"[2] 文中的"罗朱"即罗密欧与朱丽叶的缩写，寿昌则是田汉的字。

和民国时期其他的莎士比亚作品公演一样，这次演出也没有得到具体的研究。本文旨在分析《罗密欧与朱丽叶》的公演状况及其演出母体上海业余实验剧团的性格，从而探明本次演出的特征。（另外，在下文中根据需要，有时将《罗密欧与朱丽叶》略记为《罗密欧》。）

1. 曹树钧、孙福良《莎士比亚在中国舞台上》，哈尔滨出版社，1989 年，88 页。

2. 孟宪强《中国莎学简史》，东北师范大学出版社，1994 年，144 页。

第四章

上海业余实验剧团《罗蜜欧与朱丽叶》的公演（1937）

I 《罗密欧与朱丽叶》如何进入中国

首先简单回顾一下《罗密欧与朱丽叶》在中国的接受情况。现在可以确认到的最早介绍《罗密欧》到中国的作品是1904年刊行的林纾、魏易译《吟边燕语》(商务印书馆),《罗密欧》译为《铸情》。

五四运动后出现了剧本的完整译本,1924年《少年中国》第4卷第1—5期连载田汉翻译的《罗蜜欧[3]与朱丽叶》。同年,中华书局发行了单行本。此后,民国时期出版的译本如下:[4]

1928年　邓以蛰译《若邈久袅新弹词》新月书店

1940年　邢云飞译《铸情》启明书局

1944年　曹禺译《柔蜜欧与幽丽叶》文化生活出版社

1946年　曹未风译《罗米欧及朱丽叶》文化合作公司

1947年　朱生豪译《罗密欧与朱丽叶》世界书局

此列表参考了孟宪强《中国莎学简史》(东北师范大

3. 田汉翻译的剧名后来以讹传讹,有作《罗密欧与朱丽叶》、也有《罗米欧与朱丽叶》等。笔者确认了最初刊登的杂志《少年中国》以及单行本,正确应为《罗蜜欧与朱丽叶》。

4. 下文的《罗密欧》接受史分析主要根据孟宪强《中国莎学简史》(东北师范大学出版社,1994年);曹树钧、孙福良《莎士比亚在中国舞台上》等,同时也加入了笔者的调查。

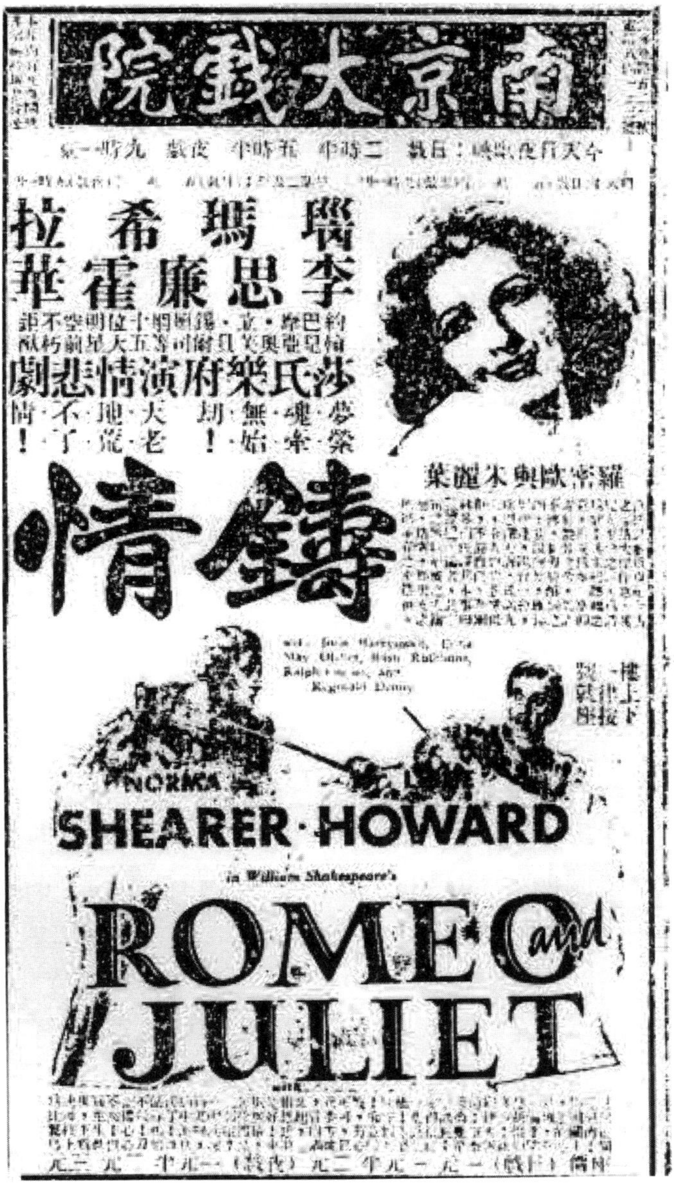

1936年电影《铸情》广告

学出版社，1994）。另外，在民国时期的莎士比亚接受史中留下重要足迹的梁实秋，其译作一直未能在大陆出版，直至1964年才在台湾由文星书店出版了梁译《罗密欧与朱丽叶》。

那么演出情况如何呢？以往的研究已经指出，《吟边燕语》的各个故事都被文明戏剧团搬演过。《中国莎学简史》记述1914年春柳社演出了《铸情》，不过我们未能在《申报》上找到演出广告。1916年1月，《申报》刊登了民鸣社准备演出《铸情》、《鬼诏》（哈姆雷特）的消息[5]，然而这次演出因为民鸣社的解散，并未付诸实践。此后，《申报》很长一段时间都未刊登过《铸情》或《罗密欧与朱丽叶》的演出情况。因此，文明戏剧团是否演出过《罗密欧与朱丽叶》，现在仍不清楚。

在中国的《罗密欧与朱丽叶》接受史中，具有重要意义的事件是1936年拍摄的美国影片《罗密欧与朱丽叶》（乔治·库克导演）[6]于同年12月4日以《铸情》为题在上海的南京大戏院公映。这部影片是《罗密欧与朱丽叶》的首部电影版，莱斯利·霍华德和瑙玛·希拉这样的大牌明星扮演罗密欧和朱丽叶，在当时来看，可谓豪华制作的黑白有声影片。

根据当时的公映广告，一般影片的票价为三角左右，而《铸情》午场1元、1元半、2元，夜场1元半、2元、3元，票价设定相当高。即使如此，12月4日—9日公映结束后，又在16日—18日再次公映，且1937年仍然在其他影院继续公映。库克导演的这部作品，担任男女主

5.《申报》1916年1月8日报道。

6. 此部电影现在通过DVD可以很容易观看。笔者所看为日本株式会社コスミック2011年发行的有日文字幕的DVD。

角的演员均已中年，扮演十几岁的少年少女有些勉强，不论在票房还是影评方面，都可以说未能达到预期的效果。[7]不过在上海的公映成绩可谓并不差，使用《铸情》这个题目，很明显是受到《吟边燕语》的影响。

在这部影片之后，本文探讨的主题，即业余实验剧团的《罗蜜欧与朱丽叶》登上了舞台。（关于演出名称，后文将有介绍）除此以外，民国时期的《罗密欧》演出主要有以下几次：

1938年5月　上海新生话剧研究社《罗密欧与朱丽叶》

1940年4月　上海海燕剧社《罗蜜欧与朱丽叶》

1944年1月　神鹰剧团《铸情》

《中国莎学简史》提到，《罗密欧与朱丽叶》在民国时期的受欢迎程度仅次于《威尼斯商人》。

7. 荒井良雄、大场健治、川崎淳之助主编『シ　ェイクスピア大事典』（日本图书センタ　ー、2002）「シ ェイクスピア と映画」中「トーキー初期の映画化」一项（广川治执笔）。狩野良规『映画になったシェイクスピア—シェイクスピア映画への招待』（三修社、2001）介绍和分析了莎士比亚主要电影作品，其中并未提及此作。

II 左翼戏剧运动与业余剧人协会

接下来简单介绍一下举行此次公演的剧团——上海业余实验剧团。

上海业余实验剧团是一个在中国话剧史中知名度较高的剧团，中共是其直接领导人。因此，回顾上海业余实验剧团成立的过程就相当于回顾20世纪30年代前半期到中期的左翼戏剧运动的历史。[8]

1927年4月，蒋介石发动了“反共”政变，第一次国共合作宣告失败，左翼革命运动转入地下，一部分城市里的年轻共产党知识分子开始从事文化运动，谋求活路。1929年世界爆发经济危机，而苏联则在1928年实施了第一次五年计划后获得了较大发展，因此中国的知识分子们对社会主义、共产主义充满了期待。在此背景下，20世纪20年代末在中国兴起了一场左翼文化运动，中国共产党于1929年9月成立了中央文化工作委员会（文委）。

在戏剧方面，标志着左翼文化运动确立的是1929年10月艺术剧社的成立，这是一个中国共产党直接领导的剧团。艺术剧社受到国民党政府的打压，仅维持了半年左右的短暂生命。不过在艺术剧社的号召下，1930年3

8. 此部分和濑户宏『中国演剧の二十世纪中国话剧史概况』（东方书店、1999）相关部分有所重复。

月由各剧团加盟的上海戏剧运动联合会宣告成立，同年 8 月发展为中国左翼剧团联盟。联盟的领导者向左并不代表所有剧团成员都向左，加盟的剧团间产生了激烈的内部矛盾，联盟在 1931 年 1 月被改组为个人加盟的左翼戏剧家联盟。

剧联旨在开展为政治斗争服务的戏剧活动，“以戏剧这一特殊武器来参加变革社会的斗争[9]”。同时，比起戏剧活动，剧联更重视发传单、举行游行等更直接的政治活动，反映了当时中共的极左倾向。这样的运动形态招致国民党政府的镇压，到 1935 年初，剧联的活动已基本处于停滞状态。

为了克服这种倾向，剧联和中共开始改变方针，关注剧场里的演出活动。为了扩大影响力，他们把可以公开身份的演员组织起来举行公演。时任共产党中央文化工作委员会书记的于伶在这次的方针转换中起到了决定性的作用，他这么回忆到：“为革命而演剧者，绝不因被捕坐牢而吓倒。可是面对越来越严重的白色恐怖，我们今后在战术上要吸取教训展开更有效的斗争，在战略上要开展建立剧场艺术的运动，扩大我们的影响，显示我们的力量。不能只是一线作战，停留或满足于过去的了。我们已经认识到，经过几年来勉励奋斗，已经锻炼出左翼演剧队伍中的导演、演员方面的人才了。”[10]

在此背景下，上海业余剧人协会成立了。在于伶等人的回忆中，改变方针是文化运动的相关人员在摸索如何走出左翼戏剧运动瓶颈期的过程中自然萌发出来的想法。

9. 赵铭彝《关于左翼戏剧家联盟》，文化部党史资料征集工作委员会编《中国左翼戏剧家联盟史料集》，中国戏剧出版社，1991，31 页。

10. 于伶《战斗的一生——纪念人民艺术家金山同志》，《人民戏剧》1982 年 8 月号。

1935年2月前后，中共就此展开了讨论。不仅中共，当时的整个国际共产主义运动都已倾向于改变方针。

20世纪30年代前半期，中共中央的“左”倾错误路线导致1934年10月苏区中央根据地的瓦解，红军开始长征。长征路上，1935年1月遵义会议召开，毛泽东进入中共中央领导层，“左”倾错误路线得到初步纠正。

1935年7月到8月，中国共产党的上级组织共产国际召开第七次大会，提出反法西斯统一战线。在此影响下，中共中央于同年8月1日发表了“八一宣言”（《为抗日救国告全体同胞书》），呼吁建立抗日民族统一战线和国防政府，引起极大反响。上海的文化运动相关人士在1935年秋通过进口的《救国报》获知了这一新方针[11]，提出国防文学和国防戏剧的口号。

上海业余剧人协会的成立准备因为在地下活动中开展，所以基本没有资料记载，只能依据参与者的回忆。[12]据回忆，1935年4月，在中央文化工作委员会的指导下，章泯、郑君里、陈鲤庭作为发起人成立了上海业余剧人协会。协会的第一次公演于6月27日在金城大戏院举行，演出易卜生《娜拉》，上海的报刊在公演前几天就打出了大幅广告。值得注意的是，广告[13]上只提到“上海业余剧人首次联合公演”，未使用“业余剧人协会”这个名称。主要角色娜拉选用了不知名的女演员蓝苹，丈夫海尔茂则由赵丹扮演。此次演出的内容非本文主题，因此不再详细展开。演出获得了成功，协会于同年11月2日举行第二次公演，演出果戈理的《钦差大臣》，演出名义仍为

11. 袁鹰《长夜行人——于伶传》（上海文艺出版社，1994），姚时晓编《中国左翼戏剧家连盟史料集》的《左翼“剧连”大事记》。

12. 参见姚时晓编《中国左翼戏剧家连盟史料集》（中国戏剧出版社，1991）等。

13.《申报》1935年6月27日。

“业余剧人联合公演”。

《申报》上第一次出现“业余剧人协会”是在1936年1月16日刊登的“业余剧人三次公演”[14]中。文中记述“业余剧人自去年公演易卜生的《娜拉》及果戈理的《钦差大臣》后，在1935年的话剧运动中，早已引起各方极大的注意。业余剧人协会，可说是中国话剧界的一个托辣司（托拉斯）。”这表明业余剧人协会的活动按照于伶等人的设想取得了不错的进展。

这篇报道还预告了“第三次公演”，即不久后预定演出夏衍的《赛金花》。然而由于蓝苹等几个女演员争抢扮演女主角赛金花，导致一部分演员退出演出并另组“四十年代剧社”，于1936年11月演出了《赛金花》，[15]而业余剧人协会的第三次公演推迟到1937年1月30日才开始。托尔斯泰原作、欧阳予倩改编的《欲魔》（原作为《黑暗的势力》）、奥斯特洛夫斯基《大雷雨》（为了和曹禺的《雷雨》相区分，定名《大雷雨》）、奥克塞（西恩·奥凯西，Sean O’Casey 1880—1964，爱尔兰剧作家）原作、沈西苓和宋一舟改编的《醉生梦死》（原作为《求诺和孔雀》），这三部作品按照下午两点半、五点半、八点半的时间顺序被搬上舞台。

14.《业余剧人三次公演》，《申报》1936年1月16日。

15. 叶永烈《江青传》（作家出版社，1993）第六章中有详细记述。

III 业余实验剧团的建立

在这些演出成功的基础上，业余剧人协会设立了下级组织，即常设的职业剧团——业余实验剧团。《申报》1937年4月21日刊登了文章《业余实验剧团征求研究团员》[16]，其中这样写道：

曾以《钦差大臣》、《娜拉》、《大雷雨》、《欲魔》、《醉生梦死》等五剧轰动剧台的业余剧人协会，兹为推进话剧运动，作更有力更伟大之贡献起见，特创设了一个职业化的业余实验剧团。

业余实验剧团自四月一日在福煦路六四一号成立以来，工作紧张，进展极速。现该团谋扩大组织，罗致话剧人才，特登报公开征求研究员十名，（男五名女五名）凡有中等学校以上程度，体格健全，能操流利国语者，随带全身及半身照片各一张，学校肄业证书，及履历单各一纸前往应考。

5月10日的《申报》还刊登了"业余的阵容和组织"[17]为题的消息，阐明了业余实验剧团的全貌，并如下

16.《业余实验剧团征求研究员》，《申报》1937年4月21日。

17.《"业余"的阵容和组织》，《申报》1937年5月10日。

记述剧团的性格特征："业余实验剧团是业余剧人协会主持下的一个职业剧团，投资人和主催人是企业家张善琨先生；全团由理事会统率着，五位理事，都是业余剧人协会的执行委员，主席理事是应云卫先生，同时，他还负着舞台监督的责任。其他四位理事是赵丹、章泯、徐韬、陈鲤庭。"

理事会下设编导、剧务、总务三个部门，导演由章泯和陈鲤庭主持；剧务包括舞台装置、效果、照明、服装等由徐韬负责；总务则由瞿白音等人管理。根据这篇报道，我们还知道剧团的主要演员有：

男演员：赵丹、魏鹤龄、王为一、陶金、沙蒙、吕班、钱千里、范莱、张客、吕复、严恭、舒强、伊明、陈瘦秋、舒非、徐渠、赵明、徐卜夫、汪洋、朱今明、魏曼青等

女演员：章曼苹、英茵、叶露茜、吴湄、王苹、俞佩珊、王琪、田蔚、熊辉等

包括研究员在内，演员总数超过50人，可谓组织庞大的剧团。大概因为《赛金花》的主角之争，演员里没有蓝苹的名字。

同期发行的《光明》第2卷12号（1937年5月25日）上刊登了署名业余剧人协会的"业余剧人协会的抱负"[18]，表明了业余剧人协会、业余实验剧团的理念和方

18. 业余剧人协会《业余剧人协会的抱负》，《光　明》1937年5月25日。

业余实验剧团广告

向。《光明》是著名的“国防文学派”的文学杂志，由此也可以知道业余剧人协会是和周扬等“国防文学派”即上海中国共产党组织有联系的戏剧团体。下面引用其主要内容如下：

业余剧人协会，在过去三年来连续的勉进中，公演了易卜生、果戈里、托尔斯泰、奥斯脱托洛夫斯基以及近代剧作家《奥德赛》诸作，所以，在剧作的选择上，已稳然的存在了一个决定的方向。这种选择，我们不敢自夸是有着坚定不移的道路，但不自觉间却显然是摸索着和一个并不偶然的方向——那便是尽可能采取接近现实，以现实为基础的剧作。我们上演巨匠的伟构，古典的名作，但并不是无条件的俯拾，乃是曾经有过一番选择。无论是古典作品，历史剧，抑是近代作品，富于现实意义的我们才欢迎，而距离地面较远的却一向和我们绝缘。

业余过去演出方法上是停滞于演员中心这一阶段的，虽说在其他舞台技巧上也会下过苦心。用真挚的态度与热情，琢磨人物的性格，注意感情的韵律，生活于角色的个性感情之中，这是业余的几乎演员已经在走，而且要引诱更多的演员来走的路。"外面的"写实主义相对，这是"内面的"写实主义，是所谓心理的写实主义。其极端的标本的莫斯科艺术剧院的表演术，是所谓史丹尼斯拉夫斯基体系的方法。

……以演员之心理的写实主义作基础，以导演的批判的作用来统一，这是我们在演出商的努力的目标。

由此可知剧团为了以现实为基础、在舞台上塑造有个性的人物，要求演员必须活在角色当中这样一种现实主义的表演态度。正如后文所述，现实主义的戏剧观在《罗密欧与朱丽叶》演出中发挥了重要作用。

5 月 23 日，《申报》第六版整版刊登了业余实验剧团的演出广告。由此可知剧团以卡尔登戏院为根据地，连续演出了《罗密欧与朱丽叶》、宋一舟（宋之的）《武则天》、陈白尘《太平天国》、曹禺《原野》。其后预定演出的剧目有夏衍《上海屋檐下》、莫里哀《伪君子》、果戈里《钦差大臣》、阳翰笙《李秀成之死》、博马舍《塞尔维亚的理发师》、莎士比亚《哈姆雷特》、歌德《浮士德》、雨果原作洪深改编《悲惨世界》、奥尼尔《榆树下

业余实验剧团《罗蜜欧》首演广告

的欲望》、A・B著《黑奴魂》，然而由于抗战爆发，使演出成为泡影。这些剧目中，外国剧目有七部（包括改编），中国作家的创作剧目有五部。其中有世界名剧、中国著名的剧作家曹禺的剧作，还有宋之的、陈白尘、阳翰笙等共产党系作家作品。

从业余实验剧团实际演出的四个作品来看，《罗蜜欧与朱丽叶》似乎比较特殊，然而从整个预定演出的作品群来看，世界名剧占据多数，并无特别。

在这个大幅广告中还刊登了“宣言”，记述了业余实验剧团创立的意图及今后的打算。此“宣言”作为重要的资料，虽然和前引文章有部分重复，仍然全文引用如下：

话剧运动，是戏剧领域中的新文化运动。话剧是不止于表现可歌可泣的人情世故，而且表现我们这新时代的愿望与思想。话剧职业化，是话剧运动的新胜利，因为这是话剧已在获得广大观众支持的证明，是话剧在观众的支持下将更迅速地成长发达的预兆。

十余年来中国话剧运动者不断的努力，孕育了话剧职业化这必然的趋势。所以这新生的职业话剧集——业余实验剧团，是胚胎于每一剧运者的点血滴汗里的，我们——主催人与业余剧人协会，既不敢大胆地冒认一己为产妇，更无力肩负其学步的重责，敢以一个保姆的资格，开示抚育之方，求正于海内外诸贤达之前。

我们认为，好的戏剧不应是刹那的官能的刺激，而应是深沉的灵魂的镌铭，其使命不只是娱乐观众，而且在于助长观众对于实生活的奋斗力。因之，在剧作的选择上，我们将尽量亲近以现实为基础的创作，或富于现实味的古典作，而离弃那些距离地面较远的。

我们相信“巧匠夺天”这句俗话，我们更相信壮丽的文章用优美的字句才能够写成。我们反对粗糙，不愿滥造。我们将努力求认识与方法的一致。因之，我们要在演出方法上特别予以如下注意：

业余过去在演出方法上，是停滞于演员中心这一阶段的。用真挚的态度与热情，捉摸人物的性格，注意感情的韵律，生活于角色的个性感情之中，这是业余的一部分演员已经在走，而且要引诱更多的演员来走的路。与“外面的”写实主义相对，这是“内面的”写实主义，是所谓心理的写实主义，作为表演方法看，这无疑是最基础的。

但演员中心制，却是这种方法的夸大，演员的自由发展，常会使我们铸就了大错。心理的写实主义成为心理的主观主义，演员对于角色的解释往往是随意的。通常导演对于演员仅尽了保姆的责任，而在手法上则尚未跨过写实主义一步。其他舞台技术工作人员，随之也未能在确定的表演企图下发挥他们的专长。

球类的竞赛场上，选手的个人表演，即使博得了广大的彩声，而传递的未能合拍也还会促成我们的负数。所以在演出上，我们今后的努力的目标是使工作人员在创作态度与创作方法上融合一致，并在相互的批判作用下，来完成戏剧艺术的统一的效果。

要之，话剧职业化本身，是一种尝试，且是一种运动，营业的胜利并非我们唯一的目的，但观众的冷落却该认为最大的悲哀。业余实验剧团，企图争取，孕育，并研究更广大的观众！业余实验剧团并愿努力于发扬戏剧艺术的最高的效能。职业化的话剧运动，不是堕落，乃是前锋，这是条艰苦的道路，希我们能在师长的训诲下，观众的督促下迈进。

星光熠熠的《罗蜜欧》

IV

《申报》上最早有关《罗蜜欧》的报道出现在1930年5月9日[19]，随后相关报道逐渐增多。本来预定5月30日举行演出，实际上延期到6月4日。下面通过演出报道和广告确认公演的主要情况。

在20世纪30年代中共的文艺运动中，演出莎士比亚作品一直消极。上海戏剧协社1930年首次正式演出莎剧《威尼斯商人》时，中共内部知识分子和学生曾公开表示反对。[20]此时的中共执行的是“左”倾路线，反对演出莎剧也来源于“左”倾路线的影响。此后在延安等地区也从未上演过莎剧，直至中共成为执政党的1949年到改革开放开始的1979年，莎剧演出也屈指可数。

业余剧人协会即业余实验剧团的成立是其自身在克服“左”倾路线的尝试中应运而生的，从其第一次公演选择莎剧也可窥见一斑。整个民国时期，莎剧中最受欢迎的《威尼斯商人》已经演出过，也受前一年电影《铸情》上映的影响，剧团选择了第二受欢迎的《罗密欧与朱丽叶》。那么，业余实验剧团选择上演《罗密欧与朱丽叶》的意图何在呢？

19.《〈罗蜜欧与朱丽叶〉的进展》，《申报》1937年5月9日。

20. 濑户宏「上海戏剧协社『ヴェニスの商人』上演をめぐって」、『演剧学论集　日本演剧学会纪要』、57号、2013年秋，即本书第三章。

业余实验剧团《罗蜜欧与朱丽叶》剧照，阳台一幕

公演首日1930年6月4日的《申报》上，刊登了何家槐“关于《罗蜜欧与朱丽叶》[21]”一文。何家槐（1911—1969）为“左联”作家，与业余实验剧团立场接近：

> 但是，我们最要注意的，就是这对情人之所以不能免于自戕和服毒，这伟大的恋爱所以有此惨绝人寰的结局，其真正的原因，决不是一般的抽象的命运，而是一定社会环境和社会关系的结果，换句话说，就是这两大贵族——嘉普列及孟泰格——互相交恶互相斗争的结果。如果没有这两家的世仇，没有贵族社会的野蛮和封建家庭的黑暗，没有顽固的专横和吃人的礼教，那末这一大悲剧也许根本不会发生，即发生也不是这种情景。
>
> 至于演这个戏，在我们今日当然是很有意义的，因为第一：我们中国现在还不断地发生着这种悲剧，还牢固地存在着这种悲剧不断地发生的社会根源；第二，我们的戏剧界——甚至整个的艺术，都得学习莎士比亚的伟大的写实主义。我在上海已有七八年，记得只看到过一次《威尼斯商人》的公演，我希望，而且深信这次能有使我们更满意的成绩。

此文对《罗蜜欧》的演出做出了很好的解说，将《罗蜜欧》悲剧发生的原因归结为“贵族社会的野蛮和封建家庭的黑暗”，并指出在中国产生这类悲剧的“社会根源确实存在”。也就是说，文章将《罗蜜欧》解释为一部反封建的剧作，这种解释反映了艺术作品即现实生活的反映这

21. 何家槐《关于〈罗蜜欧与朱丽叶〉》，《申报》1937年6月4日。

一马克思主义艺术观。

演出使用的剧本由田汉翻译。前文提到，1937年前后，除了田汉的译本，中国没有合适演出的译本。在田汉莎士比亚翻译研究中，关于《哈姆雷特》，周兆祥《汉译〈哈姆雷特〉研究》有如下的评价：[22]

（田汉《哈孟雷特》）传达文意不很准确，修辞也不够严格精炼。由于不少意象生硬直译，跟上下文格格不入，加上时常有冗长晦涩的语句，都会大大影响演出的成绩。不过这个译本是在话剧初兴时译成，语文和戏剧形式两方面都未打好基础，没有常规可循，在摸索试验中得到这样的成绩，田汉也值得自豪了。

不过根据相关报道，演出剧本由导演章泯改编过。章泯改编的演出剧本如今已经遗失，无法和田汉的译文进行对比分析。

演出剧名为《罗蜜欧与朱丽叶》，标题旁添加“即铸情”三个字，可见前一年上映的电影《罗密欧与朱丽叶》还是在上海市民中产生了一定的反响。当然，剧名坚持使用《罗蜜欧与朱丽叶》，也可见业余实验剧团打算严格按照翻译剧的形式演出的决心。

《罗蜜欧》演出的卡尔登大戏院是20世纪30、40年代上海话剧演出的主要剧场，位于上海甚至在中国屈指可数的繁华的南京东路西侧。日戏下午两点半、夜戏晚上八点半开演，门票分为4角、6角、1元三个种类[23]。

22. 周兆祥《汉译〈哈姆雷特〉研究》，香港中文大学出版社，1981年，355—356页。

23. 下文关于公演的情况就要根据1937年6月4日《申报》刊登的演出广告进行叙述。

广告里有导演章泯、舞台监督应云卫，没有翻译田汉的名字。演员如下（按出场顺序）：

彼得——张客、顾而已

格里高莱——钱千里

巴尔塞达——郑岩

彭福柳——吕复

泰伯尔——徐渠

嘉普列——魏鹤龄

嘉普列太太——吴湄

孟泰格——范莱

孟泰格太太——王苹

公爵——吕班

卫兵——何康理、钱风

罗蜜欧——赵丹

巴理斯——严恭

保姆——章蔓苹

朱丽叶——俞佩珊

墨邱灼——王为一

牧师——沙蒙

约翰长老——金乃华

市民——舒强、黄田、海涛、吴衍

扮演罗蜜欧的赵丹（1915—1980）是中国戏剧、电影史上著名的演员，少年时代开始对戏剧产生兴趣并创立剧团。1930年，赵丹观看了艺术剧社、摩登剧社在家乡南通的演出，开始关注左翼戏剧。同年进入上海美术专科学校学习，继续参与戏剧活动，1932年加入左翼戏剧家联盟。他在上海业余剧人协会第一次公演《玩偶之家》中扮演海尔茂等，非常活跃。此外还出演了20多部电影，在《罗蜜欧与朱丽叶》演出前，还在中国电影史上的名作《十字街头》（1937年公映）中扮演主角，已是一位光芒四射的明星。[24]

扮演朱丽叶的俞佩珊是一位没有名气的女演员。[25]她作为演员并未获得成功，作为电影导演王为一的第一人夫人至今仍留在人们的记忆中。

此次公演从6月4日持续到16日，每天演出日夜两场。首日和6月7日仅夜场，共计演出24场次。中国最早的、正式的莎剧演出是戏剧协社的《威尼斯商人》，加上第二次公演，一共只演出过12场次，因此业余实验剧团的《罗蜜欧》可谓动员了相当庞大的观众前来观看。作为业余实验剧团的开幕首演，此次演出可以说获得了成功。演出广告注明“完全国语对白”，也表明剧团使用国语演出符合话剧演出的原则。从舞台剧照上看，服装和化妆明显受到电影《铸情》的影响。

24. 赵丹生平参考了中国大百科全书总编辑委员会《戏剧》编辑委员会编《中国百科全书·戏剧》，中国大百科全书出版社，1989年。

25. 俞佩珊的名字最早出现在《申报》上是在注19的报道中。

V 演出实际并不理想

本章开篇提到，《罗蜜欧与朱丽叶》一直以来都被评价为一场成功的演出。然而，当我们梳理《申报》剧评时，却发现不为人知的一面。

首先，我们发现《申报》上根本没有刊登剧评。《申报》对于业余实验剧团的《罗蜜欧》公演表示支持并在演出前进行了一系列好意的报道，因此没有刊登剧评令人费解。其他报刊虽然有几篇报道[26]，但基本是舞台剧照和演出介绍，可以称得上剧评的文章仅张庚一篇（见后文）。

《罗蜜欧》演出结束后，在业余实验剧团第二次公演开始的6月19日，《申报》刊登了台生《对于〈武则天〉的意见》[27]一文，其中提到“以这一次演出的效果，以及演技之水准看，它比‘罗密欧与朱丽叶’好多了。”两天后，《申报》又刊登了没有署名的文章《公演中的〈武则天〉》[28]，其中记述到：“实验剧团的《武则天》公演已三天，卖座之盛，较《罗蜜欧与朱丽叶》有过而无不及实在，《罗蜜欧与朱丽叶》一来是翻译剧本，二则对白太深，一般的观众确还不能百分之百的接受，但现在的《武则天》，这些缺憾都给弥补了。”

26. 宝松《罗密欧与朱丽叶与武则天》（《新华月报》1937年第2卷第8期）；无署名《伶影春秋——影评〈罗密欧与朱丽叶〉》（《天文台》1937年第55期）等。

27. 台生《对于〈武则天〉的意见》，《申报》1937年6月19日。

28. 无署名《公演中的〈武则天〉赵慧深临时饰中宗》，《申报》1937年6月21日。

通过这些记录，我们可以做出这样的判断，即《罗蜜欧》公演与历来公认的结果不同，是一场并不成功的演出。

业余实验剧团《罗蜜欧与朱丽叶》，罗蜜欧独白

为何演出没有获得成功？《公演中的〈武则天〉》一文认为结果不理想的原因在于观众不具备欣赏《罗蜜欧》的水准。当然，也有评论如张庚《关于〈罗蜜欧与朱丽叶〉——业余实验剧团演出》[29]指出失败原因在于业余实验剧团本身没有提供好的舞台。张庚作为中共戏剧运动的代表性评论家，20世纪30年代以来一直活跃在中国的戏剧评论界。业余实验剧团对于张庚来说无疑是自己人，因此张庚的发言值得信赖。

张庚首先承认了演出的失败，“《罗蜜欧与朱丽叶》的演出，一般都认为是失败的，笼统地说起来，我也是承认的。”他的剧评最宝贵的地方在于其从戏剧的角度分析了演出失败的理由。他指出莎剧对于今天的戏剧欣赏习惯而言过于冗长，所以都会改编成压缩版本，然而改编后的剧本过于强调剧中的反封建思想，与此无关的部分则被删除，结果导致剧作整体氛围受到影响。“结果，从这次演出中所看到的罗蜜欧与朱丽叶，就成了一个‘五四精神’的——为恋爱而意识地反封建的剧本，而莎士比亚的世界观也成了‘五四青年’的世界观了。”

同时，张庚还指出演技方面的问题。“我们也实在可以看出莎士比亚和心理的写实主义之间是有着根本的不相容之处。假使用日常生活的写实方法，如柴霍甫（一个和莫斯科艺术剧场分不开的人）所说的，要演莎士比亚那

29. 张庚《关于〈罗蜜欧与朱丽叶〉——“业余实验剧团”演出，《戏剧时代》1937年第3期。

业余实验剧团《罗蜜欧与朱丽叶》剧照

实在是不可能的。"

对于此次公演，一直认为导演章泯很好地运用了斯坦尼斯拉夫斯基体系，使演出获得了成功。然而张庚的文章提出正是因为运用了心理现实主义、日常生活的写实即斯坦尼斯拉夫斯基体系，演出才以失败告终，并特别指出"失败的最明显的一场是幽会"。第二幕第二场阳台一场是《罗蜜欧》一剧最重要的表演，这一场没有演好，则演出必定失败。

扮演罗密欧的赵丹去世前于1980年出版了《地狱之门》[30]一书，回顾了自己的演员生涯。其中言及《玩偶之家》、《大雷雨》、《十字街头》等演出，却只字未提《罗密欧》。这也从一个侧面说明了《罗蜜欧》演出的失败。

业余实验剧团的《罗蜜欧与朱丽叶》公演是业余话剧团以翻译剧形式进行的一次演出。抗战爆发前的上海，国民政府脱离了世界经济危机的影响，社会相对稳定，消费文化得到发展。[31]在这样的背景下，职业话剧团得以成立，并能够以严格的翻译剧的形式演出莎剧，这在中国话剧史上具有重要的意义。

然而，左翼剧团的方法论和莎士比亚很难结合在一起，公演以失败告终。失败的原因之一在于当时剧团对斯坦尼斯拉夫斯基体系理解有误。[32]同时，公演结束后抗战爆发，演出经验没有得到及时的继承。

在空前的国家和民族危机中，直接反映战争现实的左翼"现实主义戏剧"成为抗战戏剧的主流，直至1949

30. 赵丹《地狱之门》上海文艺出版社，1980年。

31. 岩间一弘等编著『上海都市生活の现代史』（风响社、2012）中有详细记述。

32. 关于中国对斯坦尼斯拉夫斯基体系的接受情况，可参照陈世雄《三角对话》（厦门大学出版社，2003）。根据该书可知，1937年时还没有斯坦尼斯拉夫斯基著作的全译本。

年中华人民共和国成立以前，左翼剧团再未演出过莎剧。演出过莎剧的是国民党系统或者中间派剧团，就连国民党系的国立剧专也因为抗战而不得不改变“学校戏剧以演出莎剧为主”的方针。这些也影响到中华人民共和国成立后莎士比亚戏剧的演出。

中国国内开始进行莎士比亚接受史研究是业余实验剧团公演结束的50年之后，即20世纪80年代。此时，有关《罗蜜欧》公演的直接记忆已经消逝，因此学术界仅凭该演出由中国现代戏剧史上的重要剧团担当、主演也是著名的演员，在没有进行充分调查的基础上就推测其获得了成功，并且成为学术界的定论。

当然，在80年代的中国，利用《申报》等同时代的报纸杂志进行研究也的确存在困难。本文阐明了上海业余实验剧团《罗蜜欧与朱丽叶》这一历史上有名的公演，学界定论和事实之间存在根本的不同。因此笔者认为在中国现代戏剧和文化研究中，基础史料的调查和整理仍然必不可少。

国立剧专是中国国内最早成立的国立戏剧教育机构，设立于1935年并一直延续到1949年。设立之初作为实施中等教育的国立戏剧学校，1940年成为高等教育机构（大专），定名国立戏剧专科学校。如今，国立剧专的名称为大家所熟悉，因此本书中提及国立戏剧学校的时候也会使用这一名称。在国立剧专14年的历史中有近千名学生注册入学，培养了诸多戏剧界、电影界人才，他们的名字都已记入中国的戏剧电影史册中。这个学校还有另一个特征，例如第一次和第二次毕业公演都选择了莎士比亚作品，在戏剧教育中非常强调莎士比亚的重要性，成立初期更是如此。

由于受抗日战争全面爆发等不可抗因素的影响，国立剧专的莎剧演出在十四年中只进行了四次，但在莎剧只有零星演出的民国时期的中国戏剧界，四次的上演次数也是很令人瞩目的。[1] 关于国立剧专的研究，在日本几乎没有，而在中国也还不够充分。本章将探讨剧专的莎士比亚戏剧演出，特别是第一次公演，阐明“国立剧专”这一国民党下属文化教育机构的活动内容、历史意义及其与莎士比亚戏剧的关系。

1. 话剧形成后，民国时期除了国立剧专之外，其他剧团都只演出了一次莎剧，请参照本书序章。上海戏剧协社第15次公演《威尼斯商人》实际上是第14次公演的延续。

第五章

国立剧专的莎剧演出

第一次公演《威尼斯商人》（1937）

I 国立剧专的筹备

由于剧专和国民党关系密切，关于剧专的研究在中华人民共和国成立后长期受限，但随着20世纪80年代后阎折梧编著《中国现代话剧教育史稿》、《剧专十四年》编辑小组编著《剧专十四年》等资料集、回忆录的发行，使我们了解剧专的全貌成为了可能。此外，国立剧专也编辑了《国立戏剧学校一览》一书。[2] 基于这些资料，让我们先来大致追溯一下国立剧专14年的历史。[3]

1935年10月18日，国立剧专以“国立戏剧学校”的名义在南京薛家巷成立。四个月前的1935年6月，陈立夫、张道藩等13名国民党政治家和知识分子提出创建戏剧学校的建议，并在7月获得了批准。很快褚民谊、方治、雷震、张炯、余上沅、张道藩等人组成了筹备委员会，由张道藩担任主任委员一职。8月下旬，具体的筹备工作开始启动，学校的组织也趋于完善，闻亦有加入筹备委员会后，校务委员会成立，并由张道藩继续担任主任委员，余上沅担任负责学校日常运营的校长一职。从开设到关闭，国立剧专的校长都是余上沅。

由此可见，在设立的准备过程中，张道藩一直处于

2. 国立戏剧学校编《国立戏剧学校一览》，国立戏剧学校出版，民国二十八年十二月。中央戏剧学院图书馆可阅。

3. 阎折梧编《中国现代话剧教育史稿》，华东师范大学出版社，1986年。

张道藩

中心位置。[4] 张道藩（1897—1968）出身贵州省一个贫苦人家。幼时就喜爱读书，在天津的南开大学学习后，于1919年前往英国留学，在伦敦大学美术系学习绘画，并于1923年加入国民党。1926年回国后从事国民革命运动，也曾被军阀关进监狱。第一次国共合作破裂、北伐后作为政治家积极活动，历任内政部常务次长、交通部常务次长、国民党中央组织部副部长、中央宣传部长等国民党及国民政府要职。同时也参与设立了中华全国美术会、国际文化合作协会、中华全国文艺作家协会等，作为国民党文化运动的中心人物非常活跃。1949年逃往台湾后，张道藩仍然是国民党文化运动的中心人物，另外还担任了"立法院长"一职，著有《近代欧洲绘画》、《我们所需要的文艺政策》、《三民主义文艺论》等著作。

担任校长的余上沅（1897—1970）当时作为戏剧学者已经声名远扬。[5] 他出生于武汉，于1920年进入北京大学英文系学习。在校期间对戏剧产生兴趣，并在《北平晨报》副刊等刊物上发表戏剧评论。1923年前往美国留学，违背了父亲学习政治的要求而继续钻研戏剧。1925年回国之后，倡导发起了致力于融合话剧和中国传统戏剧的国剧运动。现如今，作为戏剧用语而在中国广泛流传的"写意"，就是由他首次开始使用的。20年代后期到30年代期间作为国民党文学流派"新月派"的一员十分活跃，还以顾问身份随同梅兰芳前往苏联演出。

虽然余上沅与政治家没有直接的关联，但还是常常被视作国民党派系的知识分子。中华人民共和国成立后，

4. 主要根据张道藩《酸甜苦辣的回味》（台湾传记文学出版社，1968）附页"张道藩先生事略"（无署名）。

5. 主要根据《为中国戏剧奉献一生的余上沅先生》，《剧专十四年》，中国戏剧出版社，1995年。

余上沅虽然留在大陆并担任上海戏剧学院教授等职，但还是受到了冷遇。在“文革”中遭受严酷批判，身体十分虚弱，癌症发作后在没有得到合理的治疗中离世。1986年,《余上沅戏剧论文集》(长江文艺出版社)由上海戏剧学院编辑出版。

如上，国立剧专在国民政府的强力支持下成长起来。学校章程(校规)中这样写道:“本校以研究戏剧艺术，养成实用型戏剧人才，辅助社会教育为宗旨。[6]”办学经费由国民党中央宣传部和政府教育部提供，第一年度为3600元，第二年度为4600元。根据规定，校务委员及校长由中央宣传部和教育部进行派遣。

招生从1935年9月10日开始，25日结束。《中央日报》从9月12日开始发布招生广告。9月27、28日两日，分别在南京、上海、北平(北京)、武汉等地进行招生考试。根据招生广告，考试分国文、国语、体格测试、声音表情、姿态表情、口试6个科目，并且特别标注声音表情和姿态表情两个科目事先提供指定的材料，完成报名的同学可在五日之内前往报名处取阅。

招生对象“不限性别年龄但以初中或初中以上学校毕业或具有话剧天才或对话剧已有特别经验者为合格[7]。”招生广告上注明免除学费、宿舍费以及教材费，因此有超过1000人参加考试。第一批入学的学生为60名，录取率仅为6%。虽然直接招生的对象是初中毕业生，但是超年龄的、有一定社会经验的也在录取者中占有相当的比例。

自此，国立剧专在社会的广泛关注下顺利起航。有

6.《国立戏剧学校章程》，收录于《国立戏剧学校一览》。

7. 1937年9月12日《中央日报》刊登的招生广告。

44 名学生在完成两年的课程后顺利毕业，1937 年 6 月 30 日举办了首届毕业典礼。第一届学生毕业后，1937 年秋天开始，学制改为三年。

1937 年 7 月 7 日，抗日战争全面爆发，国立剧专也和南京其他政府机构和学校一样被迫转移。此后国立剧专一直深受战争的影响，在艰苦的环境中，学生和教职员工经常流动。或许是发生了预期之外的迁移，第二届毕业生与第一届相比减少到了十多人。如何弥补教职人员的流失成为校长余上沅的重要工作。

1937 年 9 月，国立剧专迁移至长沙。从南京乘船到达武昌，再乘坐汽车前往长沙。但很快长沙也不再安全，1938 年 2 月又迁往重庆。从长沙乘船至宜昌，在此停留 23 天之后，经过万县最终到达重庆。重庆时期，还从最初的曾家岩迁往上清寺。作为临时政府所在地的重庆受到日军的猛烈攻击，剧专在躲避了一年的炮火后，于 1939 年 4 月转移到四川省南部的小镇江安，将当地文庙改为校舍。剧专终于安定下来，在此度过了 6 年的时光。江安现为下属于四川省宜宾市的小县城，与戏剧并没有特别的关联，当初为何选择江安作为迁移地点尚不明确。

1940 年 6 月，国立剧专改名为“国立戏剧专科学校”，成为五年制的高等教育机构。剧专取消了权利大于校长的校务委员会，成立了以校长为主席的新的校务委员会，由各处、系、科主任、教师代表以及职员代表组成，实际上成为校长的辅佐机构。同时，还成立了三年制的高职科，直至学校关闭。

战争的爆发对于国立剧专的教育和演出都产生了很大的影响。最明显的例子就是公演内容中翻译改编剧和创作剧比率出现大的反转。根据《剧专十四年》收录的《历届演出剧目统计》来看，国立剧专在14年内举办了91次公演（除去学校内部的见习演出和社会上的戏剧节以及旅行公演）。到战争爆发前的第13次公演（1937年6月《威尼斯的商人》）为止，翻译改编剧共9部，创作剧4部，翻译改编剧占据优势地位。改编剧是保留外国剧作的情节概要，只将地名人名进行中国化改编的剧目。以标志着中国话剧形成的《少奶奶的扇子》（上海戏剧协社，1924）为首，改编剧的盛行是民国时期接受外国戏剧的特点之一，这些剧目大多为西方戏剧中的名作。

然而在抗战中举行的第14次公演（1937年9月）到第77次公演（1945年7月）中，翻译改编剧仅18.5部，创作剧多达42.5部，创作剧的数量是翻译改编剧的好几倍（由于存在创作剧和翻译剧同时演出的情况，故产生了小数）。特别是第14次公演（1937年9月）开始到落脚江安之前的第23次公演（1937年4月），也就是国立剧专辗转多地、中国陷入战争之后抗日情绪高涨的时期，翻译改编剧仅1.5部、创作剧为8.5部，创作剧显示出绝对性的优势。

除此之外，在旅行公演、戏剧节公演、街头公演等演出中，剧专也基本上采用了创作剧。创作剧大部分是描述战时状况的现代剧，剧目中有大量如夏衍《一年间》、于伶《女子公寓》、宋之的《雾重庆》等如今被认为是共产党戏剧运动结晶的作品。有研究指出抗战使得中国话剧过于重视创作剧，[8]出现向现实主义戏剧一边倒的倾向，而国立剧专的演出内容正好印证了这种论断，可见战争对文化运动的冲击确实非常巨大。

1945 年 7 月，抗战战局趋于稳定，国立剧专迁往重庆郊外的北碚。大概因为五年学制难以实行，1945 年秋再次实行两年制，直至学校关闭。抗战胜利后的 1946 年 7 月，剧专迁回南京，位于新华门附近的鸣羊街上。

此后，随着内战胜利，在中华人民共和国成立前夕的 1949 年 7 月又迁往中共领导下的北平（北京），并与鲁迅艺术学院等学校合并，成为如今的中央戏剧学院。

8. 除田本相《试论西方现代派戏剧对中国现代话剧发展之影响》（收录于《现当代戏剧论》江西高校出版社，2006）濑户宏『中国演劇の二十世紀』（东方书店、1999）也有相关论述。

II 国立剧专的课程内容

国立剧专的教育内容究竟是怎样的呢？三年制课程的《课程说明》收录在《国立戏剧学校一览》上，据说这是由余上沅、曹禺、黄佐临、丹尼等人参考国外戏剧大学的课程内容后制定而成的。两年制和五年制的课程则根据三年制内容进行压缩或者扩充而来。下面一起来确认《课程说明》中的授课内容：

第一学年　每周 34 小时、22 学分

讲义：

国文 3、中国综合史 2、戏剧概论 2、剧本选读 2、近代西洋史 2、公民 1

实用技术：

舞蹈 2、乐歌 2、图画 2、国语发音 1、化妆 2、舞台技术 2、表演基础训练 10、剧场服务 1

第二学年　31 小时、25.5 学分

讲义：

国文 2、世界文化史 2、文艺概论（前期）2、社会教

育学（后期）1、剧本选读 2、西洋戏剧史 2、编剧 2、导演法 2、公民 1

实用技术：

舞蹈 2、乐歌 2、声音训练 1、排练 10、舞台装置 2、装置实习 2、剧场服务 1

第三学年　28 小时　24 学分

讲义：

国文 2、艺术史 2、中国戏剧史 2、公民 1

实用技术：

排练 10、服装设计 2

选修课：

剧本编制 4、表演研究 4、布景设计 4、导演研究 4

毕业制作 1[9]

由此可知，授课内容大致为实用技术科目和讲义科目，两者为 2：1 的比例，与如今日本的戏剧大学基本一致。[10] 翻阅国立剧专相关回忆录可知，授课科目的具体内容由教师自行决定，并未形成一定的教育体系。因战争而不断迁移，加之教师的流动性非常大，自然无法形成一定的教育体制。

国立剧专在戏剧教育中非常重视实际的演出活动。1936 年 2 月，第一届学生的第二学期中，剧专早早对外宣布第一次公演内容，由陈治策改编自果戈理《钦差大臣》、

9. 根据《三年课程说明》（《国立戏剧学校一览》）。全文也刊载于《中国现代话剧教育史稿》。

10. 笔者依据了近现代戏剧研究会（日本戏剧学会分科会）上做报告的日本大学戏剧专业人士的发言。

并由余上沅导演的《视察专员》。公演剧场定在香铺营中正堂，此地在抗战前一直是南京地区对外开放的演出场所。直至中日战争爆发的两年间，国立剧专在此举办了13次公演，共演出20个剧目，其中13个是西方名剧的翻译或改编剧。当然，也上演了如洪深《青龙潭》（第8次公演）、曹禺《日出》（第11次公演）等中国作家的创作剧。在学校内部举行的建校一周年纪念实习公演上，还上演了学生自编、自演、自导的作品，包括后来成为著名电影导演的凌子风的作品。

抗战爆发后，虽然反映时局的创作剧和翻译改编剧的比率发生了反转，但翻译改编剧的演出并未消失。江安时期，除了校内演出外，剧专偶尔也在重庆举办公演活动，地点通常在国泰大剧院。

关于国立剧专的戏剧教育，值得一提的还有其在中国最早采用了斯坦尼斯拉夫斯基体系。这是由1938—1939年在国立剧专任职的黄作霖、金韵之夫妇所倡导的。二人现在以黄佐临和丹尼之名为人所知，当时刚刚从英国留学归国。但是，斯坦尼斯拉夫斯基体系的教育在当时并未获得成功。以国立剧专迁往江安为契机，二人离开剧专前往“孤岛”上海，接替他们工作的阎折梧也很快离开了国立剧专。后任的教员依托只翻译了第一部分的《演员自我修养》，死板而机械地授课，被学生戏称为“死、塌、泥”（与斯坦尼斯拉夫斯基的“斯坦尼”发音几乎一样）。[11]

11. 参见《剧专十四年》，中国戏剧出版社，1995年。

十四年内多次上演莎剧

III

如本章开头所说，国立剧专最重要的戏剧活动就是演出莎士比亚戏剧。国立剧专在14年内上演了4次莎剧，此外民国时期再无其他剧团上演过这么多次莎剧。

第一次是1937年6月18日—21日的《威尼斯商人》。余上沅、王家齐导演，使用梁实秋译本。此后国立剧专演出莎剧使用的版本全为梁实秋译本。此次公演是剧专第13次公演，也是第一次毕业公演。

第二次是1938年7月1日—4日的《奥赛罗》，由余上沅导演，在重庆国泰大剧院举行。此次公演为剧专第20次公演，也是第二次毕业公演。

第三次是1942年6月5日—7日的《哈姆雷特》，导演为当时在国立剧专任职的焦菊隐。此次演出在江安的校内剧场举行，是剧专第五次毕业公演。

演出受到好评，所以更换了部分演员后再次上演。再演虽使用了“剧专剧团”的名义，但实际上就是第五次毕业演出的延续。先于同年11月17日在重庆的实验剧场演出，接着12月9日—18日在重庆国泰大剧院演出，即剧专第54次公演。这次公演原定为14日结束，但根

国立剧专《奥赛罗》剧照

据《中央日报》刊登的广告来看，由于“连日客满”而在15日追加了第四场。本书第六章将对这次的《哈姆雷特》公演进行详细分析。

第四次是1948年4月23日的《威尼斯商人》，导演为余上沅。这次演出是剧专第91次公演，根据《中央日报》报道，这天正值“剧圣莎士比亚384年诞辰纪念”，还举办了讲演会，剧场设在剧专的礼堂。像《威尼斯商人》这样大规模的演出是不可能一天结束的，或许受已然激化的国共内战和通货膨胀下社会乱象的影响，报纸上没有登载任何广告，唯一无法在《中央日报》确认的就是这次演出。《剧专十四年》也对此次公演提及很少，所以无法确定是否是毕业公演。

以上就是国立剧专演出莎剧的大致情况。其中《奥赛罗》和《哈姆雷特》都是中国境内的首次演出。四次之中有三次均为毕业公演，很显然，戏剧学校的演出活动中，最重要的是毕业演出，而莎剧演出在国立剧专的活动中也占据非常重要位置。余上沅本打算将国立剧专的毕业演出全部定为莎士比亚剧目，但由于战争的原因而未能实现。[12]

在各次公演中，1937 年 6 月的第一次公演《威尼斯商人》正值抗战即将爆发之际，最明确地体现了余上沅和国立剧专的活动宗旨。因留存至今的相关资料比较丰富，下文将通过分析这次公演，阐明国立剧专重视莎剧的原因以及实际的演出状况。

12. 曹树钧、孙福良《莎士比亚在中国舞台上》，哈尔滨出版社，1989 年。

IV 剧专对莎剧的特别重视

中华人民共和国成立前的中国现代戏剧（话剧）史中，与中共有着直接或间接关系的左翼戏剧占据了主流，而莎剧演出并不算多。[13] 莎剧中《威尼斯商人》最受欢迎，上演次数也较多。[14] 国立剧专第一次演出《威尼斯商人》时，余上沅 1937 年 6 月 18 日在《中央日报》戏剧副刊上发表了《我们为什么公演莎氏剧》一文。接下来根据此文探讨此次公演的历史背景。

余上沅首先认为“表演莎剧本是世界各国（不仅是英国）认为极重要的表演之一，甚至于是演剧的最高标准。”接着他结合中国的现状分析道：

> 中国对莎士比亚的认识还很肤浅，这是一个事实；根本上就没有几篇莎氏剧译成了中文。从前的中学生常常称道莎士比亚，仿佛很知道他似的，其实他们只看到一些“莎氏乐府本事”罢了。知道一点莎氏剧的故事和知道莎士比亚绝对不是一件事。

接着，余上沅对坪内逍遥翻译完成《莎士比亚全集》

13. 请参照本书序章。此外，中国莎士比亚发展史相关研究如下：

周兆祥《汉译“哈姆雷特”研究》（香港中文大学出版社，1981）
中国莎士比亚研究会编《莎士比亚在中国》（上海文艺出版社，1987）
孟宪强《中国莎学简史》（东北师范大学出版社，1994）

表示赞赏，又介绍了梁实秋也在从事莎剧翻译并已完成8个作品，而剧专此次公演即采用梁实秋翻译的《威尼斯商人》，同时发表了公演宣言："不经过多次的试验，那就永远不能成功了。我们愿意开始做一个尝试。"

这就是余上沅和国立剧专敢于挑战莎剧的基本态度，其中也体现了余上沅等人的基本出发点。换言之，演出莎剧在"世界各国"都被看作是"戏剧的最高水准"。以欧美为标准和范本，在努力向欧美看齐的过程中提高自己的艺术水平，这样的目标实际上完全否定或者说无视了戏剧的直接社会功能。

实际的演出也充分体现了余上沅等人的想法。[15] 主要的演员表如下所示。

夏洛克——张树藩
安东尼——郭寿定
格拉西安诺——余师龙
波西亚——叶仲寅（叶子）
巴散尼奥——陈建

国立剧专的学生花三个月进行排练，并在演出时特别发行了《毕业公演特刊》和《莎士比亚特刊》等小册子。南京发行的《中央日报》、《新京日报》也在文化版面刊登了《威尼斯商人》公演特辑。剧专还邀请译者梁实秋开设了5次莎士比亚专题讲座。梁实秋是北京大学教授并居住在北京（时称北平），为了这次讲座专程赶到南京。他

曹树钧、孙福良《莎士比亚在中国舞台上》（哈尔滨出版社，1989）
周陵生《莎士比亚大辞典》（商务印书馆，2001）
曹树钧《莎士比亚的春天在中国》（天马图书有限公司，2002）
西村正男「陰鬱なドン・キホーテ」（『東方学』九五集，1998）。

14. 河竹登志夫提到："《威尼斯商人》是莎士比亚作品中最受欢迎的作品。虽然现在上演次数最多的是《哈姆雷特》，但是根据笔者的调查，在昭和四十八年的'櫸'剧团的上演时期，《威尼斯商人》共计演出56次，超过第二名的《哈姆雷特》十多次。战前这个差距则更大。这大概是日本独有的特殊现象吧。"（「シェイクスピア受容史の全貌」、

『続々比較演劇学』、南窓社，2005）。其实在中国也如此，此现象并非“日本独有的特殊现象”。

15. 这次公演后发表的评论如下，期待今后发掘更多的剧评。

①《毕业公演特刊》（未发现剧情、人物表和剧照收录。根据《莎士比亚在中国舞台上》）
②《莎士比亚特刊》（未见。根据《莎士比亚在中国舞台上》）
③梁实秋《关于〈威尼斯商人〉》
④常任侠《莎士比亚的作品及生平》
⑤宗百华《我所爱于莎士比亚》
⑥徐仲年《莎士比亚的真面目》
⑦李青崖《泰国的几句和莎士比亚有关的话》
⑧王思曾《介绍一位英国批评家对莎士比亚的看法》
⑨袁昌英《歇洛克》
⑩余上沅《我们为什么公演莎氏剧》1937年6月18日

国立剧专第一回毕业公演广告（《中央日报》1937.6.18

还是当时中国国内水平最高的英文学者，但对左翼文学持否定态度，与鲁迅等展开过激烈辩论，后被毛泽东点名批判为资产阶级学者。可以说，正是对左翼文学持否定态度的梁实秋等人，才会致力于赞美并介绍莎士比亚作品。由此我们也可以了解国民党文化运动的特点所在。

不过，翻阅《新京日报》等报纸上刊登相关评论，可以看出评论家即观众代表对《威尼斯商人》的理解与余上

坪内逍遥（早大演剧博物馆提供、F73-000253）

⑪达波《关于莎士比亚剧作的上演》1937年6月18—25日
⑫其良《夏洛克》1937年6月16日；
⑬《新京日报》1937年6月16日：
⑭余师龙《谈莎士比亚的〈威尼斯商人〉》
⑮何德璋《介绍〈威尼斯商人〉》
⑯王洋泉《〈威尼斯商人〉的意义》
⑰夏易初《〈威尼斯商人〉本事》

16. 余师龙《谈莎士比亚的〈威尼斯商人〉》。

沅等人有着很大的差异。

不过在弱小民族的中国人眼中看来，也可以给它一个新的解释，站在被侮辱欺凌的犹太人夏洛克的立场上而说它是个悲剧。（余师龙《谈莎士比亚的〈威尼斯商人〉》）[16]

夏洛克的狡猾凶狠固然十分可恶，然而我们以近代的眼光来看其中是包含着人道的精神，是代表了被压迫的民族的愤激、痛恨。……我们看此剧不能以为是宗教上的、或某一个民族的争端，我们应把它看做（其实本来的意义就是如此）是压迫者和被压迫者的描写。现在的世界上正分成这两分野的民族，此剧正反映出现实压迫的对照。（王沣泉《〈威尼斯商人〉的意义》）[17]

这些评论的意图很明确，将夏洛克的命运和抗战爆发前夕的中国国情相结合，将《威尼斯商人》看作是一部描写弱小民族的悲剧。从南京的地理位置来看，评论者和国民党关系较近，这些评论正反映了《威尼斯商人》在这些人眼中的定位。

更具特色的是译者梁实秋的评论。公演结束后的6月26日，梁实秋在《北平晨报》文艺副刊第25期上发表了题为《关于威尼斯商人》的评论。[18] 从题目看，与收录在《莎士比亚特刊》中的文章为同一篇。文章的目的是在演出之际对《威尼斯商人》的历史性意义进行简明扼要的介绍，但作者仍然引用海涅的《威尼斯商人》评论，强调了犹太人的悲惨境遇。梁实秋还有大量引用海涅的评论做出过同样的发言。

《威尼斯商人》一剧我仔细读过好几遍，台上演出也看过几次，我从来没有由夏洛克的失败而感到高兴，我从来没有由安东尼的胜利或白姗尼欧的婚姻而感觉有趣。

17. 王沣泉《〈威尼斯商人〉的意义》。

18. 收录于《梁实秋文集》第八卷，鹭江出版社，2002年。

我一向觉得这剧本是含着严重的意味，绝不仅仅是一出以夏洛克做牺牲的滑稽喜剧。《威尼斯商人》虽然是喜剧，而实在是有悲剧的严重性存于其间。

我以为《威尼斯商人》之最动人处在于描写犹太人之被压迫。……我并不是说莎士比亚有意在此剧中为被压迫民族吐气，我只说在此剧中莎士比亚描写了犹太人被压迫的真实。夏洛克并不是怎样完好无缺的人，但他是一个血肉做的人，他值得我们的同情。[19]

20世纪70年代以前，《威尼斯商人》在日本也是最受欢迎的莎士比亚剧作，但是没有人对日本的《威尼斯商人》演出做出过类似的解释，特别是战前。[20] 由此我们可以了解30年代中国接受《威尼斯商人》一剧的特别之处。也就是说，即使是强调文学艺术不存在阶级性的梁实秋等人，也不得不将《威尼斯商人》与中国现状相结合并关注到夏洛克的命运。

综上所述，国立剧专第一次毕业公演的宗旨是将（欧美定义的）世界名作以正确的方式引进到中国，以此提高中国戏剧（话剧）的水平，因此也造就了此次公演具有很强的学术性。在否定演出的直接社会效应以及艺术的社会功利性一点上，这种宗旨很好地体现了国民党系文化人的艺术观。也由于是在抗战爆发前举行的公演，所以最鲜明地体现出国立剧专创立当初的宗旨。

当然，剧专无法做到完全脱离于当时的中国国情，即

19. 梁实秋《〈威尼斯商人〉的意义》，收录于《梁实秋文集》第一卷，鹭江出版社，2002年。

20. “日本这个时期对于《威尼斯商人》的看法，很少有认为该剧主要的特征是对犹太人表示理解或是描写了犹太人。”（河竹登志夫『続比較演劇学』、南窓社、1967）。

国立剧专《威尼斯商人》剧照

使是对于莎剧这样与时代性、倾向性最无关的作品而言，也能够看出这一点。在1942年抗战中的重庆，剧专仍演出了《哈姆雷特》，虽然表明即使在战争中剧专也没有放弃设立时的宗旨，但此时的《哈姆雷特》很明显具有浓厚抗战色彩[21]。国立剧专演出《威尼斯商人》后，受战争影响，演出内容很快偏向抗战题材，而这种变化实际上在第一次公演时就已经开始酝酿了。

过去学界一直认为，中共文化运动和国民党文化运动的路线截然相反，但是以今天的观点来梳理国立剧专的戏剧活动，我们发现两者间其实有着相似的部分。国立剧专毕业的人才中，有很多继续活跃在新中国成立后的戏剧电影界，其中一个原因即在此。

另一方面，重视以“阶级斗争”为基础的政治宣传的新中国戏剧界并没有继承国立剧专对莎士比亚戏剧的重视。

21. 西村正男在「陰鬱なドン・キホーテ」(『東方学』九五集、1998）中论述了这一问题。

建国后的“十七年”时期，中国虽然也有莎剧演出，但数量极少[22]，中文版《莎士比亚全集》的出版也要等到1978年。以国立剧专为代表，民国时期国民党系文化运动中有多少内容被新中国所继承或者遗弃、以及这些又意味着什么，时至今日，笔者认为有必要依据事实对其进行重新探讨。

22.“十七年”时期上演的莎剧仅有《罗密欧与朱丽叶》(中央戏剧学院),《无事生非》(上海戏剧学院、上海青年话剧团),《十二夜》(北京电影学院等）三部作品。请参照本书序章。“文革”时期完全没有莎剧演出。

1942年国立剧专上演的《哈姆雷特》是中国国内首次正式演出该剧。或许由于正值抗战这一苦难时期，留存的相关资料很少，公演情况尚不明确。但考虑到《哈姆雷特》在莎士比亚作品中占据的重要位置，谈及中国的莎剧发展史时肯定不能忽视这次中国首演。本章将利用这些有限的资料，探讨公演的经过及其历史意义。

第六章

国立剧专的《哈姆雷特》公演（1942）

I 背景：从《哈孟雷特》到《哈姆雷特》

在具体分析公演的情况前，让我们先回顾一下《哈姆雷特》在中国的接受史。

最早将《哈姆雷特》以中文版本介绍到中国的是1903年出版的《澥外奇谈》，译者不明。该书从兰姆的《莎士比亚故事集》中抽取10篇进行翻译，并加入短篇白话小说风格的题目，《哈姆雷特》以《报大仇韩利德杀叔》为题被收录其中。1904年，林纾、魏易合译兰姆《莎士比亚故事集》全集，以《吟边燕语》（商务印书馆）为题出版，各篇加入文言小说风格的题目，《哈姆雷特》以《鬼诏》为题被收入。篇名能够体现译者的关注点，《澥外奇谈》的译者关注哈姆雷特的复仇，而林纾等人则强调先皇亡灵的自述。

《哈姆雷特》的中文全译本出现在五四运动之后，最早为1921年田汉翻译的《哈孟雷特》，发表于《少年中国》的第2卷第12期，翌年由中华书局出版单行本。对于田汉是否有足够英语能力翻译《哈姆雷特》尚存疑问，因此笔者认为他的翻译底本为日文版。此后直至中华人民共和国成立前，中国国内共计出版了以下译本：[1]

1. 主要参照孟宪强《中国莎学简史》，东北师范大学出版社，1994年。

1924 年　邵挺译《天仇记》（上海商务印书馆）

1936 年　梁实秋译《哈姆雷特》（上海商务印书馆）

1938 年　周庄萍译《哈梦雷特》（上海启明书局）

1946 年　曹未风译《汉姆莱特》（上海新文艺出版社）

1947 年　朱生豪译《汉姆莱脱》（上海世界书局）

中华人民共和国成立后的主要翻译版本如下：

1956 年　卞之琳译《丹麦王子哈姆雷特悲剧》（作家出版社）

1983 年　林同济译《丹麦王子哈姆雷特悲剧》（中国戏剧出版社）

1991 年　孙大雨译《罕秣莱德》（上海译文出版社）

2000 年　方平译《哈姆莱特》（河北教育出版社）

2001 年　彭镜喜译《哈姆雷》（台北联经出版社）

2015 年　辜正坤译《哈姆雷特》（外语教学与研究出版社）

另外，20 世纪末以来还涌现出大量《哈姆雷特》中文译本（请参阅本书附录“中译哈姆雷特第四独白台词集”）。

这些译作中，梁实秋译本即为本章谈论的国立剧专公演所用版本，日后收录进台湾版《莎士比亚全集》。朱生豪译本在 1977 年出版的单行本（人民文学出版社）中，题目改为《哈姆莱特》，收录在中国大陆版的莎士比亚全集中。中国大陆和中国台湾地区的普及版本的译名有所不同，例如大陆1956年出版的卞之琳《丹麦王子哈姆雷特悲剧》（作家出版社）中使用“哈姆雷特”这一译名。在现今的中文文化圈中，“哈姆雷特”和“哈姆莱特”两种翻译仍然并行。

那么，《哈姆雷特》的演出情况又是怎样的呢？

笔者曾指出，民国时期的中国现代戏剧以左翼戏剧为主流，莎剧只有零星的演出。其中上演次数最多的是《威尼斯商人》，其次为《罗密欧与朱丽叶》。与此相比《哈姆雷特》的上演次数非常之少。

和其他莎士比亚作品一样，文明戏改编了《吟边燕语》中的《鬼诏》并多次搬上舞台。演出团体并非文明戏最盛时期的春柳社、新民社、民鸣社等，时间上也稍微靠后。据《申报》记载，首演为1916年5月7日在笑舞台公演的《窃国贼》[2]。广告写道“看莎翁戏不看窃国贼更大大可惜，莎翁戏唯《鬼诏》（见《吟边燕语》）最有名，而最难编、最难演、脚色最难配得当。万不料正秋先生编得非常之好，改名窃国贼，而配角亦宜。故优游之王弟，剑魂之后悲世之女郎”。从广告来看，郑正秋不仅是改编者，还扮演了哈姆雷特。这次演出得到了广泛好评，于是在同年的8月6日和9月29日又再次演出，我们可以在《申报》演出广告中确认到。

如今，在莎翁的所有作品中，《哈姆雷特》与《罗密欧与朱丽叶》一样深受人们喜爱，近年来每隔几年都会在

2. 根据《申报》全文数据库（关西大学东西文化研究所藏）检索结果。

中国举行公演。但在民国时期，严格意义上的作为翻译剧的《哈姆雷特》公演仅国立剧专这一次。当然，除了在此提到的演出外，民国时期也有文明戏和传统戏剧界的改编演出，但具体情况尚不明确，有待日后进一步研究。

II 极为成功的第五次毕业公演

关于国立剧专已经在第五章中详细介绍过了[3]，在此仅作简单概括。剧专是1935年创立的两年制国立戏剧学校，创办之初为中等教育机构，1940年改为五年制的国立戏剧专科学校，成为高等教育机构。1949年与鲁迅艺术文学院、华北大学合并为中央戏剧学院。校长从创办到关闭一直由余上沅担任，与国民党联系紧密。

国立剧专原本打算毕业公演全部采用莎士比亚作品。1937年6月的第一次毕业演出为《威尼斯商人》，1938年7月的第二次演出为《奥赛罗》，但因爆发了未曾预料的抗日战争，没能完成当初的计划。《哈姆雷特》是国立剧专时隔四年后的莎剧演出。

先来看看公演的概况。1942年6月5日—7日，作为第五次毕业演出，国立剧专在当时位于四川省江安县的校舍举行了《哈姆雷特》公演。这次公演也是国立剧专改为五年制高等教育机构后的首次毕业演出。[4]由于抗战爆发，国立剧专的第三次和第四次毕业演出都没能上演莎剧。根据《剧专十四年》记述，1940年6月的第三次毕业公演为李健吾创作的《以身作责》，1941年6月的第

3. 濑户宏《国立剧专的莎士比亚演出——以第一次公演〈威尼斯商人〉为中心》，《中国文学研究》2006年第32期。

4. 中央戏剧学院《剧专十四年》编辑小组编《剧专十四年》，中国戏剧出版社，1995年。参与这次毕业公演的第五期学生（1939年入学）为三年制毕业生。

1942年国立剧专《哈姆雷特》剧照（国立剧专史料江安陈列馆所藏）

四次则为陶熊创作的《反间谍》，两次的演出地点都是江安。[5]改制为专科学校后，剧专再次开始了莎剧演出。和其他剧专的莎剧演出同样，此次公演采用了梁实秋译本，并由教员焦菊隐导演。

梁实秋（1903—1987）是20世纪中国英文学者的代表人物之一，也是著名的文艺评论家和散文家。他出生于北京，1923—1926年赴美留学，回国后任职于东南大学和北京大学。与鲁迅等人围绕艺术的阶级性展开论战，加深了与左翼作家对立。梁实秋从30年代开始从事莎士比亚作品的翻译，而抗战期间在重庆发起“与抗战无关的论争”，进一步加剧了与左翼作家的对立关系。1940年提出前往延安参观学习的请求，被中共直接回绝。[6]毛泽东在《文艺讲话》点名批判其道：“像鲁迅所批评的梁实秋一类人，他们虽然在口头上提出什么文艺是超阶级的，但

5. 依据《剧专十四年》附录《历届演出剧目统计》。李健吾的《以身作责》应为《以身作则》。

6. 鲁西奇《梁实秋传》，第五章“抗战岁月”，中央民族出版社，1996年。

国立剧专《哈姆雷特》演出说明书（国立剧专史料江安陈列馆所藏）

1942 年戏剧《哈姆雷特》剧照（国立剧专史料江安陈列馆所藏）

是他们在实际上是主张资产阶级的文艺，反对无产阶级的文艺的。”[7]

在 1953 年发行的《毛泽东选集》第三卷收录的《文艺讲话》中加入梁实秋的注释，认为他“坚持反对革命，并诅咒革命文艺”[8]，这些都给 80 年代之前大陆对梁实秋的评价造成了决定性影响。梁实秋 1949 年逃往台湾，并在 1967 年独自完成了莎士比亚作品的翻译，在台湾可谓第一人，在亚洲也属于仅次于坪内逍遥的壮举。80 年代后半期以来，中国开始对其进行客观评价，在 1991 年发行的《毛泽东选集》第二版收录的《文艺讲话》中，全面改写了梁实秋的注释[9]，主要介绍其生平。进入 21 世纪后，大陆还出版了十五卷《梁实秋文集》。[10]

7. 毛泽东《在延安文艺座谈会上的讲话》,《毛泽东选集》第三卷，人民出版社，1953 年。笔者还参看了竹内实编『毛泽东集』(北望社、1970—1972）收录的 1943 年版《在延安文艺座谈会上的讲话》，引用部分完全一致。

8. 注文为：“梁实秋是反革命的国家社会党党员。他在长时期中宣传美国反动资产阶级的思想，坚持反对革命，诅咒革命文艺。”

国泰电影院（笔者摄影，2005）

焦菊隐

焦菊隐（1905—1975）日后也成为中国著名导演。他原名焦承志，出生于天津，燕京大学毕业后赴法国留学。抗日战争期间辗转于全国各地，中华人民共和国成立后担任北京人民艺术剧院第一副院长和总导演，导演代表作为老舍《龙须沟》、《茶馆》，郭沫若《蔡文姬》等。他推动了斯坦尼拉夫斯基体系在中国的普及化，主张并实践了话剧向传统戏剧学习、即话剧的民族化。在“文革”中受严酷批判，1975 年病逝。1979 年 3 月，他导演的《茶馆》被再次搬上舞台，获得极高的评价，至今仍被看作 20 世纪中国最杰出的舞台导演之一，十卷本《焦菊隐文集》[11] 也已出版。

话题转回国立剧专的《哈姆雷特》演出。由于这次

9. 注文为：“梁实秋（一九〇三—一九八七），北京人。新月社主要成员。先后在复旦大学、北京大学等校任教。曾写过一些文艺评论，长时期致力于文学翻译工作和散文的写作。鲁迅对梁实秋的批评，见《三闲集·新月社批评家的任务》、《二心集·“硬译”和“文学的阶级性”》等文。（《鲁迅全集》第四卷，人民文学出版社，人民文学出版社，1981 年版，第 159、195—212 页）。”

公演广受好评，同年11月17日以《丹麦王子哈姆雷特》为题，并以国立戏剧专科学校附属剧团的名义，在重庆黄家垭口的实验剧场再次被演出。同年12月9日—18日，同样以国立戏剧专科学校附属剧团的名义在重庆国泰大戏院上演。国泰大戏院位于柴家巷，开设于1937年2月8日，是当时重庆话剧演出主要剧场。柴家巷如今已不存在，大概位于现在渝中区的邹容路，紧邻重庆地标解放碑，不论在当时还是现在，都是重庆的繁华地带。中华人民共和国成立后，1953年国泰大戏院改名为和平电影院，“文革”时期更名为东方红电影院，后又回归原名和平电影院，在于1994年改为国泰电影院。2007年，在重庆的市政建设中被拆除，政府决定在原地建设包含国泰大戏院和重庆美术馆的国泰艺术中心，于2012年竣工。[12]

国立剧专《哈姆雷特》公演虽然预定1942年12月14日结束，但根据报纸广告记载[13]，因“连日客满”而追加了12月15日—18日的公演。从这样的演出经历也不难看出公演获得了极大成功。

10. 梁实秋文集编辑委员会编《梁实秋文集》(十五卷)，鹭江出版社，2002年。

11. 北京人民艺术剧院戏剧博物馆编《焦菊隐文集》(十卷)，文化艺术出版社，2005年。

12. 这部分与瀬户宏「国泰大戯院——郭沫若『屈原』を上演した劇場」(日本郭沫若研究会编『日本郭沫若研究会報』第十二号、2011年3月31日）重复。

13.《中央日报》1942年12月15日登载《哈姆雷特》演出广告。

公演意图：让中国认识《哈姆雷特》

III

国立剧专为何要在这个时期上演《哈姆雷特》呢?

国立剧专之所以毕业公演时一定演出莎剧，源于校长余上沅认为："表演莎士比亚剧本是世界各国（不仅是英国）认为极重要的表演之一，甚至于是演剧的最高标准。"而"中国对于莎士比亚的认识还很肤浅[14]"，因此要力图改变这种状况。

余上沅在重庆演出的时候这样说过："莎翁的剧本演得最多最好的国家，也就是文化艺术水准最高的国家。……为了使我国文化之迎头赶上，跻于世界文化之林，则介绍上演莎翁之剧是不可少的。"[15] 和1937年一样，表达了因莎剧是世界名作而要演出的态度。

因此，《哈姆雷特》迟早都必将被演出。回顾中国的莎剧演出史，我们知道以1930年戏剧协社《威尼斯商人》为首，1937年上海业余实验剧团上演《罗蜜欧与朱丽叶》，1938年国立戏剧学校上演《奥赛罗》。三次演出都是在三部莎剧在中国的首次原本演出。其他剧团也演出过《罗密欧与朱丽叶》，但《哈姆雷特》的原本演出在1942年尚属首次。

14. 余上沅《我们为什么演出莎士比亚》，《中央日报》1937年6月18日戏剧副刊。

15. 依据曹树钧、孙福良《莎士比亚在中国舞台上》（哈尔滨出版社，1989）引用，没有注明出处，亦未被收录在《余上沅戏剧论文集》（长江文艺出版社，1988）中。

国立剧专史料江安陈列馆（笔者摄影）

《哈姆雷特》是莎士比亚的四大悲剧之一，除《威尼斯商人》外，和《罗密欧与朱丽叶》并列为最受中国人欢迎的莎剧，因此国立剧专时隔四年再演莎剧时选择了《哈姆雷特》。如后文所述，不论余上沅还是焦菊隐，都在相关文章中特别强调《哈姆雷特》属中国首演。

当然，1942年国立剧专《哈姆雷特》公演的意图，不仅仅在于将世界名作介绍到中国。余上沅在同一篇文章中对抗战现实与《哈姆雷特》的关系作出如下说明：

> 《哈姆雷特》所含蓄的社会意义之一，是哈姆雷特王子反抗命运支配、反抗专制压迫，从昏庸荒淫堕落悲观的恶劣环境中，力求摆脱力求解放的那种革命进去的精神。这种精神之感染与升华，正式抗战时期中国人所需要的。

演出的焦菊隐也在《关于哈姆雷特》中这样写道：

"《哈姆雷特》不仅是莎士比亚四大悲剧中的头一个，而且是世界上最伟大的戏剧之一。同时，在中国话剧舞台上，此一杰作，以前也从未上演过。"[16]《哈姆雷特》的上演理由中最首要的是《哈姆雷特》作为如此伟大的作品却仍未在中国上演这一事实。但是焦菊隐也将抗战的现实和《哈姆雷特》连接在了一起。

哈姆雷特的性格，对于生活在抗战中的我们，是一面镜子，是一个教训。对于那些对最后胜利没有信心，意志不集中，力量不集中的人们，是一个刺激，一个讽刺。丹麦王子哈姆雷特，对于国事，对于家庭变故，虽然早已看清应该如何去做，但始终犹疑不决，始终不把所看清的表现在行动上。一个人，或是一个民族，只有意志而没有行动，一定会灭亡；而意志不坚，自己把自己放在进退维谷的危机中的人也一定会失败。[17]

焦菊隐在次年发表的《莎士比亚与哈姆雷特》中也阐述了同样观点：

至于说到哈姆雷特，最重要的一点是他的性格。他的性格特点是犹豫，但这犹豫并不是怯懦。他之犹豫是因为他太爱真理，遇到一件事时他过于推敲，所以他终于失败了。我们中国人就常常过于慎重，反而把勇气丧失，什么事都做不出来。正像法郎士所说，他又勇敢，又怯弱。这就表现出人类的一个优点，也是弱点。(《演剧生

16.《焦菊隐文集》第一卷，文化艺术出版社，2005年，初版不明。

17. 同上。

活》1943 年第 3 期）

结合抗战的现实，余上沅从《哈姆雷特》中看到进取精神并予以肯定，焦菊隐则关注《哈姆雷特》犹豫不决的性格，将其看作抗战时期的教训予以否定。演出负责人和导演的观点存在差异，而从今天的立场来看，两人对于《哈姆雷特》的理解还有值得商榷的地方。但是，当时的余上沅和焦菊隐就是这样理解《哈姆雷特》的，相互矛盾的解释却都合情合理，这就是莎剧《哈姆雷特》的复杂性和丰富性所在。

两极评价的重庆公演

IV

焦菊隐的演出并没有完全遵循原著，他将全五幕二十场改为了四幕十五场。翻开保留至今的油印的江安公演表[18]，每一幕都有一个题目，具体内容如下：

第一幕　阴诉　第一场—第五场
第二幕　佯疯　第六场—第八场
第三幕　误义　第九场—第十二场
第四幕　长恨　第十三场—第十五场

江安公演的主要演员表如下：

国王——陈镜先
王妃——彭厚筠
哈姆雷特——温锡莹
普罗尼阿斯——陈钟瑄
何瑞修——程华魂
赖尔梯斯——万祝晓
俄菲丽娅——骆冰

18. 国立剧专江安史料馆藏。

1942年在江安公演的《哈姆雷特》剧照（国立剧专史料江安陈列馆所藏）

1942年《哈姆雷特》广告（1942.12.8《中央日报》）

根据曹树钧、孙福良《莎士比亚在中国舞台上》，[19]初演时将作为江安国立剧专校舍的文庙大殿当作城堡。在大殿前的丹墀铺设地板，当成舞台，大殿则改造成后台。舞台上只有国王王妃的宝座、王妃的床以及克劳狄斯祈祷用的台子，其余什么也没有。这样的舞台显得极为宽阔而有纵深感，从而很好地表现出城堡的阴郁气氛。

重庆场的演员表发生了很大变化。[20]

哈姆雷特——蔡松龄、温锡莹（双主演）
克劳狄乌斯——格炼
葛楚特——林婧
普罗尼阿斯——沈杨
奥菲丽娅——林飞宇
赖尔梯斯——张逸生

关于这次公演的剧评不多，现在能看到的主要有以下三篇：

吴往（欧阳凡海）《谈哈姆雷特》（《新华日报》1942年12月12日副刊）

忆湘（廖沫沙）《哈姆雷特式的悲剧》（《新华日报》1943年10月7日副刊）

布鲁克斯·阿特金森《重庆国泰大戏院的哈姆雷特，仍未做好向百老汇进军的准备》（《纽约日报》1942年12月18日）

前两篇中文评论，并没有具体描述国立剧专的公演实况，而只结合抗战时期中国知识分子的情况进行了讨论。[21]

例如吴往《谈哈姆雷特》认为哈姆雷特类型的人是“那种向善的心有余，而行善的力不足，临事彷徨动摇的人”，他的悲剧是“对于他所憧憬着视神圣的事业，却什么也没有做，只不过天天沉沦于思虑与苦恼中，对他自己，可说已经弄得精疲力竭了，则对于客观的事业则毫无贡献”。所谓的事业指“正义与非正义的一次斗争，是真诚坦白，光明磊落与黑暗腐败，阴谋狡计的斗争”。“中国今天还在民主革命进行阶段中……这客观条件说明了今天的中国，一部分青年演了哈姆雷特的悲剧是不可避免的”但是“今天也确实是我们从悲剧中解救我们自己的时候了。我们应该把莎士比亚的《哈姆雷特》当作一面镜子来改进自己，把哈姆雷特所遭遇的经验作为我们的教训来教育我们自己。”

这样的看法，和余上沅、焦菊隐的观点基本一致。忆湘的《哈姆雷特式的悲剧》也有着异曲同工之处。

与此相对，《纽约日报》的剧评因为记录了演出内容而显得异常珍贵。执笔者布鲁克斯·阿特金森（1894—1984）是美国著名的戏剧评论家和记者，去世之后纽约市还保留着以布鲁克斯·阿特金森命名的剧场。“二战”中，阿特金森作为《纽约日报》的从军记者，自告奋勇前往重庆，直到1945年才离开。这个剧评在中国的研究著作中也有提及，但却没有具体的介绍，因此笔者将全文转译于此[22]（括号内为笔者注，英文原文附在本章末尾）。

19. 未注明记载的来源。

20. 曹树钧、孙福良《莎士比亚在中国舞台上》，哈尔滨出版社，1989年。

21. “处于抗战胶着时期的中国知识分子之间，出现了反复阅《哈姆雷特》的风潮，是这一时期的常见现象。”西村正男「陰鬱なドン・キホーテ」、『東方学』九五辑、1998年1月。

22. 日文译文由濑户宏完成初稿，并由莎士比亚研究者兼京都产业大学教授铃木雅惠进行校订。本书出版前再次由摄南大学讲师神崎舞进行了校阅。

重庆国泰大戏院的《哈姆雷特》，仍未做好向百老汇进军的准备

——给《纽约日报》的电讯

布鲁克斯·阿特金森

中国，重庆，12月17日

中文版本《哈姆雷特》在位于新生活中心拐角的银行街上的国泰大戏院进行了两周的演出，但百老汇式的剧评直到昨天为止仍未出现。

我乘坐人力车从新闻中心的某宿舍去往剧场。在略带潮湿的微风中闪烁的烛火下，露天摊点正在售卖散发热气的食物。穿过阴暗而富有刺激感的街道，我在大约三十分钟后到达了戏院。

（晚上）八点，戏院入口大厅里挤满了年轻人、军人、学生、职员、年轻女性、抱着孩子的母亲、穿着洋装的知识分子。到了八点半，有声彩色的日场电影梅特林克《青鸟》放映后留下的垃圾也被清理干净，莎士比亚的爱好者们经过检票口陆续进入现代化的戏院内。为了预防空袭，戏院周围用竹竿紧紧围裹。最初的30分钟内，不知为何灯光反复点燃又熄灭，观众一边想“开始了吗、开始了吗”，一边不断地拍手。紧接着，大幕徐徐拉开，厄尔西诺的悲惨斗争就此开始。

梁实秋版《哈姆雷特》被加以简洁、有品位、现代

化的舞台布景演绎出来。最初的场面从白色幕布背后打出灯光，投影出中世纪城堡的炮台剪影，表现出战斗氛围。这种手法可以说相当成功。因为中国正处于战争时期，服饰并不华丽，虽然设计和色彩并不能说完全契合，但也能看出经过了一定的考证。哈姆雷特身着黑衣以及有皱褶的白色紧身衣裤。

这次公演试图正确展现莎士比亚戏剧，而如何使中国演员们装扮成中世纪的丹麦人或者说英国演员实在是一个大工程。最大的挑战是鼻子的形状，为此国泰的演员们戴上奇怪的假鼻子，看起来都略微惊悚。国王就和演喜剧一样，带着垂下来的、怪物一样的大鼻子出现在舞台上，而波洛涅斯也戴着尖鼻子以及（德国）霍亨索伦家族一样的尖尖的、像火焰般的胡须。哈姆雷特也长着镰刀形状的鼻子在舞台上行走。

然而，中国演员的体型又减弱了高耸着的鼻子的效果。结果，他们看起来就像来自火星的机器人一样的奇怪的新新人类。以西方观众的眼光来看，在最初国王觐见的场面中使用亨德尔略带感伤的慢板，让人感觉人物的进场和退场恰如教堂圣列的仪式一样，看起来很不自然。并且在贝多芬优雅的小提琴曲《G 大调小步舞曲》中，罗森格兰兹和吉尔登斯吞意图陷害哈姆雷特的场面也着实令人惊讶。

摆脱了形式主义的中国演员们不断在舞台上移动，特别是在宫廷仪式中寻找乐趣。幽灵出现的场面则经常伴随天气的变化，着力表现电闪雷鸣、狂风大作的戏剧效果。

这次的《哈姆雷特》公演，不论态度多么真实坦诚，也还远远没有到达进入百老汇的水准。到了十一点十五分都还未到“捕鼠”（剧中剧）的场面。估计挖坟刨尸的场景得等到凌晨一点了吧。人力车夫们很讨厌在深夜里爬坡，我们只好在哈姆雷特拜托波洛涅斯照顾旅行艺人的场面中离开戏院。即使这样，我们也只能自己徒步爬坡，而让人力车绕过夜间关闭的卷门的一侧，从对面上了车。

“八点，戏院入口大厅里挤满了年轻人，军人、学生、职员、年轻女性、抱着孩子的母亲、穿着洋装的知识分子。”从剧评可以看出这次《哈姆雷特》公演受到了重庆各阶层观众的大力支持。

剧评中既有对《哈姆雷特》舞台的肯定，也直言不讳地记录了作者感受到的奇怪之处。给阿特金森留下很深印象的假鼻子，在剧评中多次被提到。如本书附章《日本莎士比亚戏剧接受略史》中所提到的一样，曾经的日本戏剧界也会在扮演西方人时使用假鼻子，属于那个时代翻译剧演出中的局限。阿特金森正是看到了这种局限，才会把剧评题目定为“仍未到达进入百老汇的水准”。当然，如果演出真的水准很低的话，阿特金森根本就不会写这篇剧评吧。也就是说，国立剧专《哈姆雷特》的演出质量还是使西方人阿特金森产生了撰写剧评的意愿。

从剧评中可以看出国立剧专《哈姆雷特》公演的特点在于着力强调阴郁氛围。抗战已经进入第五年，前线处于胶着状态，仍然看不到战争的尽头。抗战初期给国人带来希望的第二次国共合作，也在 1941 年 1 月的皖南事变之后彻底失败。国民党当局的腐败开始显现，包括知识分子在内的重庆市民生活在水深火热中。这个时期笼罩着重庆的愁苦阴郁的氛围，在巴金《寒夜》中也有生动的描写。这种困难并非个人的奋斗能够解决的。重庆市民特别是知识分子们，深深感受到个人的无能为力，却又只能默默叹息。

我们不知道导演焦菊隐是否有这样的觉悟，但是他的演出确确实实地契合了 1942 年重庆市民和知识分子的心情。公演受到欢迎并延长演出期也证明了他的成功。

此次《哈姆雷特》公演中也发生了不可思议的事情。扮演哈姆雷特的蔡松龄和温锡莹都在 1949 年后留在大陆，作为演员十分活跃。但他们的履历中都没有记载出演国立剧专《哈姆雷特》的经历，而导演焦菊隐后来也从未提到过这次公演。

由于 1949 年后大陆长期对国民党的避讳，因此《哈姆雷特》公演没有留下详细记录，在人们的记忆中渐渐消失。虽然如上所述，公演延长了演出期，达到了一定的水准，但要做出具体的研究还有困难。

V 梁实秋译本的特征和缺陷

另一方面，近年对演出所采用的梁实秋译本的文体研究有了很大的进展。研究梁实秋译作内容超出了本章研究《哈姆雷特》演出的范围，在此仅简单介绍研究的进展，日后有机会再做详尽分析。

梁实秋在《哈姆雷特》的“例言”部分这样写道。

（一）译文依据的是牛津本、W. J. Craing 编，牛津大学出版社出版部印行版本。

（二）原文大部分是“无韵诗”，小部分是散文，更小部分是“押韵的排偶体”。译文以白话散文为主，但原文中之押韵处以及插曲等则悉译为韵语，以示区别。

（三）原文常有版本困难之处，晦涩难解之处亦所在多有，译者酌采一家之说，必要时加以注释。

（四）原文多“双关语”，以及各种典故，无法迻译时则加注说明。

（五）原文多猥亵语，悉照译，以存其真。

（六）译者力求保留原作之标点符号。

（七）插图取自 Charles and Mary Cowden Clarke 1864

年编《莎士比亚全集》[23]

“例言”清楚表达了梁实秋的翻译态度。序章里介绍过中国研究者李伟民对梁实秋译文的评价，而对 1980 年以前出版的所有《哈姆雷特》中译本做过研究的香港学者周兆祥则这样评价：

莎剧的伟大在于它是充满创作力的艺术作品，而且不论拿来演拿来读，都使人感到趣味盎然，得到精神上的满足。梁译《哈姆雷特》恰好缺少了那一分创造力，兼且又不宜上演，读起来也乏味。它最成功的地方恐怕只在于帮助人研究莎士比亚，而不是认识、欣赏莎士比亚，分享莎氏活生生又使人陶醉感动的艺术。[24]

周兆祥认为梁实秋译文虽然正确，但是缺乏趣味，属于学者式翻译的失败作品。例如第四独白“To be or not to be”的翻译也能印证周兆祥的观点。

死后还是存在，还是不存在②，——这是问题。（②是译文原文中的注释符号）

注释②这样写道：

②此段系最著名之一段独白。哈姆雷特蓄意自杀，于第一幕第二景之独白中已有表示。但哈姆雷特相信死

23. 台湾文星书店 1964 年版《哈姆雷特》。

24. 周兆祥《汉译〈哈姆雷特〉研究》，香港中文大学出版社，1981 年。

后或仍有生活，故有此顾虑不决之独白。“To be or not to be”一语究应作何解释，议论纷纭，然总以浅显平易之诂释为近是，故译如本文。[25]

通读梁实秋译作《哈姆雷特》之后，笔者认为周兆祥的批评有一定道理，但阅读过程中也并不痛苦。至少和中国最早的莎士比亚演出所用剧本——顾仲彝译《威尼斯商人》比，更加通俗易懂。关于梁实秋的译文，笔者日后将会做进一步研究。

国立剧专《哈姆雷特》公演的基本态度是：帮助人们正确认识莎士比亚，以原本翻译剧的形式将该剧作介绍给国人。正因为剧专重视学术性，因此采用了梁实秋译本。国立剧专的一系列莎剧演出，从今天的观点来看，或许都是模仿西方的产物，但我们知道，在对莎剧进行自由诠释之前，当然有必要先正确认识莎剧。即使是模仿的产物，也需要相当的努力和知识储备。

国立剧专在抗战这一不论物质还是精神都严重匮乏的时期，仍成功挑战了此次莎翁作品的演出。也正因为有这样的背景，1942 年的公演才引起了上文所分析的巨大反响吧。由于资料不足，我们难以展现公演全貌，本文在确认了公演意义的同时也期待日后能发掘更多的相关资料。本文如能对国立剧专《哈姆雷特》公演的研究产生一定的推进作用，笔者将不胜荣幸。

25. 台湾文星书店 1964 年版《哈姆雷特》。

'Hamlet'at the Kuo T'ai Theatre in Chungking, Is Not Yet Quite Ready for Broadway

By BROOKS ATKINSON,

Wireless to *THE NEW YORK TIMES*

Chungking, China, Dec 17-Although the Chinese version of "Hamlet" has been on view here for a fortnight, it was not ready for formal Broadway criticis

until last night at the Kuo T'ai Theatre, just around the corner from the New Life Centre and within a few steps of the banking district.

From the press hostel to the theatre is a half hour's ricksha ride through the dark, pungent streets, where food vendors sit over steaming bowls and behind candles flickering in the damp breeze.

At 8 the lobby was crowded with young people, soldiers, students, clerks, girls, women with babies and intellectuals in Western attire. By 8：30 the auditorium had been cleared of trash left from the afternoon performance of Maeterlinck's "The Bluebird" with sound and in technicolor, and students of Shakespeare were filling past the ticket taker into the modern playhouse, braced with bamboo scaffolding against bombing. For another half hour, the lights went nervously on and off;

the audience clapped impatiently, and almost reluctantly the curtains parted on the ominous battlements of Elsinore.

Liang Shih Chiu's version of "Hamlet" has been put on in modern style, with simple settings and in good taste. The opening battlement scene—shadowed medieval torrents thrown sketchily on a white drop with rear lighting—may be accounted something of an achievement. Although the costumes are hardly sumptuous in wartime Free China nor authentic in style or color, there are intelligent attempts at period design. Hamlet wears a black tunic and wrinkled white tights.

The Chinese stage can be made to look correct for Shakespeare, but it is quite a job to make Chinese players look like a medieval Dane or an English actor. Correctly diagnosing the nose as the chief hazard, the Kuo- Tsi actors have built up a series of proboscises fearful to behold. The King has a monstrous, pendulous nose that would serve valiantly in a burlesque show; Polonius has a pointed nose and sharply flaring mustache of the Hohenzollern type; Hamlet cuts his way through with a nose fashioned like a plowshare.

Nevertheless, it is curious how the build of the Chinese figure neutralizes the spurious noses. The result is a curious new race of automatons that might have come from Mars. To the Western visitor it is also disconcerting to hear the sentimental melody of Handel's "Largo" caressing the first throne-room scene, reducing exits and entrances to the style of a church processional; it is astonishing to hear Rosencrantz and Guildenstern beguile Hamlet to the graceful, bowing "Minuet in G" by Beethoven.

Released from formalism the Chinese players are in constant motion, delighting particularly in court punctillio. Whenever the Ghost appears the weather is alarming; lightning, thunder and wind give triumphant performances.

Sincere and painstaking though this "Hamlet" may be, it is not yet ready for Broadway. At 11：15 it had not reached the mousetrap play scene; the grave diggers would be turning up the skulls about 1 in the morning. Since the ricksha boys hate to go over the hill in the dead of the night we departed when Hamlet was asking Polonius to see that the players were well bestowed. As it turned out, we had to climb the hill on foot and let the rickshas roll us down the other side through streets locked up behind slat shutters for the night.

第七章

中国戏曲编演的莎剧

昆剧《血手记》（1986）和越剧《第十二夜》（1986）

I 中国戏曲改编的莎剧

中国是戏曲大国，其中京剧最有代表性。中国戏曲的剧种在全国范围内曾经达到300种以上。与能、狂言、歌舞伎、文乐等从古至今少有变化的日本传统戏剧不同，从明代诞生的、已经“凝固化”了的昆剧，到描写现代人生活而毫无违和感的沪剧（20世纪40年代形成的上海地方剧），戏曲种类丰富多样。中国戏曲的共通之处在于不依靠台词而通过歌唱进行表演，而剧种的区别主要是看方言和曲调。各剧种剧目虽有一定共通性，但情节和演技等细微之处反映了不同地域和时期的特色，存在微妙的差异。而演员的肢体动作，例如昆剧、京剧等已经程式化，而沪剧等则采用与现代人生活动作削去基本相同的表现方式，因此“程式化”的程度根据剧种不同而有所变化。

近年受后殖民主义的影响，莎士比亚作品在各国、各文化圈的独特演出受到关注，以中国戏曲编演的莎剧也属一例。

中国戏曲编演莎剧的热潮始于“文革”结束、改革开放后的20世纪80年代。一是思想解放和相对自由的创作环境，使得戏剧界想要扩展演出及剧目范围、尝试实验性演出的想法更加强烈。另外，属于巴洛克风格的莎士比亚作品和中国戏曲比较亲近，将两者融合到一起被认为比较容易。

除了这些艺术方面的原因，如后所述，80年代以后由于中国社会的现代化进程和社会结构的变化，导致中国戏曲大幅度衰退，剧种数量也急剧减少。同样的情况也在日本出现过，20世纪50年代后期日本进入高度经济成长期后，传统戏剧遭受强烈冲击，农村地区的戏剧演出大都接近瘫痪，因此中国的状况也就不难理解了。中国戏曲之所以大量尝试莎剧，也在于希望通过演出公认为“世界名作”的莎剧来改变戏曲衰退、观众大量减少的状况。

中国戏曲编演莎剧的尝试，不论在民国时期还是在中华人民共和国成立后（1949—1976）都曾经出现过。根据曹树钧《莎士比亚的春天在中国》[1]收录的《中国戏曲编演莎翁纪事》，民国以及毛泽东时期，戏曲编演的莎剧如下所示。

民国时期

民国初期　川剧《杀兄夺嫂》（《哈姆雷特》改编）

1933年　粤剧《娇蛮公主》（《驯悍记》原作）

1941年　沪剧《窃国盗嫂》（《哈姆雷特》改编）

1942年　越剧《情天恨》（《罗密欧与朱丽叶》改编）

1944年　沪剧《铁汉娇娃》（《罗密欧与朱丽叶》改编）

1. 曹树钧《莎士比亚的春天在中国》，香港天马图书有限公司，2001年。

1946 年　越剧《孝女心》(《李尔王》改编)

1948 年　京剧《铸情记》(《罗密欧与朱丽叶》改编)

新中国成立后

建国初期　粤剧《公主与群主》(《奥赛罗》改编)

1952 年　粤剧《一磅肉》(《威尼斯商人》改编)

1953(54?)年　粤剧《威尼斯商人》(《威尼斯商人》改编)

1950 年以前的中国，戏曲的活跃程度是现在所难以想象的。一份资料统计了 1953 年以上海为中心的戏剧演出的观众数量。[2] 全年观众总数为 2538 万人。

越剧 895 万人，沪剧 392 万人，京剧 372 万人，淮剧 332 万人，滑稽戏 189 万人，杂技魔术 60 万人，话剧 38 万人，音乐舞蹈 18 万人

1953 年(第一次人口普查)上海市人口为 620 万人，也就是说上海市民每年平均观看四次舞台艺术演出。由于人口中包含儿童的数量，因此实际的观剧率还要更高。其中，狭义的现代戏剧——话剧的观众数量大约只占包括音乐会在内的观剧人口总数的 1.5%。

与如此频繁的戏曲演出相比，上述的莎士比亚演出不过九牛一毛，且并未引起大的反响，本文在此暂不讨论民

2. 一见《上座率与舞台艺术的趋向》，上海《文汇报》1984 年 5 月 10 日。

国时期和新中国成立初期莎剧演出的具体情况。

“文革”结束后最早将中国戏曲和莎剧融合到一起的演出是1982年的京剧《奥赛罗》。之后还有1983年的粤剧《天之娇女》(《威尼斯商人》改编)、1985年越剧《天长地久》(《罗密欧与朱丽叶》改编)。

如前所述，中国戏曲正式尝试莎剧演出始于20世纪80年代初，原因在于思想解放以及戏曲的衰退。有数据统计了1983年上海的舞台艺术演出的观众情况。[3] 全年观剧总人数为1034万人，和1953年相比减少了一半。

越剧167万人，沪剧147万人，京剧36万人，淮剧109万人，滑稽戏150万人，杂技魔术179万人，话剧52万人，音乐舞蹈284万人

1982年(第三次人口普查)上海市人口为1860万，这表明上海市民平均一年仅观看一次舞台艺术。越剧、沪剧、京剧、淮剧等戏曲和1953年相比观众数大幅减少，而话剧观众则增加了。滑稽戏基本没有变化，杂技魔术和音乐舞蹈这些非戏曲艺术演出的观众也有大幅增加。面对此时的“戏曲危机”，传统戏剧界引进了莎剧。

1986年，北京上海两地举办了莎士比亚戏剧节(第一届)，中国戏曲演出的莎剧在戏剧节中备受关注。越剧《第十二夜》、昆剧《血手记》(《麦克白》改编)、京剧《奥赛罗》、黄梅戏《无事生非》、越剧《冬天的故事》，推出了五部改编自莎剧的戏曲作品。

3. 同上。

此外，1986年有川剧《维洛那二绅士》(《维洛那二绅士》改编)、京剧《乱世王》(《麦克白》改编)。同年，台湾现代传奇剧场上演了京剧《欲望城国》(《麦克白》改编)，该作1993年实现了访日公演。

下面根据各类资料统计了中国戏曲演出的莎剧[4]，复演不计算在内。

1987年　婺剧《血剑》(《麦克白》改编)、豫剧《罗密欧与朱丽叶》、二人转《罗密欧与朱丽叶》(婺剧是浙江省中部的地方戏，豫剧是河南省的地方戏，二人转是由两个人进行表演的东北地方戏)

1988年　东江戏《温沙的风流娘儿们》(东江戏是广东惠阳地区80年代的地方戏)

1989年　庐剧《奇债情缘》(《威尼斯商人》改编)(庐剧是安徽省的地方戏)

1990年　京剧《王子复仇记》(《哈姆雷特》，台湾当代传奇剧场)

1994年　越剧《王子复仇记》(第二回莎士比亚戏剧节)，丝弦戏《李尔王》(丝弦戏是河北省的地方戏)

1995年　京剧《岐王梦》(《李尔王》改编)，粤剧《天作之合》(《第十二夜》改编)

1997年　云南花灯戏《卓梅与阿罗》(《罗密欧与朱丽叶》)

1999年　川剧《马克白夫人》(《麦克白》改编)

4. 主要根据网络收集的资料。

汉剧驯悍记

2000 年　京剧《李尔在此》(《李尔王》改编，台湾当代传奇剧场)

2001 年　河北梆子《忧郁王子》(《哈姆雷特》改编)，越剧《案中案传奇》(《一报还一报》改编)，《英雄叛国》(《麦克白》改编，香港)

2004 年　京剧《王子复仇记》(上海京剧院)，京剧《暴风雨》(台湾当代传奇剧场)

2013 年　徽剧《惊魂记》(《麦克白》改编)，汉剧《驯悍记》(《驯悍记》改编)

2014 年　吉剧《温沙的风流娘儿们》。(吉剧是吉林省的地方戏)

时期不明　越剧《马龙将军》(《麦克白》改编)，潮剧《温沙的风流娘儿们》，川剧《维洛那的二绅士》(《维洛那的二绅士》改编)

以上是中国戏曲演出莎剧的大致情况。莎剧是“承袭西方诗剧传统的‘台词剧’”，而中国戏曲基本属于歌剧，因此戏曲不可能原封不动地照搬莎剧，必须按照各剧种的习惯和旋律改写“莎士比亚剧本”的台词。中国戏曲中演员也不完全都在唱歌，也有台词部分，在情感达到高潮的时候歌唱，和西方歌剧相比，更接近音乐剧。具体把哪些台词唱出来，在于改编以及导演个人的戏剧观。

如将莎剧台词完完整整用于戏曲中，演出时间一定格外长，因此必须进行适当压缩。同时，在各剧种中完全保留莎剧内容的话，很难引起观众的共鸣，因此有必要改编为中国古代故事，作为改编剧来上演，这种改编被称为“古装化”或“中国化”。当然也有使用西洋服饰的演出，被称为“西装化”或“西方化”演出。莎剧的西装化演出并不多，但在其他的西方剧作以及小说的改编中很常见。

在这里，我们选取了古装化的代表昆剧《血手记》、西装化的代表越剧《第十二夜》进行研究和探讨。

昆剧《血手记》：昆味的《麦克白》

II

昆剧《血手记》改编自《麦克白》，1986年4月由上海昆剧团举行首演。上海昆剧团原名上海青年京昆剧团，1961年由上海戏曲学校毕业生创立，1978年更名，是中国昆剧的代表剧团之一。

《血手记》1987年复演，参加第41届“爱丁堡戏剧节”，又在丹麦等国巡回公演。更换年轻演员后，2008年和2010年都举行过复演。

昆剧诞生于明代，是“古典化”程度最高的剧种。“古典化”的昆剧上演莎剧后得到极高评价，又反复再演，着实引起了各界的广泛关注，该剧也成为中国戏曲演出莎剧的代表作，相关研究较多。[5]影像资料虽然没有在市面上公开出售，但可以在土豆网等中国的网络动画网站上观看到全场首演，也能看到21世纪复演时的选段。

初演的工作人员为——改编：郑拾风，导演：李家耀，（副导演：沈斌、张铭荣），艺术总监：黄佐临，作曲：沈利群、顾兆林，演员：许镇华、张静娴等（复演为吴双、余彬）。

负责改编的郑拾风（1920—1996）是上海作家、记

5. 昆剧《麦克白》相关研究资料请参照本书后参考文献。

昆剧《血手记》剧照（上海昆剧团提供）

者。除担任《解放日报》评论员外，还创作了多部小说、纪实报告、随笔等。除《血手记》外，还将郭沫若《蔡文姬》、木下顺二《夕鹤》等作品改编为昆剧，并有创作昆剧《钗头凤》。

李家耀

导演李家耀（1935—）是著名演员，1959年毕业于上海戏剧学院表演系，后加入上海青年话剧团（现在为上海话剧艺术中心）。“文革”结束后开始导演工作，曾参与在日本也演出过的王景愚《可口可笑》。《血手记》在他评价最高的导演作品之一。

艺术总监黄佐临（1906—1994）是著名导演、布莱希特研究者。《血手记》初演时任职上海人民艺术剧院院长。用昆剧演绎《麦克白》是黄佐临30多年的夙愿，曾与俞振飞合作过，但未能实现，直到1984年在郑拾风的帮助下得以完成。

这部剧并非对《麦克白》的忠实改编，而是在保留情节发展的同时，将时代和地点改换到中国古代，人名也改为中国名。剧中未指明具体是哪个中国朝代，而麦克白被设定郑王的大将。中国历史上郑国只存在于春秋时代。剧中人物为马佩（麦克白）、铁氏（麦克白夫人）、郑王（邓肯王）、杜戈（班戈）、梅云（麦克特夫）等等。三个魔女（日语版）的名称变成了女巫（同朱生豪译本）。

现在能观看到的影像资料[6]和爱丁堡公演一样，共7场，而初演据说共9场。演出剧本尚未公开，没有定本。笔者根据影像资料，把场景及其主要内容归纳如下，演出时间大约为2小时36分钟：

晋爵：幕布拉开，三名女巫登场。尔后马佩带领杜戈登场。女巫告诉马佩他将成王。旁人看不见女巫。

密谋：野心觉醒的马佩和妻子铁氏密谋杀害郑王。

嫁祸：马佩杀死郑王后，又杀死见证一切的、会说真相的鹦鹉。马佩将杀死郑王的罪名嫁祸给已死的郑王的家臣以及逃走的儿子郑元。

闹宴：马佩杀死杜戈，杜戈的幽灵在宴会上出现。

问巫：马佩向女巫寻求预言，女巫告诉他只有不经过女人怀胎的长大的人才能打倒他，只要树林不动他就不会倒下。

6. 笔者看到的DVD由曹树钧教授提供，内容为首演的电视转播录像。

闺疯：铁氏受梦游症困扰，深夜仍在外徘徊。郑王、杜戈和鹦鹉的亡灵都谴责她，铁氏最终气绝身亡。

血偿：梅云的军队现身。军人们用树枝隐藏自己的行踪，看起来就像是森林移动了一样。虽说经女人怀胎而出生的人不能打倒马佩，然而梅云是7个月的早产儿，他可以打倒马佩。女巫最后对马佩的命运示以嘲笑。

从整体来看，《麦克白》的情节被大大压缩了，但改编增加了对铁氏的梦游症和惨死场面的描写，郑王、杜戈、梅妻、鹦鹉亡灵的逼迫使铁氏因诅咒而死。

扮演马佩的许镇华在《我演昆剧〈血手记〉》[7]中，对于中国戏曲处理马佩首次出场的表现手法做出如下描述：

头戴老爷夫子盔，身穿红靠，口挂黑三（胡须），在雄壮的军乐声中，由众将士簇拥而上，显示其骁勇善战、斩将搴旗、平定叛乱、凯旋归来的大英雄气概；在"举国颂马侯"的赞扬声里，我把手中那根马鞭挥动得洒脱而富有力度，意在把一个俨然以功臣自居的马佩形象活现在舞台上。这里借助了武生行当的一些手法，用以表现这位三军统帅的勃勃雄姿。

并且对于听取三名女巫预言的场景也这样说道：

在班师回朝途中，在鬼影滩遇见了三仙姑，仙姑祝贺他有"大喜"，他双手一摊，表示不解其意。然而，当

7. 许镇华《我演昆剧血手记》，《戏剧报》1987年第6期。

仙姑预言他即将成为“一字并肩王”时，触动了他的心灵，一下子挑起了他的勃勃野心。此时，我注意运用“亮相”的手法，随着人物心理活动的加剧，使之一次比一次强烈。特别是当马佩听到仙姑所说“将军受万民爱戴，还应享九王之尊”两句话时，我用了前弓后箭的身段和推髯的表演，去描画马佩闻言后恐惧、惊喜、向往的心理层次。由于作了这些铺垫，因而在郑王上场，对马佩加封“一字并肩王”赐号时，我便运用一个幅度很大的动作：起先背向观众，紧接突然一个“亮相”，解释马佩对仙姑语言灵验的惊叹，以及他由此而产生的鬼祟心理和喜悦之情。

从表现马佩（麦克白）心理活动的手法可以知道此剧中中国戏曲的技法得到了充分应用。仙姑由丑旦扮演，一个人个子很高，另一个利用矮步的技法扮演矮个儿女巫。仙姑是马佩的幻想，旁人看不见。

这只是其中一个例子，同样的情况处处可见。比如在“闺疯”一场中，亡灵通过向铁氏喷火表达了愤怒的心情。

关于《血手记》，左弦在《“昆味”与“莎味”的结合——昆剧〈血手记〉观后》[8]中进行了比较完整的记述。这是爱丁堡公演后的剧评，左弦在开头这样写道：

最近，上海昆剧团排演了郑拾风根据莎翁名剧《马克白斯》改编的《血手记》。这究竟是否合适，不少人对

8. 左弦《“昆味”与“莎味”的结合——昆剧〈血手记〉观后》，《上海戏剧》1987年第4期。

佐临版昆剧《血手记》剧照（上海昆剧团提供）

之是持怀疑态度的。这次昆剧改编本是将剧本背景移置于中国古代的，可是，这样一来能否既突出昆味，又保留莎味，还是令人担心的。过去也曾有运用中国的戏曲形式改编莎士比亚剧作的，那只是借用原剧的故事情节另写曲本而已，往往吸取的特色是有了，而莎剧的成分却不多。

可见很多人都对昆剧《血手记》是否成功表示怀疑。问题的焦点在于“昆味”和“莎味”是否能够完美调和在一个作品中。左弦做出这样的结论：

从这次演出获得了英国戏剧界朋友的赞赏及得到了部分昆剧老观众的成人和新观众的接受来看，尝试无疑是成功的。

由此我们可以看到还有一些昆剧观众难以接受《血手记》的倾向一直都有存在，而获得英国戏剧界的赞赏是判定此次公演成功的一大缘由。

左弦之所以会认为演出成功，是因为"昆剧《血手记》的导演和演员有心于运用昆剧特点以发扬莎翁剧作之长，他们别具匠心地做出了努力"。昆剧的特色在于前引许镇华文章中提到旨在塑造人物性格、加强心理描写的昆剧的各种技法。"莎翁剧作之长"指"制造喜剧气氛，激化矛盾，刻画人物性格及内心冲突"等长处。对于这两者的结合，左弦以铁氏的梦游场景（闺疯）为例作了详细说明。

为了发挥昆剧以歌舞表演人物内心世界的特长，《血手记》增添了鬼魂纷纷向铁氏索命的情节。接踵而来的郑王、杜戈、梅妻等亡魂刺激着这个神思恍惚的很毒妇人，他们的步步逼近，使她难以自制，精神、肉体都濒临于崩溃的边缘。这里，从凄厉的狂笑、惨烈的歌唱，无不刻画出她自食恶果，垂死挣扎时的复杂心态。

同时，左弦也指出了《血手记》的缺点。比如，对原剧删减过多，使剧本显得单薄，刻画人物，显得深度不够等等，更主要的是改编本受戏曲偏重伦理道德的审美意识的影响，未能很好地体现原著对社会、人生等的哲理认识。

即为了在有限的时间内表演《麦克白》全作的内容，

不仅部分场面的人物描写，演出整体也是缺少莎士比亚作品应有的深度的。即使作为昆剧作品来看，每一个场景过于简化，缺乏昆剧应有的厚度。比如说，在日本受到好评的江苏省昆剧院传统剧目《牡丹亭还魂记》（张继青主演）中，主人公杜丽娘在梦中追求恋人的“游园惊梦”一场就需要近两小时。

虽然存在不少问题，但《血手记》仍然值得赞赏并成为中国戏曲演出莎剧的成功范例之一。直至今天，上海昆剧团仍然将《血手记》作为获得成功的新剧作记载在其官网。

《血手记》虽然获得好评，但此后上海昆剧团再也没有上演过莎士比亚（改编）作品。因为昆剧的老戏迷们对于上演莎剧有抵触，而接纳了《血手记》的新观众也并非一直支持昆剧。也就是说，《血手记》公演并没有增加昆剧的观众数量，由此也不难看出中国戏曲尝试莎剧演出的确困难重重。

越剧《第十二夜》：莎味为主，越味辅之

III

越剧《第十二夜》也是中国传统戏剧改编莎剧的代表作之一。越剧原为浙江曲艺，20世纪10年代到20年代之间传入上海、并受其他戏曲影响而逐渐形成，并在抗日战争时期的30年代后期到40年代前期成长为一个剧种。越剧演出地点多为上海或浙江，在21世纪的今天仍然很受欢迎，观众数量仅次于京剧。和京剧不同，越剧中很少使用锣鼓，也少用激昂的高音。笔者认为，如把京剧比作油画的话，越剧则是水彩画。越剧的最大特征就是很多作品都只由女性演出，因此在日本也有人把越剧称为"中国的宝冢"。不过和日本宝冢歌剧不同，越剧女演员即使结婚生子后亦可继续演出，有时还有男性演员参演，《第十二夜》就有男性演员的身影。

越剧《第十二夜》1985年2月首演，并在同年4月的莎士比亚戏剧节中复演，博得好评。演出剧团为上海越剧院第三团，导演为胡伟民（上海青年话剧团），演员为孙智君（微奥拉）、连玉（奥丽维亚）、史济华（马伏里奥）等。

越剧《第十二夜》从内容上看相对忠实于原著，重要的台词采用越剧式的歌唱，其他则保留原剧台词。原因之一在于越剧是进入20世纪后新形成的年轻剧种，进行西方化改编是可能的。演出的影像资料没有出版发行，但在土豆网等中文动画网站上可以观看演出的主要选段。

导演胡伟民在题为《和谐——越剧〈第十二夜〉的导演探求》[9]的长文中详细说明了上演意图。胡伟民（1932—1989）是中国青年话剧团导演，1948年进入国立剧专，1949年加入解放军，后又进入上海戏剧学院学习，毕业后成为上海戏剧学院教师。1957年"反右"中被打为右派后下放，"文革"结束后恢复名誉，分配到上海青年话剧团工作。恢复工作后的胡伟民十分活跃，积极参与先锋戏剧，在80年代的中国话剧界与林兆华并称为"北林南胡"。1989年因心脏病发作离世，令人惋惜。越剧《第十二夜》是他的代表作之一。

下面来确认一下胡伟民在《和谐——越剧〈第十二夜〉的导演探求》中表达的主要内容。

胡伟民首先提出了"如果认为莎士比亚只能由话剧来演出，是不合逻辑的"。

> 如果莎士比亚成功地进入中国地方剧种的领域，其演出的覆盖面将举世无双，我们必须树立一个观点：莎士比亚不仅仅属于中国话剧，它决不是中国话剧独占的专利，它是属于完整意义上的中国戏剧的。

9. 胡伟民《和谐——越剧〈第十二夜〉的导演探求》(《导演的自我超越》，中国戏剧出版社，1988年)，该文被翻译为日文，藤野真子译「調和——越劇『第十二夜』演出をめぐる探求」(『シアターアーツ』11号，2002）其他的越剧《第十二夜》相关研究请参看书后参考文献。

胡伟民

在此基础上，胡伟民还梳理了这场演出的意义。

> 树立起这个观点，在理论上，可以促使两种戏剧文化进行自觉的对话，使两种戏剧文化的比较研究更趋于深入，寻求两种戏剧文化在新的层面上重新组合，探索戏剧艺术某些规律性的问题。树立起这个观点，在实践上，可以大大推动莎士比亚戏剧在我国的普及与传播，是中国观众尽享莎士比亚美妙的精神财富。

胡伟民说“整个排演过程中，我一直没有忘记，我是在导演越剧莎士比亚。‘是不是莎士比亚’，是矛盾的一个方面。‘是不是越剧’，是矛盾的另一个方面。两者的个性必须保持，又必须结合成一体，不能闹‘独立性’”。

那么“越味”究竟是怎样的呢?

> 题材——以生旦爱情故事为主；表演——擅长抒情，细腻缠绵；音乐——优美动听，流派纷呈；舞美——色彩艳丽，线条柔和。这中间，最富有个性特色的，乃是它的唱腔。

胡伟民在排演过程中遇到的最突出的问题，果然是如何用越剧的唱腔演绎莎士比亚的台词。他指出“我们意识到，直接套用老腔老调肯定不行”，并举出马伏里奥的例子：“再如史济华扮演的马伏里奥，以范（瑞娟）派唱腔为基础，吸收了徐（玉兰）派、绍兴大班，甚至京剧、川剧、河北梆子等音乐唱腔”。《第十二夜》的重头戏之一，穿着黄袜子的马伏里奥向奥丽维亚伯爵小姐求爱的场面是这样的：

> 一出场的四句唱：“戴上假头发，脸上脂粉搽，穿上黄袜子，抹带子扎进我血脉”，“黄袜子”一句用高腔处理，有京剧嘎调及徐派唱腔的特色。接下来依据，则用了范派味道特别浓郁的甩腔，处理得很巧。在演唱技巧上，史济华吸收西洋歌唱发声法，运用真假声结合，使音域大跳，表现人物得意忘形、放肆大笑的精神状态，可谓不拘一格，颇有表现力。

为了充分塑造出场人物，不仅运用了越剧的传统唱法，还从其他各流派及剧种之中选取适当的部分进行结合。

如上，胡伟民以上演莎士比亚作品为大前提而导演创作了越剧《第十二夜》。舞台效果不负众望，在莎士比亚戏剧节中也广受好评，直至今日仍为胡伟民导演作品中的代表作之一。

即使如此，当时也有负面的评价：“《第十二夜》有‘莎味’，没有‘越味’，戏中找不到越剧传统”，“《第十二夜》再好也成问题，它不像越剧！舞台美术一点越味也没有。”[10]

那么越剧《第十二夜》在日后的评价如何呢？上海越剧院在1994年第二次莎士比亚戏剧节时又一次选取了莎

10. 朱士场《莎味与越味——观越剧〈第十二夜〉有感》，《上海戏剧》1986年第3期。

越剧《十二夜》剧照（上海越剧院提供）

士比亚题材，由赵志刚主演的《王子复仇记》(《哈姆雷特》)获得了巨大成功。这次的成功把《第十二夜》当作了反面教材，创作剧本的薛允璜这样评价《第十二夜》：

越剧《第十二夜》首演之后，观众哗然。剧院领导连夜组织力量，突击修改，想把戏（尤其是音乐唱腔）拉点回来，但整个基调已定，很难扭转"莎味为主，越味辅之"的局面。结果呢，老观众真的被赶走了，新观众却没有迎来几个。道理很简单：若想赏玩莎味，还不如去看话剧，何必踏进越剧场子！[11]

或许是因为胡伟民已经去世，评论笔调相当犀利尖

11. 薛允璜《莎剧戏曲化的一次尝试——越剧〈王子复仇记〉改编演出的几点思考》，孙福良主编《'94上海国际莎士比亚戏剧节论文集》，上海文艺出版社，1996。

越剧《王子复仇记》剧照（上海越剧院提供）

锐。薛允璜正因为吸取了这个教训，在与《第十二夜》相反的前提下创作了《王子复仇记》。

这次《王子复仇记》的改编演出，才没用《第十二夜》的现成模式，而另辟蹊径，走中国化、戏曲化的路子，想让观众喜欢……以越剧为主，莎味辅之，两者结合，融为一体的做法，得到了包括莎剧专家、新闻评论和老中青几代越剧迷的热情鼓励和充分肯定。

《王子复仇记》的主演赵志刚极富魅力，演出很成功。在《第十二夜》中扮演奥丽维亚的孙智君和扮演马伏里奥的史济华积累了莎剧演出经验后，在《王子复仇记》中扮演葛楚特和克劳狄乌斯。但是在那之后，上海越剧院再也没有用越剧演出莎剧。可见用中国戏曲演出莎剧还是相当有难度的。

IV 戏曲改编莎剧："中国化"还是"西方化"

在本章的最后，笔者整理了中国戏曲改编莎剧存在的一些问题。孙丛丛在《关于戏曲改编外国文学名著问题的探求》[12]中对于这个问题提出了自己的看法，虽然不专门针对莎剧，但很有参考意义。

和《血手记》、《第十二夜》一样，中国戏曲改编莎剧有中国化和西方化两种改编方式。所谓的中国化，并非穿着现代中国服饰，实际上是"古装化"演出。

中国化的长处在于使故事更加大众化，又契合中国观众的观看习惯和期待。故事的"中国化"加上演出风格的中国化，使得舞台表演与剧种本身能够完美融合。

但孙丛丛也指出了中国化存在问题。最大的问题是，改编者没有用心琢磨作品内容，改编混乱不堪。比如说在《哈姆雷特》中，有着挪威进攻丹麦，丹麦屈服于外敌，赖尔梯斯前往法国，哈姆雷特被送往英国并回到丹麦等等超过一国范围的剧情。改编者虽然和原作一样，将中国置于当时的国际关系中去，但这些内容和中国的历史地理有很大不同，因此改编不算成功，反而使观众产生

12. 孙丛丛《关于戏曲改编外国文学名著问题的探求》，《艺苑》2009年第5期。

混乱。也有很多改编和原作内容大相径庭，或者反过来，也有为了充分体现原作而完全无视剧种特色的改编。由此可见中国戏剧界尤其是戏曲界人士并不是很了解莎士比亚作品。

那么，西方化改编又如何呢？其长处自然是相对忠实于原作，且不是勉强使原作与戏曲彻底结合，而是在高度综合的基础上将戏曲的要素分解利用，并注入西方元素，可以创造出新的表现形式。

而西方化的问题在于对于戏曲和形式美的破坏上。至今为止用中国戏曲演出的莎士比亚作品中，很多导演都是话剧从业者。话剧导演对于莎剧的理解以及在创造完整的戏剧世界方面都有优异的表现，但他们戏曲剧种特性的关注是不够的。

因为这些问题的存在，加上这些莎剧尝试并未起到调动观众积极性的预期效果，21 世纪以后中国戏曲改编的莎士比亚作品数量不多。

作为实验，笔者并不反对中国戏曲改编莎剧的尝试。但是和在其他国家一样，在中国演出莎剧的主要力量仍然应当是话剧以及话剧系现代戏剧。

1990年，中国上演了一部史无前例的莎士比亚作品，即林兆华导演的《哈姆莱特》。林兆华作为中国先锋戏剧的创始人及代表人物，在日本也广为人知，但大家对他戏剧活动的全貌并不十分了解。本章首先简单介绍林兆华生平，然后考察《哈姆莱特》的内容、艺术意义以及林兆华导演活动在中国戏剧界所占据的地位。

第八章

中国先锋戏剧中的莎剧

戏剧工作室的《哈姆莱特》（1990）

I 林兆华与北京人艺

林兆华1936年出生于天津，根据马中骏所撰简传[1]记载，林兆华出身贫寒，中学时代辍学后到天津市工业器材公司当统计员。由于他热爱艺术，未能全身心投入到工作中去，很快调入八一电影制片厂做录音员，1957年和制片厂同事一起参加中央戏剧学院表演系考试并被录取。和他一起参加考试而未被录取的同事几个月后被下放到北大荒。林兆华曾回忆说，如果没有被中戏录取，自己大概也会被下放。

在1961年的毕业演出中，林兆华扮演了《罗密欧与朱丽叶》中的罗密欧一角。和现在作为周恩来的扮演者而声名远扬的王铁成一起，共同饰演并轮换演出。当时扮演奶妈的何炳珠后来成为林兆华的太太。毕业后，林被分配到当代中国最顶尖的剧团——北京人民艺术剧院。当时的北京人艺聚集了大量的名演员，林兆华作为演员并不突出，偶尔出演一些小角色，度过了一段漫长的怀才不遇的时期。

关于"文革"时期的林兆华，尚存很多疑问，林兆华自己也不愿意多说。后来和焦菊隐下放到同一个地方，

1. 马中骏《猜测林兆华》(林克欢编《林兆华导演艺术》，北方文艺出版社，1992)。本章第一节叙述主要根据此略传以及濑户宏《世界的演剧人：林兆华》(采访《TheatreArts》7号，1997年1月)、林兆华《导演小人书》(林兆华口述、林伟瑜、徐馨整理，作家出版社，2014)。

从焦菊隐身上学到了很多导演方面的知识。

在北京人艺更名为北京话剧团时期，林兆华创作了1973年9月公演的《爆破之前》，并与刁光覃、蓝天野一起导演了1976年1月公演的《工农一家》。《爆破之前》发表在《解放军文艺》1974年第7期上，1976年1月发行单行本[2]，作品通过“两条路线的斗争”描写了工程现场的英雄故事，充满了特有的思想氛围。仍然持续创作的事实透露出林兆华的思想倾向，《爆破之前》不是一部描述与“走资派”斗争的文艺作品。林兆华凭借这部作品让剧院领导认可了自己的才能，也成为剧院党委书记赵起杨劝说他担任剧作家或者导演的缘起。经过半年的考虑，他最终选择了导演这条路。

林兆华

1978年3月，林兆华以《丹心谱》（苏叔阳编剧）正式作为导演登场。该作品描写高级知识分子在70年代中期的生存状态，引起了巨大反响。此时林兆华和梅阡共同导演，实际上应该是梅阡的助手。由林兆华独立导演的作品有1980年公演的水运庆《为了幸福，干杯！》，另外，1981年公演的描写干部腐败问题的《谁是强者》虽然受到了一定的关注，但此时林兆华仍然只是一名普通的导演。他在1982年1期《剧本》上发表了《谁是强者》的导演笔记，其中虽表达了对传统话剧的不满，但仍未能跳出传统话剧既有的条条框框。

此时，北京人艺里来了一位作家担任编剧，此人就是高行健。他此前已经开始研究尤内斯库、贝克特等的西方荒诞派戏剧，当他向北京人艺第一副院长于是之阐述

2. 林兆华在《世界的演剧人：林兆华》中说那样的作品不应该留在历史中。《导演小人书》自传部分中未列举《爆破之前》等作品。

《车站》构想时，在场的林兆华也表示了强烈兴趣。《车站》描写了一群人在郊外的车站等待迟迟不来的公交车的故事，很明显受到《等待戈多》的影响。然而高行健来到北京人艺的1981年，《车站》这样受西方荒诞派影响的作品很难上演。剧院要求高行健创作具有“较现实主义的作品”，于是他和刘会远合作创作了《绝对信号》，由林兆华担当导演。《绝对信号》作为新中国第一部小剧场戏剧，上演次数超过百次，获得巨大成功。此后，林兆华和高行健合作推出《车站》(1983)、《野人》(1985)等，成为80年代中国先锋戏剧的领军人物。林兆华和高行健的合作过程中，导演能力日臻成熟。[3]

然而两人的合作关系在1986年的《彼岸》未被北京人艺认可之后宣告终结。高行健很快出国，此后他继续留在巴黎从事创作，2000年获得诺贝尔文学奖，成为首位用中文创作而获得诺奖的作家。

在上述过程中，林兆华作为先锋戏剧的代表人物逐渐成名。值得注意的是，除了高行健作品外，林兆华在80年代还导演了很多引人注目的作品，例如1984年魏敏等的《红白喜事》和1986年锦云的《狗儿爷涅槃》，这些作品有别于先锋戏剧。《红白喜事》是一部描写农村生活的纯写实舞台剧，《狗儿爷涅槃》以个性鲜明的人物作为主人公，在描写主人公心理活动时采用了传统和现代戏剧的各种技巧，两部作品都获得了很高的评价。“《狗儿爷涅槃》是林兆华总结了过去的失误，才出现的一个新的突破”，面对这样的评价，林兆华表示：“我既弄不明白过

3. 关于高行健，可参考濑户宏『中国の同时代演劇』(日本，好文出版社，1991)。

去的失误，也弄不清楚《狗儿爷涅槃》的导演艺术到底突破了些什么。我只知道这个戏应该那样去排。”[4]90 年代以后，林兆华导演作品仍然呈现出多样性的特点。

4. 林兆华《涅槃》，《文艺研究》1988年，第1期。

II 戏剧工作室版《哈姆莱特》

20 世纪 80 年代末，林兆华为中央实验话剧团苏联公演导演的曹禺《北京人》也放弃了国内公演，在北京的剧场里上演的全是类似十年前的作品。林兆华此时也导演过北京人艺的几部作品，但整体说来成果不多。不过即使在这一时期，林兆华仍然在进行新型先锋戏剧的实践——这就是 1990 年秋季上演的《哈姆莱特》。

为什么是《哈姆莱特》呢？根据林兆华的回忆[5]，他最初接触到《哈姆莱特》可以追溯到刚分配到北京人艺的时候。当时北京人艺第一副院长焦菊隐一直有公演《哈姆莱特》的构想，并首先开始了演员的形体训练。《哈姆莱特》最后有决斗的场面，演员必须学会击剑。林兆华在中央戏剧学院学习过击剑，所以教授于是之、郑榕、田冲等北京人艺演员击剑的工作就交给了他。但是这部《哈姆莱特》最终还是没能正式上演，林兆华与《哈姆莱特》的缘分也暂告一段落。

二十年后，《哈姆莱特》由林兆华创立的戏剧工作室实现了演出。据说林兆华从 1988 年左右就开始设想创立独立的戏剧工作室。

5. 林兆华在《导演小人书》的《我和名剧》一章中花费 34 页的篇幅谈《哈姆莱特》，是《我和名剧》中提到的作品中篇幅最长的。

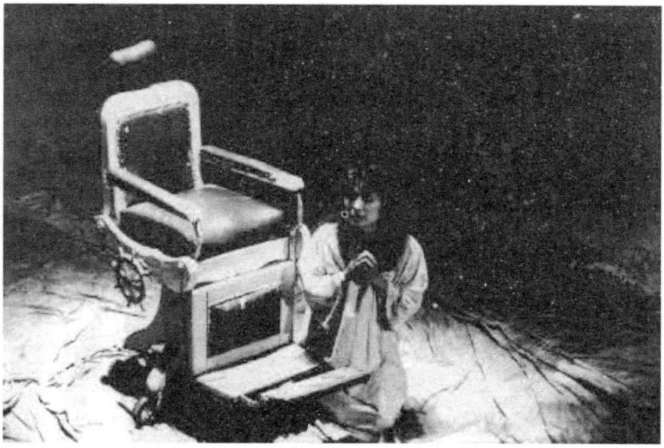

1990 年林兆华话剧《哈姆莱特》剧照

在 1990 年的北京，没有得到文化部门批准的团体不能进行演出，因此此次演出借用了中央戏剧学院《戏剧》杂志的名义，但实际上是由林兆华自筹资金的自主公演。工作室直至 2003 年才加入林兆华的名字，为“林兆华戏剧工作室”。

戏剧工作室并不演出上级分派下来的任务，而以演出林兆华希望导演的作品为目的。1990 年前后，中国的创作剧中没有一部能够激发他的导演欲望，因此他只好从世界名剧中进行选择，原因之一是世界名剧容易通过审查。80 年代，中国上演了大量莎士比亚作品，但林兆华对这些演出并不满意，觉得它们拿腔拿调，自己要做就一定要做不一样的东西。当然，因为没有导演莎剧的经验，林兆华还是有些犹豫的。

当他犹豫的时候，上海青年话剧团的胡伟民作为牵线人，将他和《哈姆莱特》联系到了一起。胡伟民正是本书第七章论述的越剧《第十二夜》的导演，他和林兆华在 80 年代并称“南胡北林”，被认为是先锋戏剧的希望。胡伟民经常对林兆华说自己一定要排《哈姆莱特》，却在 1989 年 6 月 20 日突发心脏病逝世。林兆华在亡友的追悼会上，发誓一定要导演《哈姆莱特》。据说追悼会上林兆华哭得像个孩子。[6] 最终，林兆华选定《哈姆莱特》作为公演作品。

《哈姆莱特》并不是对莎剧的单纯再现。在此介绍林兆华在公演时的发言全文（原文无题目）。

哈姆莱特是我们中间的一个，在大街上我们也许会每天交错而过，那些折磨他的思想每天也在折磨我们，他面临的选择也是我们每天所要面临的。生存还是死亡是个哲学命题，也是生活中每一件具体的大事和小事。是或者不是，你只能选择其中一种。

哈姆莱特离开我们已经太久了。人们把他悬挂在半空中，好像他生来多么高贵，让他像“一个披着满头假发的家伙在台上乱嚷乱叫，让那些只爱热闹的低级观众听了出神”。现在我们要让他回到我们中间来，作为我们的兄弟和我们自己。

我们今天面对哈姆莱特，不是面对为了正义复仇的王子，也不是面对人文主义的英雄，我们面对的是我们自己。能够面对自己，这是现代人所能具有的最积极的、最勇敢的、最豪迈的姿态。除此以外，我们没有别的了。

6.《导演小人书》引用了童道明的回忆。

哈姆莱特是幸运的。他还能代表正义并且将正义付诸行动，他还能作为一个人英雄地死去。可到了现代戏剧中，特里勃列夫只能像打死一只海鸥一样开枪打死自己；贝兰吉想变为犀牛也变不了，只有绝望和无可奈何；而弗拉基米尔和爱斯特拉冈在等待戈多。

真的，我么除了面对自己，没有别的办法。

“人人都是汉姆雷特”紧紧地缠绕着我……[7]

林兆华在处理名作时，不增添新的内容，只对原作进行删节和调整结构。他要通过莎士比亚作品来传达自己的主题，并把这称为导演的“第二主题”。他认为《哈姆莱特》最重要的“第二主题”是“人人都是哈姆莱特”。[8]

这个主题是怎么憋出来的呢？当时我自己比较困惑：那时我已经在剧院里当了四五年副院长，真正想做自己的事是非常难的……另外，排这个戏时正是学潮以后，当时人们多是比较茫然，不理解，有思想的人都有些困惑，有思想才孤独，群氓麻木。当代人，困境与孤独很难挣脱，所以我才憋出一个“人人都是哈姆莱特”。

可见，林兆华的《哈姆莱特》的确是针对当代知识分子思想混乱的局面创作出来的。戏剧评论家林克欢这样评价林兆华《哈姆莱特》的主题：

关于《哈姆莱特》人们已经说过太多的话。苏联的

7. 这篇致辞全文也刊登在《导演小人书》中。

8.《导演小人书》236页。

阿尼克斯特，将哈姆莱特的复仇说成是与人民的理想一致的壮丽事业，将这位神秘的丹麦王子说成是一场解放人类的光荣战斗中的一员战士。英美的某些评论家，却把哈姆莱特说成是一个根本无法求解的未知数，或是一张签发而未填写提款数目的支票。林兆华则将哈姆莱特性格中善恶、美丑的浑融难分，当成人性自身的深刻矛盾；将哈姆莱特对“生存还是毁灭”的两难，当成人类普遍的生存处境。着意营造一个肮脏、颠倒、错乱的反常世界，呈现“人人都是哈姆莱特”的舞台意象。[9]

9. 林克欢《人人都是哈姆莱特》,《林兆华导演艺术》,北方文艺出版社,1992年。

名角云集的《哈姆莱特》排练

III

北京电影学院免费提供了平日排练用的小剧场，该剧在这个小剧场共演出了七场。[10] 虽然没有公开售票，但每一场都爆满。剧本由李建鸣根据朱生豪译本改编而成。

演出说明书上刊登了剧组全体的致辞：

“台上，台下都是相亲，戏剧就是回故乡。”

像一群浪游者，我们偶尔相聚，只是为了排一次《哈姆莱特》，清除道上的垃圾，都掉身上的尘土。眼睛时而会睁不开，两腿抖抖索索。

没有时间讲述我们遇到的困难，也没有闲情为那种种的失意和打击而发泄。我们记住了，我们付出了劳动，在艰辛之中有了乐趣和快慰。

也许我们永远只是一群路人，过客和漂泊者，但我们毕竟已经启程，我们将继续体味那迈动在无际荒原上步履的坚韧与滞缓。在回归故乡的路上有时还会当当乞丐，但这又何妨呢?

还必须感谢的是真诚支持我们的朋友和同行。还有解暑提神的雷鸣暴雨。此外，剩下的仅是沉默而已。[11]

10.《导演小人书》233 页。

11.《导演小人书》232 页。

1990 年林兆华话剧《哈姆莱特》剧照

说明书长达 74 页，没有照片，除致辞外还收录了大量尼采、布莱希特、别林斯基、阿尼克斯特等人关于《哈姆莱特》的评论和研究论文。[12] 说明书里未刊登演员表，但记录了除林兆华以外的倪大宏、任鸣、牟森、易立明、李建鸣等 24 名演出成员 [13]，其中 16 人发表了演出寄语。

《哈姆莱特》的舞台统一为暗灰色，台上堆满了废旧电器、各个时代的破电话、16 厘米放映机等杂物，国王和王妃的宝座则是剃头铺的旧椅子。30 年代的旧风扇挂在舞台上方，时转时停。和林克欢所说的一样，“所有这一切，构成了一个由没有生机、没有活力的机器所统治的世界。” [14] 演员的服装也是平日穿着的旧衣服，并非欧洲中世纪的宫廷服饰。

演出在掘墓人用铁锹挖掘的响声中开始。原作中掘

12. 收录的评论如下所示：有关《哈姆莱特》的评论（摘）：尼采《悲剧的起源》、马雅贝尔斯《悲剧与超越》、布莱希特《戏剧小工具篇》、弗洛伊德《梦的解析》、杨·科特《本世纪中的哈姆莱特》、基托《戏剧中的形势和意义》、别林斯基《莎士比亚的剧本哈姆莱特——莫恰洛夫扮演哈姆莱特的角色》、阿尼克斯特《文学教学》。文论选辑：弗罗姆《爱的艺术》（摘）、丹尼尔·贝尔《资本主义文化的矛盾》（摘）、刘小枫《拯救与逍遥》（摘）、王音《关于格拉多夫斯基和他的“贫困戏剧”的理解》。

墓人在第五幕第一场初次登场，而林兆华将掘墓人的台词从原作中抽离出来，安排到戏剧的各个部分，并贯穿全剧。

《哈姆莱特》中大放异彩、效果绝佳的看点在于哈姆莱特由三名演员扮演，他们在演出过程中不断交替出场。表达了一个人可能是哈姆莱特、也可能是克劳狄斯，可能是正面人物、也可能是反面人物的观点。刚开始排练时，两名演员同时扮演哈姆莱特，但效果并不好，因此萌生了让几个演员交替演出的想法。包括乔治鲁德和奥菲利亚两个角色也想以同样的方式表演，但最后还是放弃了。

林兆华通过演员的交替演出，展现了绝对价值观崩溃后人类在世界中的存在方式。

林兆华还尝试在剧终让死去的哈姆莱特突然坐起来，戴上墨镜读起海纳·米勒《哈姆莱特机器》的台词。虽然 1990 年的演出中放弃了这一尝试，但 2008 年的复演中又使之复活。

林兆华在《导演小人书》中引用了一段《哈姆莱特机器》的台词（焦洱译）。

我不再愿意吃喝，不想呼吸，不爱女人，不爱男人，不爱孩子，不爱动物了。我不再相思。我不愿意去杀人。撬开我封闭的身体。我要徒劳无功地活下去，我要做骨头里骨髓自在流动，我要做脑壳里的迷宫无比深奥。我要退缩到我的肠子里，我要在我的粪便和血液里颐养天年。……我的思想是我的脑子里的伤口，而我的脑子就是

13. 节目表上记载的成员如下——《哈姆莱特》剧组成员（依姓氏笔划为序）：王音、王佳涛、石海涛、任鸣、牟森、李建鸣、李利宏、李雷、李羚、成曙一、杨青、孟秀、陈军、邱建华、林兆华、易立明、郭冬临、倪大宏、徐秀林、黄多、董丹军、娄乃鸣、普空、曾力。

14. 林克欢《人人都是哈姆莱特》，《林兆华导演艺术》，北方文艺出版社，1992 年。

一个伤疤。我要成为一部机器，手是为了抓东西，腿是为了走路，没有痛苦，没有追求。[15]

林兆华说："这剧本我看不懂。但我感觉是我想要的。我喜欢这段台词"。再来看看林克欢的剧评：

就在哈姆莱特致命一击的瞬间，从舞台顶棚上倾泻大量的水流，继而转变成淅淅沥沥的水滴。是水？是雨？是血？它将涤荡世界的污垢？还是使世界变得更龌龊？没有窦娥死后血溅白练的悲壮，不若浮士德倒下时天门大开、灵魂升天的浪漫。但这毕竟是这个冷漠的世界的反应。[16]

《哈姆莱特》在北京没能公开上演，报刊上也没有报道，但在少数专家那里获得了很高的评价。

林兆华的先锋戏剧中，在剧本解读上加入了不同于一般的独特解释，并用这种解读去构筑舞台。林兆华曾跟笔者说："不是林兆华服务于莎士比亚，而是莎士比亚服务于林兆华。"可见他的舞台是拥有强烈的个性的舞台。剧本只是林兆华表达内心世界的素材而已，为了更好地表现内心世界，他会自由地选取各种戏剧手法。艺术家对内心世界的表达是现代艺术的根本所在，因此林兆华的先锋戏剧可谓无价的艺术珍宝。

那么林兆华的内心世界是怎样的呢？是对在固定和停滞不前中的安定假象的憎恶，以及以变化的眼光看待事物

15.《导演小人书》239页。

16. 林克欢《人人都是哈姆莱特》，《林兆华导演艺术》，北方文艺出版社，1992年。

的态度。要表现这样的内心世界所选取的戏剧手法和剧本直接要求的手法有很大不同。《哈姆莱特》中的演员更替也是这样，在迪伦马特《罗穆卢斯皇帝》中，林兆华让人和玩偶一同演出。又如过士行的《棋人》描写了北京四合院里的故事，而林兆华在舞台上用金属丝网制作成房屋，在金属屋子里展开剧情并最终将其破坏。

他还在《三姐妹·等待戈多》中把契诃夫和贝克特结合起来；在《故事新编》中堆满煤炭的废弃工场上，让演员根据鲁迅《故事新编》梗概进行的自由的身体表演，展现生命的萌发；在《理查三世》(2001，中央实验话剧院演员出演)中通过爵士舞和游戏表现出阴谋笼罩的气氛以及被阴谋所麻痹的英国宫廷的人际关系，并大胆地插入了影像。观众会对林兆华的舞台感到意外，却不会有违和感和不快感。

大概因为年龄的增长，他近年来的舞台剧和90年代出现的孟京辉、牟森等相比，带给观众的刺激有所减弱。因此，“意外”实际上引发了观众对林兆华新颖的感性和成熟的舞台创造的肯定。《故事新编》、《理查三世》正是展现了林兆华创新精神的佳作。[17] 林兆华的莎士比亚作品还有改编自《科利奥兰纳斯》的《大将军寇流兰》(2007)，但此剧不具有很明显的先锋要素。《大将军寇流兰》2013年举行复演，笔者将在别的机会中详细介绍《理查三世》和《大将军寇流兰》。

在此补充一些《哈姆莱特》在日本公演的情况。1995年1月，日本导演协会主办了日中导演会议，值此期间，

17.《理查德三世》的演出成绩并不好，《导演小人书》完全没有提及该剧。

北京人艺《哈姆莱特》剧照

《哈姆莱特》在东京环球剧场举行公演。中国文化部没有批准戏剧工作室这样的民间团体在国外公演，林兆华只好找北京人艺商量，请求以北京人艺的名义上演。北京人艺抱着尝试的态度，让林兆华在北京试演了三场，结果全部满座。据说林兆华自己也不明白这是为什么。

北京人艺同意以人艺的名义在日本举行公演并得到中国文化部批准。参演演员除了濮存昕、梁冠华、徐帆、陈小艺等人艺的演员外，还有来自中央实验话剧院的倪大宏。濮存昕、倪大宏、梁冠华三人交替出演了哈姆莱特、克劳狄斯和博洛尼阿斯。乔治鲁德由徐帆、奥菲利亚由陈小艺扮演，现任北京人艺院长的任鸣也作为演出助手和掘墓人的角色参与了演出。北京人艺版《哈姆莱特》虽然服饰有所调整，不再是演员平时穿的衣服，但剧作的基本结构和戏剧工作室的首演一样。他们完成东京公演后再次在北京上演，并发行了 VCD 和 DVD。

当时中国人的日本签证手续和今天比起来更为烦琐，东京公演前，日本方面的签证手续出了问题。虽然剧团延期赴日，只演出了两场，但还是获得了很高的评价。[18] 在此引用松岗和子的剧评：

回想一下，日本观众基本还没有接触过亚洲各国的莎剧舞台。……在这种信息不充足的状况中，放之世界也可谓水平极高的北京人民艺术剧院《哈姆莱特》突然登场并带给我们很多惊喜……道金斯曾提出“自私的基因”一说，认为人类为首的各种生物不过是各自独特的遗传基

18. 主要剧评有：饭冢容「幻のハムレットにたどりついて」(『幕』34 号、1995 年 3 月 1 日)、松冈和子「林兆华『ハムレット』を観て」(『幕』34 号)、扇田昭彦「円环に描かれた歴史『ハムレット』(『ダンスマガジン』4 月号、1995)、七字英辅「今月のベストスリー」(『テアトロ』4 月号, 1995)、江森盛夫「北京人民芸术

剧院による『ハムレット』」(『噂の真相』1995年4月号)、无署名「役者逆転は、逆転続く社会の镜—『北京版』演出の林兆华に闻く」(『朝日新闻』夕刊、995年2月1日)。

东京环球座
(笔者摄影)

因赖以存续的载体。在这部剧中，扮演哈姆莱特和克劳狄斯的演员第一次互换角色的瞬间，我脑海里闪现了“自私的基因”理论。哈姆莱特这个角色及其精神历经四百年以无数的演员作为“载体”一直延续到今天。——我似乎以快进的方式看到了这个过程。我感到一种令人眩晕的兴奋。[19]

松岗和子的剧评在林兆华《导演小人书》中也有部分引用。[20]

19. 载于『幕』34号、15—17页。

20.《导演小人书》251页。

IV 《哈姆莱特》与中国先锋戏剧

《哈姆莱特》成为林兆华演出莎剧的一个转机。对于这个转机，林兆华说：

> 《哈姆莱特》应该说是我迈进当代戏剧的开始。在《哈姆莱特》之前，我对戏剧的认识和创作方式没跳出现实主义的框框，只是在传统戏剧的基础上有些变异，《绝对信号》、《车站》、《野人》都还是传统戏。《哈姆莱特》从对剧本的解读、艺术的表达方式、舞台视觉的设计，比价靠近当代艺术剧场了。观念变了，排练方法跟写实戏剧拉大了距离。[21]

林兆华所追求的是先锋戏剧，这必然与话剧的变革紧密相连，但北京人艺的风格则是话剧的深化和发展。林兆华和北京人艺之间，常发生创作上的矛盾。《哈姆莱特》之后，林兆华的先锋戏剧开始在他的戏剧工作室以及其他剧团中演出。只有《哈姆莱特》因为日本公演的原因才在北京人艺复演。林兆华的先锋戏剧并非都取得了成功，例如在大剧院上演的《三姐妹·等待戈多》遭遇中途停

21.《导演小人书》240页。

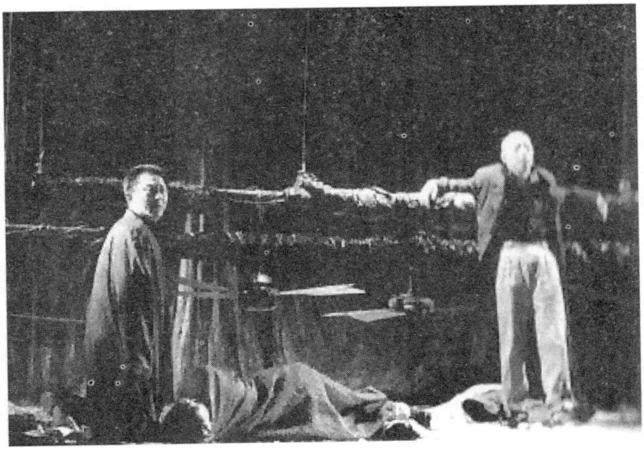

北京人艺《哈姆莱特》剧照

演，可谓失败之作。但总体来看，《哈姆莱特》以来的林兆华的先锋戏剧都获得了很高的评价。21世纪以来，林兆华的先锋戏剧继续推出了易卜生《建筑大师》(《栋梁索鲁涅斯》)、梅特林克《盲人》(2008)等新作。

林兆华的先锋戏剧就这样成为和以北京人艺为代表的写实话剧相对立的作品。尽管如此，在20世纪90年代以后的北京人艺，林兆华的地位越来越重要，因为林兆华能够在非先锋戏剧演出时活用先锋戏剧的手法并取得了卓越的成就。

如通过北京爱鸟者描写人类心理的过士行《鸟人》(1993)，老舍名作《茶馆》的新版本(1999)，内容为李渔传记的刘锦云《风月无边》(2000)，改编自陈忠实农村题材小说的《白鹿原》(2006)，描写解放前一年的北京社会状况的刘恒《窝头会馆》(2011)等，这些作品比较忠实地再现了原剧本的内容。在这类作品中，导演是服务于剧本的，它们属于职业工作者的创作，却不是先锋戏剧。但是，林兆华在人艺导演的这类作品，简明易懂地表达了原作内容，同时还加入新颖的手法和美感，正好符合改革开放后城市中富裕人群的喜好，从而获得了成功。这些作品拯救了跌入低谷的北京话剧（《鸟人》），成为首都剧场重新开幕的首场演出（《茶馆》），它们经久不衰（《风月无边》）并引领着北京人艺走向 21 世纪的戏剧新世界。

80 年代中期开始，不论话剧还是传统戏剧，中国戏剧一直处于长期的危机中，但以北京为例，1999 年前后，观众开始回归剧场特别是回归到话剧演出中。随着经济发展，都市中的富裕阶层再次对戏剧产生了兴趣。不仅仅是北京人艺，在话剧危机最严重的 90 年代前期，即使在北京，连续很多天没有一场话剧演出很正常。而在 21 世纪的今天，北京一天之内就有好几场话剧类演出，话剧类的观众数量大大超过了传统戏剧。在北京，戏剧危机已不存在，只不过大部分演出还都属于商业性戏剧演出。

在这个过程中，林兆华越来越有名气，现在的报纸称其为“大导”。因为有大导演坐镇，北京人艺吸引了更多的观众。近年来也有京剧剧团邀请林兆华做导演，他导演的改编自同名电视剧的京剧《宰相刘罗锅》，同样取得了很好的成绩。

林兆华在《哈姆莱特》之后的 20 多年间，一直走在中国先锋戏剧的最前列，推动着中国戏剧的发展。90 年代以后，比林兆华年轻的孟京辉、牟森等新晋导演走入人们的视野中。在21世纪的今天年轻导演碰壁时，林兆华却依然创作着高质量的先锋戏剧和其他戏剧作品。为什么他能保持这样的年轻态呢？原因之一在于因为时代原因，林兆华作为导演起步很晚，此前的积累使他的戏剧拥有更多的可能性；原因之二，在于他导演作品的多样性。

20世纪80年代以来，中国出现了很多演出莎剧的尝试，其中一个重要的尝试是将中国戏曲传统与莎剧融合在一起。最早出现的是戏曲界的莎剧演出，也有现代戏剧演出中利用戏曲的演技和形式演出莎剧的尝试。由王晓鹰导演的中国国家话剧院《理查三世》（2012年）可谓最成功的代表作。本章将分析该公演的经过、特点和反响，并探讨以戏曲演绎莎剧和利用戏曲技艺演绎莎剧的不同所在。

第九章

中国国家话剧院《理查三世》公演（2012）

I 《理查三世》在中国的接受情况

在探讨中国国家话剧院《理查三世》公演前，先简单确认一下《理查三世》的主要内容及其在中国的接受情况。

《理查三世》是莎士比亚较早期创作的五幕历史剧，1591 年首演。剧作主人公理查三世的原型为历史上真实存在的英国国王（1452—1485，在位时间为 1483—1485）。剧作描写了即位后成为理查三世的葛罗斯特公爵的野心及其实现和破灭的经过。莎士比亚将理查三世塑造成一个为实现企图用尽阴谋诡计却最终失败的野心家。莎翁历史剧以英国中世纪史为背景，在不熟悉这段历史的非英语国家很少上演，但《理查三世》具有很强的悲剧色彩，成为经常被上演的历史剧。日本曾多次上演该剧，在中国，中国国家话剧院公演前也有过几次演出记录。

《理查三世》的主要情节如下：在 15 世纪处于蔷薇战争中的英格兰，约克家族的爱德华四世卧病在床。国王的弟弟葛罗斯特公爵理查是一个相貌丑陋的驼背，却一直怀着登上王位的野心。理查利用其花言巧语和阴谋诡计陷害了所有王位继承人，并娶了被自己杀害的哥哥的寡妻安夫人，笼络宫中女性，最终即位成为理查三世。即位后的理查三世清除了曾积极帮助其即位的、失去利用价值的人。然而不久后，随着兰开斯特家族的里士满伯爵亨利·都铎举兵，理查三世渐渐背离人心，最终死于波士委战场上。

与《威尼斯商人》、《哈姆雷特》、《罗密欧与朱丽叶》相比，《理查三世》很晚才被介绍到中国。莎剧翻译领域里的功臣朱生豪没能完成莎翁历史剧的翻译便离世，《理查三世》也是未完成作品之一。中国台湾地区 1957 年发行朱生豪《莎士比亚戏剧全集》时，增加了由虞尔昌补译的包括《理查三世》在内的历史剧。

虞尔昌（1904—1984）是英国文学研究家，曾任台湾大学教授，他翻译的《理查三世》是该作品的第一个中文版。另一莎剧翻译大家梁实秋，1967 年完成莎翁全集翻译时才第一次翻译了《理查三世》。中国大陆地区的最早译本是 1959 年人民文学出版社发行的方重译本，也收录在 1978 年出版的《莎士比亚全集》中。

方重（1902—1991）是英国文学研究者，曾任上海外国语学院教授。此外，近年还发行了孙法理（译林出版社，1998）、方平（河北教育出版社，2000）、孟凡君（外语教学与研究出版社，2016）等新译本，所有译本都使用《理查三世》这一译名。

《理查三世》的中国首演是在 1986 年 4 月 10 日第一次莎士比亚戏剧节上，由中国儿童剧院在北京举行的演出。[1] 周来、黄意璘导演，赵有亮、陈宝国扮演理查三世

1.《北京日报》1986 年 4 月 10 日刊登上演广告。

（轮换演出）。戏剧将理查三世塑造为“厚颜无耻，蓄意为恶，并以自己的邪恶而自傲的‘黑色巨人’”[2]，此后没有举行复演。《理查三世》在中国的第二次公演是1989年1月彭立齐导演、上海戏剧学院学生的演出。

2001年2月，林兆华主持的戏剧工作室在首都剧场上演了林兆华导演的《理查三世》。2月26日首演，共演出12场。所有演员均来自中央实验话剧院（中国国家话剧院的前身），马书良扮演理查三世。这是一次充满实验性的演出，上座率并不理想。后来虽然在德国演出过，但在中国国内没有复演，林兆华在回忆录《导演小人书》中也没有涉及该剧。值得一提的是，该剧的演出资金由日本的シアター X（上田美佐子担任艺术总监）提供。[3]

中国最成功的《理查三世》公演即本章所讨论的由中国国家话剧院王晓鹰导演的版本。中国国家话剧院是隶属于文化部的中国青年艺术剧院与中央实验话剧团2001年12月合并后成立的剧团，与北京人民艺术剧院并肩成为中国最有代表性的剧团。

2. 徐晓钟《“永恒魅力”奥秘的探索——中国莎士比亚戏剧节（北京地区）莎翁剧目演出的成就》,《戏剧报》1986年第6期。

3. 陶庆梅《当代小剧场三十年》（社会科学文献出版社，2013年）221页中“日本のある演劇祭の項目”不完全准确。笔者亲自参与了该公演的准备过程。

中国国家话剧院《理查三世》公演

II

中国国家话剧院《理查三世》是伦敦奥运会艺术表演的一环，即 2012 年环球莎士比亚戏剧节（World Shakespeare Festival 2012）的参赛作品。此次环球莎士比亚戏剧节以“Global to Global”为主题，策划用 37 种语言演出 37 部莎翁作品，演出时间从 2012 年 4 月 23 日持续到 6 月 10 日，地点均设在伦敦的莎士比亚环球剧场。莎士比亚环球剧院复原了莎士比亚曾经长期活跃的剧院，于 1996 年建成。日本派出京都的“地点”剧团参加戏剧节，演出《科利奥兰纳斯》（三浦基导演）。[4]

据说接到英国方面的邀请后，王晓鹰导演表示想演悲剧或者历史剧。随后，英方提供了《麦克白》、《安东尼与克莉奥佩特拉》、《理查三世》三个选项，导演选择了《理查三世》。[5] 对于王晓鹰导演来说，这是第一次尝试排演莎剧。根据 2011 年 1 月 31 日公布的《理查三世》演出邀请函，英方提出的条件[6]为：在伦敦莎士比亚环球剧场（约 1500 个座席）举行两场公演（实际举行了三场）；包含休息时间在内演出不超过 2 小时 15 分；为演员和工作人员提供五天的食宿费和 2 万英镑的演出费用；往返机票

4.“地点”的公演报告刊登在剧团的官网上。http://chiten.org/ archive/ archives/ 622016 年 8 月 31 日最后阅览。

5. 白旭、李芮《中国版〈理查三世〉征服伦敦观众》，收录于《合璧——〈理查三世〉的中国意象》（下文略记为《合璧》，出版情况请参看注 10）。

6.《“环球莎士比亚戏剧节”邀请函》，收录于《合璧》。

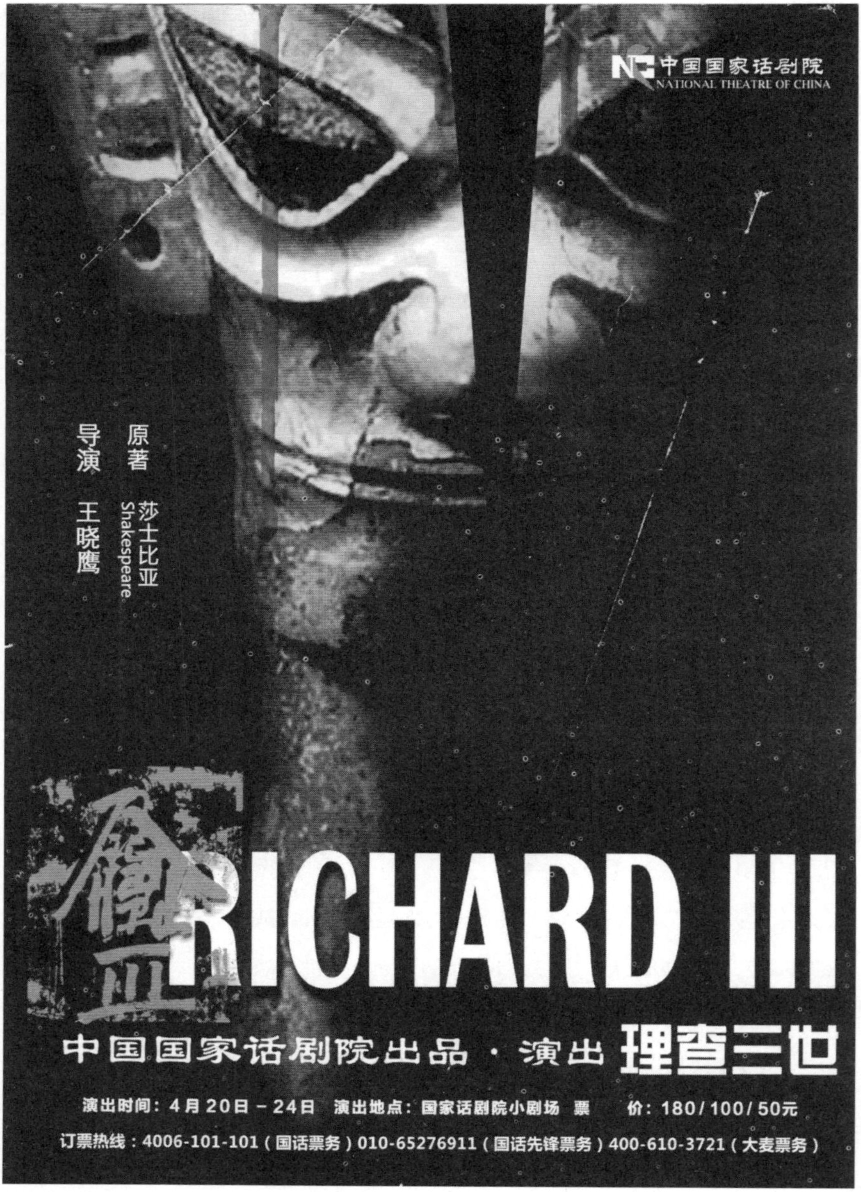

2016年《理查三世》公演传单

改编话剧《理查三世：王》剧照

伦敦塔（笔者摄影）

环球剧场（伦敦、笔者摄影）

请尽量自理，实在有困难可以商量。

受到这样一些条件的制约，导演只能大幅度压缩了原作的内容。《理查三世》是一部鸿篇巨制，出场人物中有姓名的就有约 40 人，而戏剧受经费所限，演员仅为十多人，除了主演张东雨外，其他演员均一人分饰多角。

2012 年 3 月 15 日，《理查三世》在国家话剧院小剧场举行公开排练后，4 月 28 日在伦敦莎士比亚环球剧场举行了首演。包括 29 日，共演出三场。伦敦演出中发生了意料之外的状况。受天气影响，搭载服装和道具的货船未能如期到港。面对突发状况，伦敦莎士比亚环球剧场在一天以内准备好了适合演出的服装道具，并从伦敦市内找来了演出中不可或缺的中国乐器，使公演得以如期举行。伦敦戏剧界早已具备了应对任何紧急状况的能力，在中国国家话剧院相关人士提交的演出报告中，将这个经过描述为“奇迹一般”，并提出应该好好向英国学习。[7]

演出获得了巨大成功。首演的剧评评价道：“回头看

7. 吕睿《世界的莎士比亚——从〈理查三世〉管窥英国文化产业》，收录于《合璧》。

来，我不知道这个意外是否有什么影响——国家话剧院奉献了一场明快、毫不拖沓的演出”。[8]

首演结束后，又举行了多次复演，可知演出的确是相当成功的。

在此简单归纳复演的情况。[9]伦敦公演结束后，《理查三世》首先于7月4日在首都剧场举行了复演，即中国国内首演。随后，11月在上海、苏州，2013年在深圳演出。此后国内公演暂停，举行了多场海外公演。2013年7月在马其顿、2014年3月在美国纽约、4月在罗马尼亚、6月在丹麦、9月在台北举行了公演。2015年7月在匈牙利举行公演后，又一次在伦敦莎士比亚环球剧场举行公演。再次受英国邀请也证明了该剧所具备的超高品质。在这次演出中，有演员突然生病，王晓鹰导演还亲自登场。另外，2015年11月在以色列、2016年4月在韩国公演后，时隔四年又一次登上国家话剧院小剧场的舞台。

作为演出成功的一个成果，2016年4月，王晓鹰、杜宁远主编的《合璧——〈理查三世〉的中国意象》由文化艺术出版社出版发行。[10]书中收录了王晓鹰以及主要演员、工作人员的创作谈、国内外剧评、演出剧本以及大量的舞台剧照等。类似的演出资料集以北京人民艺术剧院的“北京人艺经典文库”系列最为有名，而中国国家话剧院也有计划在今后出版《剧团的财富》即公演资料集《中国国家话剧院艺术丛书》，《合璧》打响了头一炮。

8. 安德鲁·迪克森（Andrew Dickson）著、吕睿译《〈理查三世〉评论》，收录于《合璧》。《合璧》还收录了英文原文。

9. 根据《合璧》的记述。

10. 王晓鹰、杜宁远主编《合璧——〈理查三世〉的中国意象》，文化艺术出版社，2016年。本章多处叙述都参考了《合璧》。

III 王晓鹰：莎士比亚与中国的结合

王晓鹰，1957年出生于北京，1979年考入中央戏剧学院导演系。1984年从中戏毕业后，王晓鹰被分配到中国青年艺术剧院（中国国家话剧院前身），开始其导演生涯。[11]

在演出的同时，王晓鹰还关注戏剧理论研究，执笔了多篇戏剧理论方面的文章，1995年取得博士学位，成为中国第一位拥有博士学位的导演，同年博士论文《戏剧演出中的假定性》[12]出版。2006年他又出版专著《从假定性到诗化意象》[13]，2010年，中国青年艺术剧院和中央实验话剧院合并成为中国国家话剧院，王晓鹰就任副院长至今。

《理查三世》是王晓鹰导演的第一部莎剧，虽然是一个偶然机会下的作品，却成为其相当重要的代表作。

关于《理查三世》的演出意图，王晓鹰曾这样说道：

> 中国版《理查三世》试图实现"莎士比亚与中国"、"话剧与戏曲"以及"经典与现代"三个层面的高度融合。通过戏曲式的民族打击乐与戏曲式的舞台空间的有机融合

11. 王晓鹰的生平参照了王晓鹰《从假定性到诗化意象》（中国戏剧出版社，2006）的作者简介和其他资料。

共同形成一个建立在中国传统戏曲艺术精神基础之上的“时空四维、视听一体的中国式演剧结构”，由此实现将中国版《理查三世》“通篇浸润在中国戏剧的艺术精神之中”。[14]

在这个基本构想里，话剧与传统戏剧的结合，就是莎士比亚与中国结合的具体表现形式。那么王晓鹰所谓的中国与莎士比亚的结合到底指什么？

在王晓鹰之前，中国已经出现过将莎士比亚和中国或者莎士比亚和中国传统戏剧结合起来的尝试。例如1986年首演的昆剧《血手记》，将《麦克白》的舞台转换到古代中国，以昆剧的形式演出并取得了优异成绩，这是将《麦克白》改编为昆剧的演出。那么，《理查三世》属于哪种改编呢？

在中国版《理查三世》的演出处理上，我给自己定了两个原则：一是全剧的舞美设计、服装、化妆、面具、大小道具、音乐音响都尽量挖掘中国历史文化中的造型形象和艺术语汇，但剧本的情节故事和人物身份决不改到中国来。[15]

翻阅《合璧》一书里收录的演出剧本，的确如王晓鹰所言，葛罗斯特、里士满、勃金汉、伊丽莎白、玛格莱

12. 王晓鹰《戏剧演出中的假定性》，中国戏剧出版社，1996年。

13. 王晓鹰《从假定性到诗化意象》，中国戏剧出版社，2006年。

14. 王晓鹰《追求东西方戏剧的合璧的美》，收录于《合璧》。

15. 同上。

特、安等均保留原作人名，地点也写明是英国。可以说王晓鹰版《理查三世》并非我们常常看到的传统戏剧的改编版，而是一部翻译剧。剧本由文学策划罗大军根据导演的演出意图写成，参照梁实秋、方重译本，将6万多字的中文译本压缩到2万7千字。

为了很好地结合中国戏剧传统和话剧，除了国家话剧院的演员外，王晓鹰还邀请了三位中国国家京剧院的京剧演员。女演员张鑫扮演安夫人和爱德华王子，她用京剧的"韵白"表演安夫人的台词，并用小生的行当演绎爱德华王子。另外两位演员舒孟珂、蔡景超是武丑，扮演克莱伦斯的杀手等，展现了京剧《三岔口》的韵味。接近剧终的波士委战场上，他们还利用京剧"报"的表演方式来传达战况。

整部剧从开始到结束，均使用中国传统乐器，以充满节奏感的听觉效果表现出戏剧高潮以及人物情感变化。当然，导演并没有直接搬用中国传统戏剧的器乐演奏。京剧等传统戏剧的表演中，打击乐器由板鼓、大锣、小锣、铙钹等组成，板鼓演奏者起到指挥的作用。《理查三世》中，演奏者一人，除传统戏剧打击乐器外，还加入了木鱼、堂鼓等共计30多种中国传统打击乐器，营造出更丰富的音响效果。因为演奏者仅一人，比起伴奏本身，其演奏技巧和表演效果更引人注意。因此，导演把演奏者设置在观众可以看见的位置，演奏者成为戏剧不可或缺的组成部分。

另外，王晓鹰还在舞美上使用了“英文方块字”[16]。所谓“英文方块字”是书法家徐冰从1993年开始创作的用书法书写英文的独特艺术。导演在舞台后方挂上大幅宣纸作为屏幕背景，宣纸上写着反映《理查三世》内容的欲望、权利、利益、占有、阴谋、谎言、虚伪、杀戮、战争、毁灭、噩梦、诅咒12个英文方块字，旁边附加汉字和英语，意图实现中文和英语两种不同语言文字的融合。演出中，伴随理查三世的杀戮行为，宣纸屏幕上有血流过，渲染出更强烈的视觉效果。幽灵等一部分出场人物带着假面具，假面具模仿中国古代文明遗址“三星堆”出土的文物制作而成。舞台道具也模仿中国传统戏剧，相当简洁朴素，仅有椅子、桌子以及写着英文方块字的宣纸背景。

这种现代戏剧和传统的结合，王晓鹰还在2007年导演的《霸王歌行》中实践过，并被认为比《理查三世》更加成熟。汲取中国传统文化的要素，将其与莎士比亚的世界结合到一起，这是一种意图将《理查三世》融入包括西方在内的整个世界的一种尝试，而这种尝试无疑是成功的。

中国的戏剧评论家黎继德评价道：“观众欣赏这个版本的《理查三世》时，或许会产生一种错觉——这个理查三世是中国的王吗？而这恰好说明，这种呈现产生了一

16. 徐冰《关于话剧〈理查三世〉的“英文方块字”》，收录于《合璧》。

种巨大而奇异的艺术效果，揭示了一个深刻的道理：理查三世这样的暴君，不仅英国有，其他国家、其他民族也可能有，他不过是穿着不同的服装、说着不同的语言、生活在不同的时代而已。”[17]

17. 黎继德《这个理查三世是中国的王吗？》，收录于《合璧》。

对人物形象的深挖和戏剧的诗化

IV

更重要的是，王晓鹰导演的《理查三世》对理查三世极具特色的人物形象进行了深挖和塑造。莎翁原作中，理查三世驼背跛足、相貌丑陋，其外表自然归结到其凶恶的本性。因此在以往的演出中，理查三世都被演绎为一个从外到内都极其丑陋的人物形象。而在今天，戏剧解读更加多样化，舞台上出现了各种各样的理查三世。王晓鹰所表现的理查三世是这样的：

首先，并不把理查三世性格形成的原因归结到其身体缺陷上。人物形象也不再是驼背，而是一个健全的人。"我认为：一个喜欢耍阴谋、弄权术的人，一个对掌握权力、享受权力、怀有强烈欲望的人，是不需要任何外部的包括生理上的理由的！世上并非只有理查有欲望和野心，古今中外如此之多的因权力、野心、杀戮而灵魂堕落的人，并不需要有个'上天不公'的理由。"[18]

因此，张东雨所扮演的理查三世是一个有着健康身体，甚至可以说有着美丽容貌的人。当然，王晓鹰也没有完全舍弃莎士比亚赋予理查三世的"不健全的丑陋"，他追求的是"外部正常人内心的阴险和丑陋"。[19]

18. 王晓鹰《追求东西方戏剧的合璧的美》，收录于《合璧》。

19. 同上。

因此他要求主演张东雨再现“正常的外貌”和“丑陋灵魂”两种演技，和其他人物对话时表演正常人，理查三世自己的独白则表现其丑陋的内心世界。于是，王晓鹰塑造的理查三世是一个集健全和不健全两种对立面为一体的人物，两者相互转化、对立和依存，从而形成一个独特的、完整的艺术形象。王晓鹰将这种对立和统一共存的状态比喻为中国传统的阴阳太极图。

他说：“任何一个现实生活中的人，当他被自己心中的欲望和野心所控制，当他试图使用非常手段去实现这欲望和野心，他就已经开始接近理查三世了。”[20]

我们已经知道，由于时间限制，该剧大幅度压缩了原作内容，同时，王晓鹰还更改了几个情节。例如莎翁原作开头处，葛罗斯特公爵（后来的理查三世）有以“现在我们严冬般的宿愿已给这颗约克的红日照耀成为融融的夏景”开头的大段独白，表明了约克家族的幸运和自己的不满与野心，而王晓鹰导演将描述约克家族幸运的段落改为爱德华四世的台词。

其次，像《麦克白》那样，导演安排三个女巫出场，预言了葛罗斯特公爵的未来，撩拨起他的野心，这是原作里没有的。女巫带着模仿三星堆出土文物的面具，增强了戏剧的神秘感。戏剧虽然很大篇幅省略了原作第一幕第三场中玛格莱特老王妃的诅咒等大段台词，但是每当有人受诅咒死亡时，玛格莱特总出现在宣纸屏幕上，再一次重复相应的台词，给观众留下了深刻印象。

另外，戏剧呈现了三次国王即位的场面。一开始爱

20. 同上。

德华四世即位，中间理查三世即位，剧终里士满亨利七世即位。也因此，开头描述约克家荣华富贵的台词改由爱德华四世陈述。原作中的即位场面仅有理查三世的即位，之所以安排了三次即位场面，导演这样解释："'三'是一个规律。我想说"理查三世的阴谋杀戮"或者说"理查三世的人性悲剧"不可能是第一次，也不可能最后一次。"[21]

《合璧》一书所收录的剧评都认为王晓鹰的改编在国内外公演时，并未让观众感觉到不自然，而是被善意地接受了。

更重要的是，王晓鹰的这些演出构想并不是在舞台上用台词来说明，而是通过塑造具有复杂性格的人物形象、利用人物冲突和对立营造的情节，让观众在观赏过程中自觉地体会到导演的构想。同时，导演将中国传统文化要素融入戏剧中，构筑起一个严密的戏剧世界和独特的戏剧氛围，以此加强观众的观看感受。舞台上充满紧张感，毫无松懈，但却没有把紧张强加给观众。这种拥有独特戏剧氛围的舞台，换一种说法，可称为诗化的舞台。王晓鹰导演一直追求"诗化意向"，《理查三世》正是集中体现了这种意向的舞台。

21. 同上。

V 戏曲演绎莎剧和“用戏曲的技法”演绎莎剧

通过前文，我们知道王晓鹰导演的《理查三世》的特点和获得成功的重要原因是在戏剧中利用了丰富的中国传统文化特别是戏曲的要素。那么我们自然会产生一个疑问：王晓鹰导演的《理查三世》是话剧演员表演的传统戏曲吗？答案是否定的。从前文所介绍的《理查三世》的传统戏曲要素来看，这些都是传统戏曲演出中不可能使用的方法。例如打击乐器的使用方式，即一个演奏者操作多种传统打击乐器，这在传统戏曲表演中不可能出现。假设京剧表演中采用这种方式，一定会被认为破坏了京剧传统音乐而遭受批判。

莎剧虽然是诗剧，但仍以对话为主，要用以歌唱为主的传统戏曲演绎原本莎剧的确充满困难，因此有必要将莎剧改编为适合该剧种演出的剧本。其结果导致部分为了观看莎剧而购票入场的观众产生不满，认为这并非莎剧。

单看《理查三世》中演员的演技，虽然采用了部分传统戏曲的程式化夸张表演，但基本保持写实的演技。和戏曲最大的不同在于，《理查三世》没有戏曲的核心演技——“唱”。

中国传统戏剧各剧种中，越是历史悠久的越具有固定的表演体系，一旦将不同体系的演技导入其中，就会给观众造成强烈的不自然感和抵触感。第七章中我们看到，越剧《王子复仇记》导演薛允璜提出以“越味”为主、“莎味”为辅的方针，“想体味莎士比亚的话去看话剧就行，没必要来越剧剧场”。[22] 这种想法是正确的。但问题是在当今中国，话剧的莎剧演出也很少。

王晓鹰导演的《理查三世》中，根据导演的演出意图并再现到舞台上时，中国传统戏曲的各要素被分割开后插入到不同场景里。在这里，不存在传统戏曲的表演体系，而存在着话剧的戏剧体系，即先有剧本、导演通过演员的演技在舞台上再现剧本世界。王晓鹰导演的《理查三世》表面上看充满了传统戏曲的要素，但本质上仍是话剧。戏剧评论家李春喜说：“这的确是话剧。”[23] 这种评价是中肯的。

笔者认为王晓鹰导演的《理查三世》和传统戏曲演绎的莎剧相比，更接近和反映了莎剧的本质。

笔者并非反对传统戏曲以实验戏剧的形式尝试莎剧演出，但是在中国，演出莎剧的主流仍然应该是话剧以及话剧派生出来的话剧类戏剧。

22. 薛允璜《莎剧戏曲化的一次尝试——越剧〈王子复仇记〉改编演出的几点思考》，收录于孙福良主编《'94上海国际莎士比亚戏剧节论文集》，上海文艺出版社，1996年。

23. 李春喜《浸润戏曲艺术精神的话剧〈理查三世〉》，收录于《合璧》。

为了进一步了解中国接受莎剧的特征，本章将梳理作为亚洲邻国并与中国文化关系紧密的日本的莎剧接受简史。

关于日本莎剧接受史的时代划分，研究者们有着几种主张。笔者认为，日本也和中国一样，可分为三个阶段。

第一阶段　明治维新（1868年）至1911年前后

第二阶段　1912年前后至20世纪70年代中期

第三阶段　20世纪70年代中期至今

这三个阶段的划分依据了河竹登志夫的观点。[1]不过河竹先生将第三阶段的起点定为1955年文学座的《哈姆雷特》公演，但笔者认为应当是70年代中期小田岛雄二译本的出现和以此为基础的莎士比亚剧场（出口典雄主宰）的连续公演。理由将在稍后进行阐述。[2]

1. 河竹登志夫「一近代日本演劇とシェークスピア」、『続比较演劇学』第三部、第三章、南窓社、1974年。

2. 此外，安西彻雄在『日本のシェークスピア 100年』（荒竹出版、1989）提出以下时代划分。第一时期：明治前十年至明治末期；第二时期：大正初期至昭和前半期；第三时：昭和三十年（1995）至昭和四十年代；第四时期：昭和四十年代至今。这个时代区分将河竹登志夫的第三阶段再次划分成两段，但与河竹一样，以1955年文学座《哈姆雷特》公演为重要转折点。

附章

日本的莎士比亚接受简史

I

第一阶段

明治维新至 1911 年前后

莎士比亚的名字最早传到日本是在 1941 年（天保十三年）发行的林德·马力所著、涉川六藏翻译的《英文典》里，表记为“シャーケスピール（shaakesupiiru）”，比中国早了三年。1861（文久元年）年从中国传来托马斯·米纳著、慕维廉翻译的《英国志》，长州藩进行了翻刻出版，其中莎士比亚译为“舌克斯毕”。这些介绍不过只是提及莎士比亚的名字而已。

对莎士比亚的正式介绍始于明治维新后。1871 年（明治四年）发行的由萨缪·斯麦鲁兹著、中村正直翻译的《西国立志篇》中，和《英国志》一样用了“舌克斯毕”的译名。

最早出现的文字介绍不是莎剧的完整日译本，而是将莎剧改编为小说的形式。莎士比亚作品的舞台剧也出现了，但都被改编为歌舞伎等日本传统戏剧的形式。

由日本人演出的最早的莎剧据说是明治初年在横滨上演的《哈姆雷特》。学者们根据 *The Japan Punch* 1874 年（明治七年）1 月号上片段性的记录做出推断，但演出内容尚不明确。今天，我们能通过文献记载确认的最早的

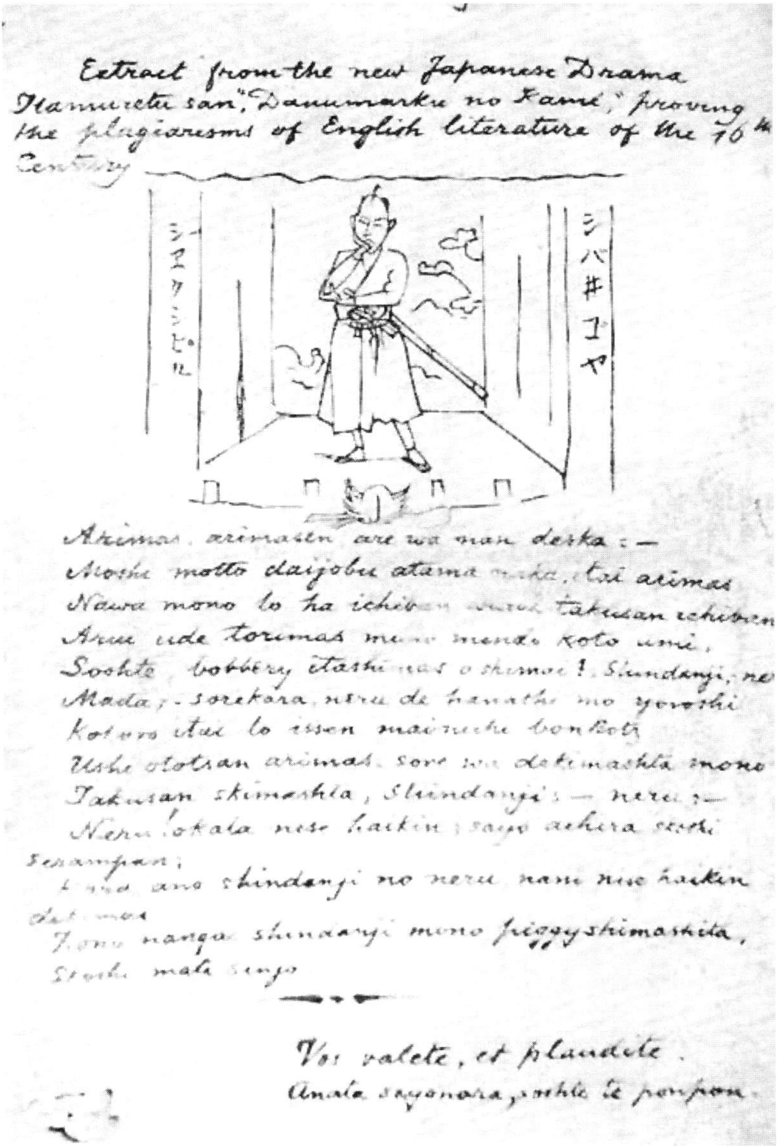

明治七年（1873）版《哈姆雷特》英文版图书

《折枝姬》剧照

莎剧演出是歌舞伎《何樱彼樱钱世中》，改编自兰姆《莎士比亚故事集》中的《威尼斯商人》。演出时间是1885年（明治十八年），地点是大阪戎座。和中国一样，早期日本的莎剧演出均根据兰姆《莎士比亚故事集》改编而成。

1886年（明治十九年）假名垣鲁文（1829—1894）在东京绘入新闻上发表了《叶武列土倭锦绘》，将《哈姆雷特》的内容用净琉璃历史剧的文体，改编为日本南北朝时代（十四世纪）的故事。哈姆雷特改名为“叶丛丸”，奥菲利亚是“实刈屋姬”。这是日本莎剧接受史中一部很重要的作品。鲁文虽然很期待自己的改编能被歌舞伎剧团演出，但在他有生之年未能实现。在日本的莎剧接受史研究中造诣颇深的河竹登志夫对此评价道：“他们对于这些异国的素材，就和发现日本国内珍奇的素材时一样，不费丝毫功夫就将其注入传统的模型中，并放进家传的器皿里提供给观众。对于溢出铸型的东西，不去辨别其本质重要与否，而是强制性地改变其形状，或者想当然地削除。”[3] 也就是说，这种改编属于旧时代的东西，没有起到什么积极意义。河竹登志夫做出这样判断的重要根据，是改编删除了哈姆雷特的第四独白。[4]

《叶武列土倭锦绘》在发表一百多年之后，于 1991 年作为歌舞伎上演（东京环球剧场，织田纮二改编导演，市川染五郎主演），后又在伦敦复演。公演时加入了坪内逍遥翻译的第四独白，因为没有哈姆雷特的独白，观众是无法接受的。[5]

进入 20 世纪后，新派在莎剧演出中扮演了重要角色。

首先在 1901 年（明治三十四年），新派在明治座上演了《该撒奇谈》。该剧根据坪内逍遥（1859—1935）翻译自《尤利乌斯・凯撒》的《该撒奇谈　自由太刀余波锐锋》改编，选取其中两场进行上演。

1902 年（明治三十五年），新派的福井茂兵卫剧团则上演了改编自《李尔王》的《暗与光》。

1903 年（明治三十六年），川上音二郎剧团上演了《奥赛罗》。这是川上“正剧运动”的开始。虽然题为《奥赛罗》，而奥赛罗实际上变为台湾总督室鹫郎，依阿古则是陆军中将伊屋刚藏，苔丝狄蒙娜改为鞆音，舞台背景改为明治时代的日本。这次演出中，川上贞奴作为女演员登上了舞台。1991 年，新派的《奥赛罗》在东京环球剧场得到复演（石泽秀二编剧导演）。

川上、藤沢版《威尼斯商人》剧照

3. 河竹登志夫『日本のハムレット』、南窓社、1974 年、161 页。

4. “生存还是毁灭”的独白被称为第四独白或者第三独白，本书依循河竹登志夫的观点，称之为第四独白。

5. 神山彰「翻案と翻訳の間」、明治大学人文科学研究所『シェイクスピアと日本』、风间书房、2015 年、44 页。

同样是1903年（明治三十六年），川上剧团还在本乡座演出了《哈姆雷特》，由山岸荷叶、土肥春曙改编，时间设定为明治时代，哈姆雷特改名为叶村年丸。因为新派演员演技的问题，这次演出仍然删除了独白。

再看看翻译的情况。日本最早的莎士比亚全译本是1884年（明治十七年）出版的坪内逍遥《该撒奇谈：自由太刀余波锐锋》。从题名可以看出，这是受当时政治小说热潮影响而翻译的作品。逍遥在“附言”中说：“原作类似粗糙的歌舞伎剧本，仅用台词写成，并非戏曲，和院本的体裁完全不同。”明治十一年至十二年前后，“戏曲”和现代日语中指“作为文学作品的剧本”的用法不同，与现代中文中意为“中国传统戏剧”的“戏曲”一词意义相近。译文也受到院本（净琉璃本）的影响，例如“第一场”上标注了假名发音，没有把台词分开书写等等。

兰姆《莎士比亚故事集》在中国的莎剧接受史中扮演了重要的角色，而其最早的日译本是1883年（明治十六年）翠风翻译的《佛国某州领主麻吉侯情话》（春梦楼『御意のまま』）和井上勤翻译的《人肉质入裁判》（今古堂『ヴェニスの商人』）。[6]《人肉质入裁判》是上文提到的歌舞伎《何樱彼樱钱世中》的原作。此后《莎士比亚故事集》的日译本在日本仍有陆续出版，但随着1884年（明治十七年）的《该撒奇谈：自由太刀余波锐锋》，以及1886年河岛敬藏《春情浮世梦》（《罗密欧与朱丽叶》）等莎剧的原本翻译出现，《莎士比亚故事集》在日本莎剧接受史中并没有如在中国那样起到重要的作用。

6. 加藤精一「文艺协会时代」、『演剧界』一月号、1950年。

坪内逍遥在1891年（明治二十四年）自己创刊的《早稻田文学》第一号《莎士比亚剧本评注》中说："余所谓莎翁作品甚似自然，指其描写之事件、人物与现实不同。他的作品在读者心中可被任意解释，酷似造物之神"，并将莎士比亚作品的特征概括为"无理想"，即认为莎士比亚作品的特征为具有"多义性"、"不直接传达信息"等。逍遥的文章引发了"无理想论"的争辩，但正是因为这场论争使莎士比亚本人及其作品都不包含特定的"主义主张"这一解释被广泛接受。

明治时代日本接受莎士比亚作品，特别是上演莎剧，受到当时的理解能力的限制。因此此时关于莎士比亚的介绍，在今天看来有很多文化误读。和中国一样，这些文化误读中蕴含了很多有意思的问题，因篇幅关系，在此无法进一步展开。

II 第二阶段上

战前：1912年至1945年

进入20世纪后，日本出现了准确的、可以信赖的莎士比亚译本。戏剧舞台上，严格的翻译剧演出也变得普遍起来。这反映了日本对于欧美文化的理解基本达到了准确的程度，标志着日本的莎剧接受史进入第二阶段。管见以为，第二阶段可持续到20世纪70年代中期，但由于日本社会在1945年“二战”战败后发生了极大的变动，在此将第二阶段以1945年为界、分两部分进行陈述。

宣告进入第二阶段的公演，是坪内逍遥翻译并导演的《哈姆雷特》，是1911年（明治四十四年）6月在（后期）文艺协会举办了第一次公演。

这次公演在帝国剧场持续演出一周，由土肥春曙扮演哈姆雷特，东仪铁笛扮演克劳狄斯，松井须磨子扮演奥菲利亚。坪内逍遥在公演前的1909年发表了译作《哈姆雷特》。

文艺协会在前期文艺协会时期，于1906年（明治三十九年）11月作为演艺部大会在歌舞伎座公演《威尼斯商人》，并于1907年（明治四十年）10月作为演艺部第二次大会在本乡座公演《哈姆雷特》（有删节但保留了

文艺协会版《哈姆雷特》

主要情节），两者皆为坪内逍遥翻译，保留了鲍西亚、哈姆雷特等西方人名，不是改编剧，而是真正意义上的翻译剧了。不过这些演出仅为试演，并非所有女性角色都由女演员扮演，例如《威尼斯商人》中的鲍西亚由男演员土肥春曙扮演。

与此相对，后期文艺协会第一次公演的《哈姆雷特》作为商业剧场帝国剧场第四次兴业演出，所引发的巨大社会反响是前期文艺协会公演所难以企及的。不仅全幕上演，独白的场面也保留了，且女性角色全部由女演员扮演。当时虽然还没有“导演”这个词，但坪内逍遥一手承办了排练，实际上扮演了导演的角色。从留存的舞台照片来看，演员穿着西洋服饰，写实的舞台布景再现出埃尔西诺城。作为文艺协会重新起航的标志，第一次公演之所以选择莎士比亚作品，是因为坪内逍遥认为“为了我国国剧的发展”并创造出新的日本戏剧，比起介绍莎士比亚，不如通过演出莎剧更有效果。

这次公演虽然是在大剧场举行，但是所有场次都达到了九成以上的上座率，是帝国剧场开场以来的最好成绩，特别是土肥春曙的哈姆雷特得到一致好评。有一个小插曲能够证明其社会反响。此前文艺协会的试演没有引发问题，但在这次帝国剧场的公演中，好几个演员都遭到了家庭的强烈反对，而不得不在演员表里使用假名，甚至放弃演出退居幕后。[7] 明治末期，社会对于作为知识分子的学生参加演剧还抱有很强的偏见。

公演取得成功后，协会于 1911 年 7 月在大阪角座再次举行了一周的公演，这次也获得了很好成绩。演出虽然成功了，但有评论认为《哈姆雷特》在艺术性上存在诸多问题，如坪内逍遥翻译的台词过于古雅，一部分演员演技尚未成熟等等，然而 20 世纪 70 年代之前日本的莎剧公演所具备的基本要素均已出现在这次公演中。因此可以说，开启日本莎剧接受史第二阶段的演出就是这次后期文艺协会的帝国剧场公演。不仅如此，《哈姆雷特》更成为支撑第二阶段演出的“新剧”这一戏剧形态的雏形。

在此特别需要介绍的是，有一位名叫“陆辅”的中国留学生参与了后期文艺协会《哈姆雷特》公演。[8] 陆辅即春柳社重要成员陆镜若，春柳社被认为是开创中国话剧历史的艺术团体。

然而并非所有的知识分子、特别是年轻知识阶层都支持《哈姆雷特》公演。以自然主义文学者为中心，在当时的新戏剧中，他们更倾向于支持问题意识鲜明的易卜生

7. 坪内逍遥『逍遥选集』别册五卷、第一书房、1977 年。

8. 关于陆辅（陆镜若），请参看濑户宏《中国话剧成立史研究》，厦门大学出版社，2015 年。

无名会版《奥赛罗》

築地版《温莎镇的快乐娘们儿》剧照

剧作。自然主义流派的代表作家正宗白鸟后来回忆："文艺协会的新演剧运动进入了帝国剧场，当上演《哈姆雷特》的时候，易卜生会的人笑着说'如今居然还能如获珍宝似的地捧出莎翁的东西'。"[9]这种把莎剧看作新剧旁流的倾向，从日本新剧刚刚起步时便已经存在了。

尽管如此，莎剧此后仍然被不断上演。根据佐佐木隆编著的《日本莎士比亚总览》，后期文艺协会在《哈姆雷特》公演之后到第二次世界大战结束前的34年间，包含复演在内一共举行了108次莎剧公演。近代剧协会、艺术座、舞台协会、无名会、剧术会、地球座等都是战前上演莎士比亚作品的主要新剧剧团。它们大部分属于文艺协会系统的剧团，但例如筑地小剧场也上演了四次莎剧。除此之外，帝国剧场、宝冢国民座、松竹少女歌剧部等也上演过莎剧或是莎士比亚相关作品。由于篇幅有限，本文无法一一进行介绍。1941年（昭和十六年）太平洋战争爆发后至1945年，莎剧公演完全一片空白。

虽然日本新剧主要上演的内容就是西方戏剧的翻译剧，但在所有西方作品中，更倾向于易卜生等近代剧或者左翼戏剧，而莎剧在战前主要是作为"读物"被翻译介绍到日本的。

1905年—1909年间（明治三十八年—明治四十二年），大日本图书出版了户泽姑射、浅野冯虚译的《莎翁全集》全十卷。明治末期到1945年前，仅仅是《哈姆雷特》就发行过21次。昭和初期的"元本"（一日元书籍）热潮中，莎士比亚作品也被大量收录在各种文学全集和戏

9. 正宗白鸟「小山内薫」、『作家論』第二卷、创元社、1942年、85页。

坪内逍遥译《莎士比亚全集》

曲全集中出版。

战前翻译莎士比亚作品贡献最大的是坪内逍遥。他从1909年开始陆续翻译莎剧，并在1928年独立完成了日语版莎士比亚全集《莎翁全集》，没有任何助手和起草人的帮助。在整个亚洲，坪内逍遥是第一位独立完成莎士比亚作品全译的译者。在序章中我们也提到，坪内逍遥的莎士比亚全集翻译对中国也产生了很大影响。

在以“阅读莎士比亚”为主流的第二阶段中，坪内逍遥的翻译特征是将舞台演出作为翻译的目的之一。此后，逍遥仍然不断修改译文，并于1933年出版《新修莎士比亚全集》时去世。另外，三神功（1907—1997）也从战前便开始翻译莎翁作品，他的译作成为筑地小剧场等公演的剧本。

III

第二阶段下

战后：1945 年至 20 世纪 70 年代中期

日本在第二次世界大战中战败后被美国占领，随之而来的民主化改革使得日本社会在构造上发生了翻天覆地的变化。但是在戏剧领域，战前战后基本没有发生本质性的变化。这和 1949 年中华人民共和国成立后给中国社会带来了巨大影响，但中国戏剧在形态上并没有发生本质的变化一样。

战后的日本莎剧演出始于 1946 年（昭和二十一年）6 月东京艺术剧场的《仲夏夜之梦》（在帝国剧场演出）。此时至 20 世纪 60 年代中期都是日本新剧的全盛期，而新剧的主流则是左翼戏剧。左翼戏剧人并不重视莎士比亚，因为他的作品缺乏倾向性和启蒙性，与新剧主流所以理解的“现实主义”相距甚远。即使如此，俳优座和文学座在 60 年代中期之前仍然上演了大量莎剧，而剧团民艺直到 1968 年（昭和四十三年）才演出了《威尼斯商人》（浅利庆太导演）。在以新剧为模范的苏联，莎剧演出非常频繁，莎士比亚甚至被认为是传达反封建的作家。苏联的莎士比亚观在日本虽有中本信幸等人的介绍，但并未在社会上普及。

俳优座版《温莎镇的快乐娘们儿》剧照

文学座 1956 年版《哈姆雷特》

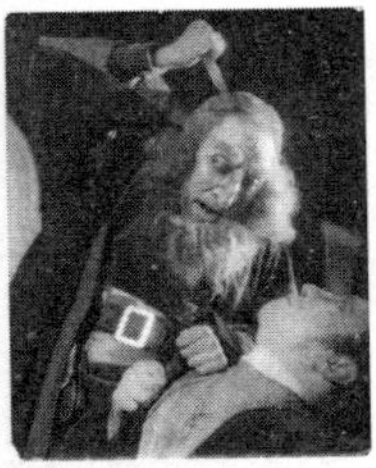
前进座版《威尼斯商人》剧照

虽然新剧的主流对莎士比亚没有兴趣，但是从大正时代（1921—1926）开始到战后，日本都把莎翁作品看作是世界名著，因此新剧上演的莎剧也不在少数。在所有的新剧公演中，莎剧只占一小部分，但从数量上看要比同时期的中国多得多。

“二战”后到70年代中期的莎剧演出中，引人注目的是前进座连续上演的《威尼斯商人》。此外，从近代剧场和文学座分离出来的“剧团云”也多次上演过莎剧。

福田恒存（1912—1994）是第二阶段后期最有代表性的莎剧翻译家和导演。福田1952年进入文学座，于1954年访问英国，观看了老维克剧场的由迈克尔·本导演、理查德·柏顿主演的《哈姆雷特》后十分感动，认为日本新剧完全可以演出莎剧。回国后，他于1955年5月上演了芥川比吕志主演的心理主义《哈姆雷特》，获得极高评价。他一直继续翻译莎剧，最终翻译完成18个作品。从文学座分裂出来的“剧团云”在首次公演时就选择了福田翻译的《仲夏夜之梦》，并一直持续上演莎士比亚作品。

通过1955年文学座上演的《哈姆雷特》，日本人再次发现了莎士比亚戏剧的魅力，此后的演出数量也不断增加。战败后到文学座《哈姆雷特》公演的十年间（昭和二十年代），日本共上演莎剧48次。昭和三十年代增加到53次，昭和四十年代148次，昭和五十年代则达到了329次。[10]

日本的莎士比亚研究者中，例如河竹登志夫、安西徹雄等都将这次文学座《哈姆雷特》视作开启日本莎剧接受

10. 福田逸「シェイクスピア・福田恆存・その翻訳」、『シェイクスピアと日本』、55页。

史新篇章的公演。但是受英国舞台的启发而开始的新尝试本身仍然是以西方为范本的演出。以西方为范本这一点，并不能区分福田恒存和其他同时期的莎士比亚介绍之间的不同。福田主张“语言就是行动”，而新剧的特点即依靠语言（台词）进行表演，只要稍加研究便能得出同样的结论。[11] 将福田恒存的主张当作新事物加以接受，正是日本新剧所存在的问题。笔者虽然也赞同福田・芥川的《哈姆雷特》是第二阶段最优秀的舞台剧之一，但并不认为它是划时代的作品。

在翻译方面，此时还出现了三神功、中野好夫、木下顺二、大山俊一、小津次郎等译本。除木下顺二外，译者都是在大学任职的莎士比亚研究者，其中除了三神功外，大部分译本仅为提供阅读，并未考虑演出。筑摩书房将研究者们的译本集结成册，出版了《莎士比亚全集》（1967）。仅仅是《哈姆雷特》，到 1973 年小田岛雄志的译本为止，日本共出版27 种译本。[12] 研究者们也撰写了很多莎士比亚的研究、解说书籍，从 1911 年到 1975 年为止总数超过了 100 册。[13]

通过这些活动，我们可以看出日本人已经能够从本质上理解莎士比亚作品，这些作品在日本已经相当普及了。以坪内逍遥、福田恒存等人为代表，第二阶段介绍莎士比亚的学者，其态度和工作方式都非常认真严肃的。他们都认为西欧、特别是英国的莎士比亚理解和演出是“正统”、“模范”和“经典”，同时把准确地介绍西欧古典名作莎士比亚作品到日本当作自己的基本任务。因此，有

11. 例如北京人民艺术剧院第一副院长焦菊隐，导演过老舍《茶馆》等作品，曾提出语言的行动性、行动的语言性。请参看焦菊隐著、濑户宏译《导演・作家・作品》（早稻田大学演剧博物馆 HP・演剧研究基盘整备：舞台艺术文献的翻译和公开收录）。Http://kyoudo.enpaku.waseda.ac.jp/trans/modules/xoonips/detail.php?id=china09，2016 年 2 月 12 日最后阅览。

12. 依据佐佐木隆编『シェイクスピア研究資料集成』、别卷二所收「シェイクスピア翻訳書誌」23 “哈姆雷特”。同一译者作品的再次发行不再计算。

13. 根据佐佐木隆编「シェイクスピア研究編 1」『日本シェ

一定年龄的戏剧爱好者一提到莎士比亚就会立刻联想到以19世纪英国的舞台为模型的莎剧。同时，第二阶段最受欢迎的莎剧仍然是《威尼斯商人》。[14]

认为第二阶段的日本莎剧演出为第三阶段地拟定了基础的出口典雄，20世纪50、60年代的情况做出了批判性概括：

> 50、60年代的莎剧演出以大剧场、中剧场为主，并且认为观众距离舞台越远越好。他们认为我们和莎剧很生疏，并把莎剧当作一个和我们没有联系的世界里所发生的事情来表演。他们觉得古典戏剧就是这个样子的。（中略）舞台被壮观的布景装饰着，演员被王侯贵族华丽的服装包裹着。他们染着头发，带着假鼻子，尽可能地向西洋人靠拢。（中略）莎剧还受到易卜生、高尔基等近代现实主义戏剧的支配。假设有一个房间，既要有门、窗户、桌子、椅子，还有暖炉和烟囱，柜橱以及日用品也很齐全。他们尽量做到和现实一模一样。（中略）这就是写实的现实主义。[15]

出口典雄所概括的，不仅仅是50、60年代，更是文艺协会以后第二阶段的整体情况。第二阶段的新剧在莎剧演出方面，到最后都没能创作出一个值得反复演出的舞台。其他的翻译剧，如民艺《推销员之死》、文学座《欲望号街车》等都得到反复公演，但莎剧却没有。文学座《哈姆雷特》，包括主要演员跳槽到“云剧团”的时期，以

イクスピア総覧』（エルピス、1990）翻译不包括在内。同书还收录了莎士比亚相关研究论文集，在此仅计算莎士比亚专业研究书和解说书。

14. 河竹登志夫『続比較演劇学』、南窓社、1974年、530页。

15. 出口典雄『シェイクスピアは止まらない』、讲谈社、1988年，96页。

坪内逍遥在早稻田大学讲授《李尔王》

同样演出阵容的公演再未出现过。没有一个日本演员能被称为专业的莎剧演员。

今天来看，支撑第二阶段的新剧戏剧人身上有着明显的历史局限性。21世纪的日本人或许认为这个时期的莎剧演出不过是对西方的模仿而已，但本书也已指出过，模仿并不是一件简单的事情。要在舞台上用本国语言表现作为异文化的西方故事，毕竟需要相当的努力和知识储备。而且对于戏剧艺术而言，单纯地复制外国舞台是不可能的。不仅语言、演员的身体条件不同，创作（上演）时必须面对不同文化背景的观众的参与。如果不是日本观众能够接受的舞台，即使是模仿也不能算成功。坪内逍遥在《哈姆雷特》上演时说“不断尝试日本特有的西洋料理[16]”。也就是说提供的是西洋料理（对西洋的模仿），但同时又必须是日本人的味觉所能够接受的西洋料理。

16. 坪内逍遥「『ハムレット』公演後の所感」、『逍遥選集』第十二卷、春阳堂、1926年、673页，第一书房1977年影印版。

第三阶段正好和第二阶段相反，更强调日本特有的解读。借用坪内逍遥的比喻，即从西洋料理的莎士比亚变成了日本料理的莎士比亚。但因为得益于第二阶段对莎士比亚的介绍、演出的积累，导演在把莎剧加工为“日本料理”时才知道哪里可以改、哪里不可以改，如需从根本上进行改编又需要哪些舞台程序等。成功举办演出的导演都是如此。正因为导演能从本质上理解莎剧，他改编的日本式的莎剧作品对于英国等西欧各国的观众才有说服力。

20世纪70年代中期至今

IV
第三阶段

这个时期的特征是脱离欧美即“正统”的观念，将日本人的理解和解释注入莎剧演出中。

20世纪50年代中期开始，日本进入了高速经济成长期，日本的社会构造也发生了大的变化。60年代中期，先锋戏剧、小剧场戏剧运动开始出现。他们强烈批判日本新剧，动摇了日本新剧的权威性地位。这样的社会和艺术界的变化为日本莎剧演出带来了新的契机。但因为初期的先锋戏剧并没有演出莎剧，因此60年代中期不能算日本接受莎剧进入第三阶段的开始。唐十郎的红帐篷（状况剧场）、佐藤信的黑帐篷（演剧中心—68/71）里上演的基本都是创作剧。铃木忠志的早稻田小剧场从1975年的《夜与时钟》才开始演出莎剧。

这个时期开创新纪元的是小田岛雄志的翻译以及以此为基础的莎士比亚剧场（出口典雄主持）在涉谷Janjan的连续公演。其背景除了上述的社会变动和先锋戏剧蓬勃发展外，还有1973年皇家莎士比亚剧团的访日公演，演出剧目为《仲夏夜之梦》（彼得·布鲁克导演）。布鲁克公演完全打破了以往的莎士比亚演出概念，为日本戏剧人自由地诠释莎剧提供了示范。

小田岛雄志（1930—）在翻译方面立志将年轻一代的语言活用到翻译中去。台词使用平实的口语，莎剧中的语言游戏、玩笑、俏皮话等均被生动地反映到日语译文中，不断努力使莎剧成为年轻人容易接受的、富有娱乐性的戏剧。[17]

莎士比亚剧场是由“文学座”出身的出口典雄（1940—）创立于1975年的剧团，首演是1975年5月的《十二夜》。Janjan是涉谷山手教会地下不足200席的小剧场，本来是一个咖啡厅。莎士比亚剧团每个月在这里举行五天左右的公演。

出口典雄在文学座的时候就开始使用小田岛雄志的翻译导演莎士比亚作品，有时还参加小田岛的研究会进行交流。莎士比亚剧场的演员们都是从演员培训班里刚刚毕业的没有名气的年轻人，由于经费上的问题，服装是牛仔裤、毛衣、T恤，道具只有两三把椅子，在管理人的要求下，在音效方面由三四人的摇滚乐队进行现场演奏。为了迎合年轻人的生活方式，公演一般两个小时结束，青年演员们就像机关枪一样快速念着莎剧台词，舞台上充满了活力和节奏感。使用现代服装演出莎剧在21世纪的今天已经十分普遍了，但是在20世纪70年代中期的日本却是一个划时代的举措。

莎士比亚剧场在六年后的1981年5月完成了莎士比亚所有作品的上演，出口典雄也成为日本第一个导演过莎士比亚全作品的导演，河上德恭成为为数不多的担当过

17. 门野泉『小田島訳とシェイクスピア受容』、收录于安西徹雄编『日本のシェイクスピア 100年』、荒竹出版、1989年。

莎士比亚剧院 1977 年版《仲夏夜之梦》剧照

《哈姆雷特》、《李尔王》、《麦克白》、《奥赛罗》四大悲剧主演的演员。[18]

正如出口典雄所说，莎士比亚剧场的舞台将神一样的莎士比亚变为大家身边的邻居。在第三阶段，莎士比亚作品之所以能够被频繁地进行自由的解释和改编，是因为莎剧作为“世界名著”的“权威”被打破了。因此莎士比亚剧场的演出活动可以称为第三阶段的开始。

莎士比亚剧场克服了诸多困难一直存续至今，在出口典雄的主持下继续演出莎剧，但现在舞台和 Janjan 时代已大不相同。

18. 根据和河上德恭同时期在莎士比亚剧场的佐野史郎的博客（2011 年 4 月 12 日），河上德恭在自家公寓去世后过了大约一个月才被发现，不涉及犯罪。http://www. kisseido. co. jp/column/ kawakami. html 2015 年 11 月 2 日最后阅览。

这个阶段的代表导演为蜷川幸雄（1935—2016）。蜷川在60年代到70年代初的先锋戏剧领域里取得了丰硕的成果，1974年受东宝邀请导演《罗密欧与朱丽叶》，获得成功后与东宝一直保持着合作关系。1980年导演了《NINAGAWAZ麦克白》，台词没有改动，时间则改为日本安土桃山时代（16世纪后期），得到包括来自国外的极高评价。对于日本人演出莎剧等翻译剧时的态度，蜷川幸雄说："演出翻译剧时，作为日本人的我们总是因扮演外国人而感到害羞。在戏剧的开始、中间或者结束时候，会加入表明是'我们日本人演的哟'的情节。"[19]例如在《NINAGAWAZ麦克白》中，演出开始时由两位老太太从客席走上舞台打开佛坛，戏剧便在这个佛坛中展开。

蜷川幸雄导演的作品中，莎剧占据着很重要的位置。1998年以后，蜷川幸雄以彩国琦玉剧场为据点，导演了名为彩国琦玉莎士比亚系列作品，到逝世为止已经演出了27部作品，他生前时以上演所有作品为目标。彩国莎剧系列使用松冈和子的翻译。蜷川的作品只要不标明是"复演"，即使演出同一剧目也会不断推陈出新。2005年他还以歌舞伎的形式导演了《NINAGAWAZ十二夜》。铃木忠志（《李尔王》1988）、野田秀树（《三代目、理查》1990，《仲夏夜之梦》1992等）也都在不断追求着独自的莎士比亚。

如上，20世纪80年后期到90年代，日本的莎剧演出此起彼伏，出现了所谓的莎剧热潮。1990年，国内外的剧团一共在日本上演了11部《哈姆雷特》。而莎剧热

19.『コリオレイナス』(プログラム、2006)。野田学「現代日本におけるシェイクスピア上演—蜷川幸雄、あるいは日本人がシェイクスピアを上演すること」，转引自『シェイクスピアと日本』。

蜷川版《哈姆雷特》剧照

潮的最大象征，则是1988年4月以演出莎剧为主要目的的东京环球剧场的开设。英国莎士比亚剧团（RSC）连演7部战争作品，宣告剧场开幕。剧场里经常上演国外剧团优秀的莎士比亚作品和日本演员表演的独特的莎士比亚作品，建筑样式也模仿了伦敦的环球剧场。

1991年通过“日本文化中的莎士比亚”这一企划，新派、歌舞伎早期的莎士比亚作品以及新创作莎剧狂言都实现了公演。如第八章所述，1995年1月，北京人民艺术剧院《哈姆莱特》（林兆华导演）也在环球剧场演出。进入21世纪后，剧场因为赤字而在2002年7月暂停演出。后被杰尼斯事务所收购再次开放，现在仅为一个普通的剧院。

总之，进入第三阶段后，日本上演了大量莎剧及其相关作品，在此要展现其全貌非常困难。笔者根据佐佐木隆和扇田昭彦等人的分析[20]，可以归纳80年代之后日本的莎剧演出大体分为三个方向：音乐剧化、创作化、日本化。三者并不是完全分离的，很多演出都具有多重方向性。当然，也有比较忠实于原作，追求厚重感或者与之相反的朴素感的演出，还有邀请国外导演进行的演出。

音乐剧化就是将莎士比亚作品改编成音乐剧的形式进行上演。宝冢歌剧团的演出非常具有典型性，此外还有很多剧团和演出团体尝试了音乐剧化的莎剧演出。音乐剧化同时也是娱乐化。

创作化则是在莎士比亚作品中加入导演各自的想法，进行大幅度的改编，相当于重新创作。例如流山儿★事务所的《流山儿麦克白》类似一部大型动作片，描写了在亚洲某个地区的男人们的野心和欲望。剧团太阳族在2011年上演的《大阪麦克白》（岩崎正裕编剧、导演）则是较新的作品，将《麦克白》的背景置换到未来的大阪，描写了“橋桁のぼる（Noboru）”知事的野心及其破灭。

日本化则是利用能、狂言、歌舞伎等日本传统戏剧的技法来演出莎剧。例如りゅーとぴあ（Ryuutopia、新潟市民艺术会馆）从2004年开始，在附设的能乐堂持续上演一系列莎剧。导演栗田芳宏（1957—）的特点在于利用能乐堂将日本传统戏剧（能、狂言）的要素和莎士比亚结合在一起。在りゅーとぴあ（Ryuutopia）创立时（1998）栗田芳宏偶然接受了委托，此后一直保持合作。首先计划演出《麦克白》，正巧能乐堂没有演出，一次偶然的选择让他们发现能乐堂的剧场空间和莎士比亚作品珠

20. 荒井良雄・大场健治・川崎淳之助编辑『シェイクスピア大事典』、佐佐木隆「XIV日本のシェイクスピア、五　上演史五　昭和戦後期—昭和四十年以降」、扇田昭彦「六　現代日本のシェイクスピア —1960年代から90年代まで」（日本図書センター、2002）等。

流山版话剧《麦克白》海报

联璧合。只是这种尝试在2011年《泰尔亲王佩里克里斯》之后就没有再继续。

2014年正逢莎士比亚诞辰450周年纪念，日本相继演出了多部莎剧。文学座以“莎士比亚戏剧节”为名，连续交替上演了《一报还一报》、《皆大欢喜》。在“Owlspot莎士比亚戏剧节2014”中，从“昴剧团”一直到“柿食客”这样的20世纪前十年的剧团，共15个剧团上演了17个莎剧剧目。2000年—2010年日本戏剧界的莎剧演出“把莎剧看作活在当下的作品并加以现代化改编时，既不用已有的翻译，也不会只借用原作的主要情节进行脱胎换骨的改编，而是以真诚的态度面对原作并重新创作演出的剧本。”[21]反映了这个时期日本接受莎剧的一种方式。

一般认为，莎剧不包含任何“主义”，导演可依据自己的理解和构想自由地创造出自己独有的舞台。因此，很多剧团、导演都非常热爱莎剧，从而形成了日本的莎剧热。

在翻译方面，出现了翻译时注意女性立场的松冈和子，她正在努力翻译莎士比亚全集。另外河合祥一郎等人的莎剧翻译也受到关注。

总之，80年代以来，日本的莎剧及其相关作品的演出变得非常日常化，可以说基本上每天都会在某个剧场有演出。中国的戏剧人、戏剧研究者听到笔者描述这种状况时都感到非常吃惊。有人会问，这些演出是针对在日的外国人的英语演出吗？当笔者回答说基本都是日语演出时，他们更加惊讶了。

支撑着日本莎剧热的正是此时莎士比亚观的改变，即“莎剧不再是英国独有的、年代久远的事物了。如今，例如用日语上演的莎剧也应该成为莎剧而纳入我们的视野中”。[22]

21. 中西理「ポストゼロ年代演劇とシェイクスピア」、Web Theatre Arts 2015.1.2，http://theatrearts.aict-iatc.jp/201501/2406/，2016年2月12日后最后阅览。

22. 河合祥一郎「シェイクスピアと日本人　英国だけのものではない」、『朝日新聞』2014年8月17日。

日本传统戏剧中的莎剧演出

V

本节介绍一下能、狂言、文乐、歌舞伎等日本传统戏剧中的莎剧演出。所谓日本传统戏剧中的莎剧演出，指的是传统戏剧演员、工作人员通过传统戏剧的形式上演的莎剧。虽然有很多歌舞伎演员参演过莎剧，但都是现代戏剧形式的演出，不属于本节所论述的范畴。例如坂东玉三郎在《麦克白》（1976，增见利清导演）中男扮女装饰演了麦克白夫人，但其余女性角色均由女演员扮演。又如りゅーとぴあ（Ryuutopia）的一系列舞台和 Ku Na'uka《Ku Na'uka 梦幻能·奥赛罗》等都属于利用传统戏剧技法演出的现代剧，不包含在本节的论述范围内。

细细看来，在第二阶段新剧成为莎剧演出的主流后，日本传统戏剧领域并没有出现太多的莎剧作品。此类演出虽然在第二阶段时已经出现，但直到近年来才形成规模，因此笔者选择在第三阶段进行陈述。

文乐领域中，属于第二阶段的演出有 1956 年（昭和三十一年）7 月，由松竹系因会上演的《哈姆雷特》。该剧使用西洋服饰，且为忠实于原作的压缩版。大西利夫改编，西亭（野泽松之辅）作曲，初代吉田玉男扮演哈姆

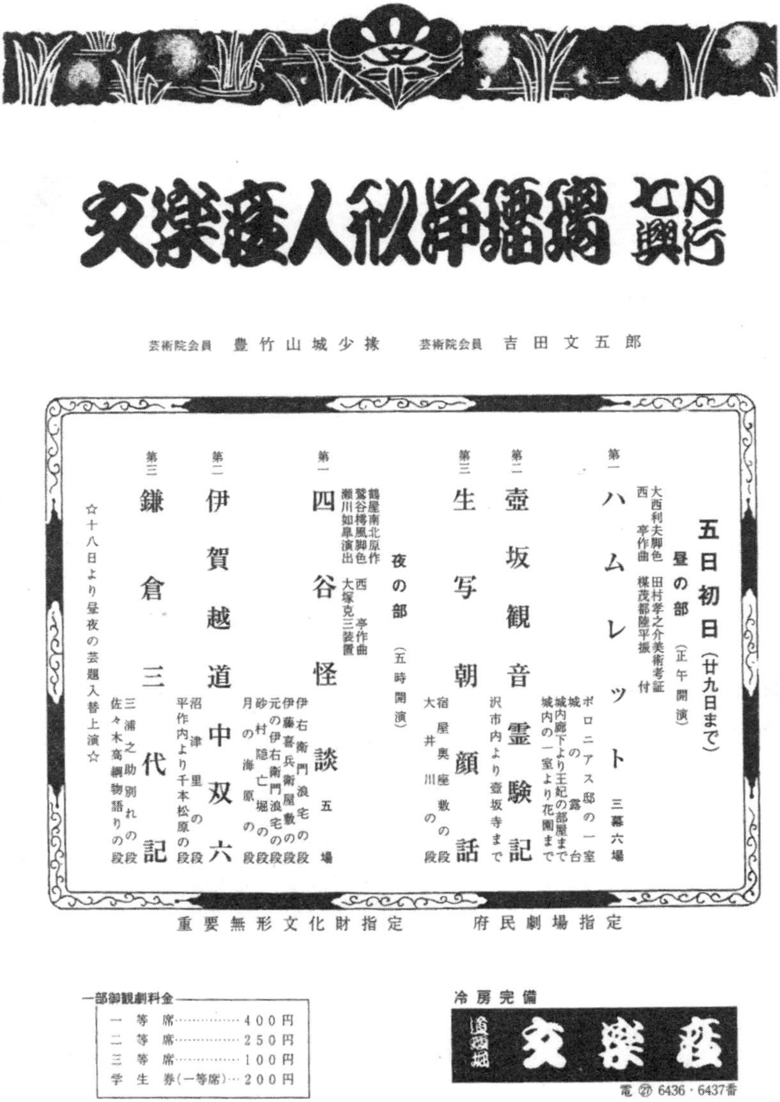

文乐座木偶剧海报 1956.7

雷特。第四独白的"'生存还是毁灭'这是个问题"[23]，由八代目竹本纲太夫表演。

这次公演的评价如下：

为了使文乐起死回生而专注于浮动票，现在的《哈姆雷特》也堕落成类似连环画片的动态表演了。……

之所以称其为连环画片，是因为这部剧将其主要内容、即压缩了名作的一部分，以丹麦皇家的内部骚动为背景，简单地改为了为父报仇的哈姆雷特。原作中王子的怀疑、被逼迫的国王的苦恼、王妃的自责以及政治背景全部被抹去，成为一个线索单一的故事。因此仅从这部剧来看，即使人物没有生存的苦恼，也完全没必要依托文乐的戏剧技巧。……

新作当然可以，我们理解当代的古典即过去的新作，但也该明白作为新作需要以相应的准备和良心去创作。……仅仅像突发奇想一样……以为"哈姆雷特在剧作结构上也是世界名作之一"并选择该剧的话，无异于是对莎士比亚的亵渎。……

仅为了招揽观众，而硬生生地创作出十几曲曲子，打着这种错误的人形净琉璃改革论的旗帜，宣扬这就是文乐再生的办法，我只能期盼山城少掾、文五郎等仍然健在的老艺人干脆与人形净琉璃三百年的光辉一起离开算了。……

观看前我还在想我们是有办法的，而现在我已经没有勇气再写什么。因为这已经超出了文乐的范畴外。[24]

23. 国立文乐剧场资料室藏『ハムレット』床本（词章）。河合祥一郎译『新訳ハムレット』（角川文库、2003）在「訳者あとがき」（译者后记）的独白集里未收录1956年文乐《哈姆雷特》的台词。

24. 沼草雨「亡ぶるからには荘厳に」、『幕間』八月号、1956年。

之所以大篇幅地引用该评论，因为笔者认为该评论对于中国传统戏剧演出莎剧也可以提供一些启发和参考。举办这场公演的1956年，正是日本刚刚进入经济高速成长期，文乐、歌舞伎等日本传统戏剧的观众以雪崩一般的速度急剧减少。我们可以推测仅为吸引客人而缺乏上演理念和准备的“世界名作”到底能带来什么。文乐《哈姆雷特》最终只举行了大阪公演，此后再未复演。网罗了日本莎士比亚相关资料的佐佐木隆编《日本莎士比亚总览》也没有将其收录其中。正如第七章所提到的，不断衰落的中国传统戏剧也上演过几部莎剧，大都为了确保观众而仅凭“一时的想法”上演“世界名作”，它们的失败只能带给我们些许悲哀。

文乐因《哈姆雷特》遭遇失败后，很长一段时间不再演出莎剧，直至1992年才上演了改编自《暴风雨》的《天变斯止岚后晴》（山田庄一改编、鹤泽清治作曲），2009年复演。另外，2014年又将法尔斯塔夫的故事改编为桃山时代故事的《不破留寿之太夫》（河合祥一郎改编、鹤泽清治作曲）后演出。演出花了大量时间准备和反复推敲，观众从中感受到浓浓的人生哀愁，是一部非常优秀的舞台剧。

以歌舞伎形式上演的莎剧在第二阶段也不是很多。“二战”前，二世市川左团次剧团1925年（大正十四年）上演了《尤利乌斯·凯撒》和《奥赛罗》。战后，菊五郎剧团1957年（昭和三十二年）上演了《威尼斯商人》的法庭一场，由三世市川左团次扮演夏洛克，七代目中村福助（后来的七代目中村芝玩）扮演鲍西亚，此后歌舞伎没有再尝试莎剧演出。

进入了第三阶段后，仅有1991年的《叶武列士倭锦绘》（市川染五郎主演，伦敦公演，1997年再演）和2005年的《NINAGAWA十二夜》。《叶武列士倭锦绘》是我们在梳理第一阶段时提到的作品。《NINAGAWA十二夜》是蜷川幸雄跨界歌舞伎的作品，由尾上菊之助主演，在歌舞伎座上演。演出剧本在小田岛雄志译本的基础上由今井丰茂创作，将背景改为14世纪南北朝时期的日本，纪伊国为主要舞台，维奥拉改为琵琶姬”、奥西诺侯爵改为“大篌左大臣”等日本人名。

> 相互映照出相反的事物，这种镜子的关系正是该剧的基本构造。船上菊之助惊异的摇身一变，男性与女性交错互换，也是镜子关系。还有一个摇身一变，即菊之助饰演的愚钝角色和自满角色，像一面展现了愚与贤的镜子……让不同质的事物间相互碰撞，将令人眩晕的冲击以美的形式展现出来。[25]

该剧收获了诸多好评，并在2007年、2009年复演，相关论文也很多。

在能乐领域里，莎剧演出始于用能乐的形式并用英语来演出。宗片邦义（静冈大学教授）1981年创立了“能莎士比亚研究会”，并在次年上演了《能哈姆雷特》，继之还有《能奥赛罗》、《能麦克白》等等。关于英语能，

25. 梁木靖弘「博多座『NINAGAWA十二夜』基本構造は映し合う鏡」、『朝日新聞』西日本本社版2007年6月15日。

新作能剧《麦克白》

在此不再多说。

提到用日语演出能乐莎剧，必然想到2005年首演的新作能（新创作的能剧）《麦克白》。演出由以泉纪子（羽衣国际大学教授）为中心的英国文学、日本文学、戏剧学等研究者和能剧演员参与策划，羽衣国际大学主办了首演。文字由泉纪子负责，导演、主演为辰巳满次郎。讲述前往苏格兰的巡礼僧在荒败古城中，从城主的亡灵那里听说了麦克白的故事。后来知道亡灵就是麦克白本人，麦克白夫人也随即出场，采用了典型的梦幻能的形式。出场人物仅有麦克白、麦克白夫人、异形人和僧人四人。

演出很成功，之后也举行了四次复演，还出版了收录上演台词、影像DVD的详细演出报告书。[26]从书里可以看到上演成功离不开明确的上演理念和周到的准备。该策划还在2013年上演了新作能《奥赛罗》，并于2015年

26. 泉纪子编『新作能マクベス』、和泉书院、2015年。

复演。

在狂言领域里，最初尝试莎剧的是1952年（昭和二十七年）片山博通（片山九郎右卫门）创作主演的《二人女房》（改编自《温莎的风流娘儿们》）。[27] 在那之后长期没有演出，直到东京环球剧场举办"日本文化中的莎士比亚"活动时，即1991年《法螺侍》上演（改编自《温莎的风流娘儿们》，2009年复演）。该剧后在伦敦演出，野村万作饰演洞田助右卫门（法尔斯塔夫）。此外，1990—1991年，和泉宗家上演了《驯悍记》、《仲夏夜之梦》、《第十二夜》等。还有2003年《错误的狂言》（《错误的喜剧》改编）以及2007年《国盗人》（《理查三世》改编）等演出。

近年来，日本传统戏剧演出莎剧时都会进行充分的准备，莎士比亚研究者也会参与演出，且常常作为实验性传统戏剧来演出。它们反映出近年歌舞伎、文乐的繁盛，演出方也完全没有曾经要挽回衰退境况的想法。

27. 菊地善太「シェイクスピア劇と狂言の出会い—新作狂言『二人女房』と『ぢゃぢゃ馬ならし』について」、『日本大学大学院総合社会情報研究所紀要』No.13、2012年。

参考文献

＊首先分章列举与整体内容相关的文献。每一章的文献按发表时间，以中文文献、日文文献、英语文献的顺序，分别记载著作和论文，并以空行作为区分标记；

＊＊「 」『 』表示日语文献，《 》为中文文献；

＊＊＊未收录和本书没有特别紧密的关系的一般性莎士比亚研究评论以及中日两国现代戏剧史相关研究著作；

＊＊＊＊原则上之记载论文集名，而省略收录的论文名。

与整体内容相关的文献

1. 周兆祥《汉译〈哈姆雷特〉研究》，香港中文大学出版社，1981 年

2. 中国莎士比亚研究会编《莎士比亚在中国》，上海文艺出版社，1987 年

3. 曹树钧、孙福良《莎士比亚在中国舞台上》，哈尔滨出版社，1989 年

4. 田本相主编《中国现代比较戏剧史》，文化艺术出版社，1993 年

5. 孟宪强《中国莎学简史》，东北师范大学出版社，1994 年

6. 孙福良主编《'94 上海国际莎士比亚戏剧节论文集》，上海文艺出版社，1996 年

7. 张泗洋主编《莎士比亚大辞典》，商务印书馆，2001 年

8. 曹树钧《莎士比亚的春天在中国》，香港天马图书有限公司，2001 年

9. 梁实秋《梁实秋文集》，鹭江出版社，2002

10. 洪忠煌《莎士比亚与二十一世纪》，香港天马图书有限公司，2003 年

11. 陈世雄《三角对话》，厦门大学出版社，2003 年

12. 李伟民《中国莎士比亚批评史》，中国戏剧出版社，2006 年

13. 熊杰平、任晓晋主编《多重视觉下的莎士比亚——2008 莎士比亚国际学术讨论会论文集》湖北人民出版社，2009 年

14. 曹树钧、赵秋棉、史播主编《二十一世纪莎学研究》，中国广播电视出版社，2010 年

15. 李伟民《中国莎士比亚研究——莎学知音思想探析与理想建设》，重庆出版社，2010 年

16. 杨世彭《香港话剧团的莎剧演出》，《戏剧艺术》1999 年第 2 期

17. 李伟民《台湾莎学研究情况综述》，《西华大学学报》（哲学社会科学版）2006 年第 1 期

18. 梁燕丽《全球化和本土化——莎士比亚戏剧的香港演绎》，《文学评论》2013 年第 1 期

19. 台湾莎士比亚资料库：http：//shakespeare.digital.ntu.edu.tw/shakespeare/home.php? Language=ch, 2016 年 2 月 4 日最后阅览

20. 邱懋景《〈莎士比亚戏剧在台湾〉——专访雷碧琦教授》，http：//ts.ntu.edu.tw/e_paper/e_paper_c.php? SID=63 2016 年 2 月 4 日最后阅览

21. 河竹登志夫『比較演剧学』、南窓社、1967 年

22. 河竹登志夫『続比較演剧学』、南窓社、1974 年

23. 狩野良规『シェイクスピア・オン・スクリーン シェイクスピア映画への招待』、三修社、1996 年

24. 河合祥一郎『ハムレットは太っていた』白水社、2001 年

25. 荒井良雄、大場健治、川崎淳之助編集主幹『シェイクスピア大事典』、日本図書センター、2002 年

26. 河竹登志夫『続々比較演剧学』、南窓社、2005 年。

27. 小林かおり『じゃじゃ馬たちの文化史』、南云堂、2007年。

28. 夏岚『中国におけるシェイクスピア戯曲の翻译と出版』、『富山大学人文学部紀要』５２、2009年

29. Xiao Yang Zhang（张　晓　阳）, *Shakespeare in China: A Comparative Study of Two Traditions and Cultures*.University of Delaware Press Associated University Presses, 1996

30. Kwok-kan Tam（谭　国　根）, Andrew Parkin, Terry Siu-han Yip, *Shakespeare Global/Local: The Hong Kong Imaginary in Transcultural Production*, Peter Lang, 2002

31. Li Ruru（李如茹）, *Shashibiya: Staging Shakespeare in China*. Hong Kong University Press, 2003

32. Murray J. Levith, *Shakespeare in China*, Continuum, 2004

33. Alexander C.Y.Huang, *Chinese Shakespeares: Two Centuries of Cultural Exchange*.Columbia University Press, 2009

序　章

34. 朱双云《新剧史》，上海小说新剧社，1914年

35. 鲁西奇《梁实秋传》，中央民族出版社，1996年

36. 朱尚刚《诗侣莎魂：我的父母朱生豪、宋清如》，华东师范大学出版社，1999年

37. 包天笑《钏影楼回忆录》，中国大百科全书出版社，2009年

38. 张奇虹《奇虹舞台艺术》，文化艺术出版社，2013年

39. 钟欣志《走向现代：晚清中国剧场新变》，台北艺术大学博士论文，2012年

40. 戏剧报资料室《莎士比亚戏剧在中国》，《戏剧报》1954年第4期

41. 徐述纶《清除莎士比亚介绍中的资产阶级思想》，《戏剧报》1955年第4期

42. 卞之琳《评英国电影〈王子复仇记〉》，《大众电影》1958年

第 16 期

43. 卞之琳《莎士比亚戏剧创作的发展》,《文学评论》1964 年第 4 期

44. 辛午《英雄胸中有朝阳——赞光辉的无产阶级英雄典型杨子荣》,《人民日报》1969 年 11 月 9 日

45.《狠批“四人帮”文化专政主义,“文艺黑线专政”论北京图书馆开放多批中外图书》,《人民日报》1978 年 1 月 7 日

46. 杨世彭《香港话剧团的莎剧演出》,《戏剧艺术》1999 年第 2 期

47. 李伟民《台湾莎学研究情况综述》,《西华大学学报》(哲学社会科学版)2006 年第 1 期

48. モローゾフ、中本信幸訳『シェイクスピア研究』、未来社、1976 年

49. アレクサンドル・アーニクスト、中本信幸『シェイクスピア』、明治図書、1972 年

50. ソ連科学アカデミー研究所編、山村房次訳編『マルクス・レーニン主義美学の基礎』、啓隆閣、1975 年

51. 樽本照雄編『清末民初小说目録』X(PDF)、清末小说研究会、2015 年 http://www.biwa.ne.jp/—tarumoto/qmbookx.pdf, 2016 年 2 月 8 日最后阅览

第一章

52. 无署名《澥外奇谭》,上海达文社,1903 年

53. 林纾、魏易编译《吟边燕语》,商务印书馆,1904 年

54. 范石渠《新剧考第一集》,中华图书馆,1914 年

55. 李长林、杜平《中国对莎士比亚的了解与研究——《中国莎学简史》补遗》,《中国比较文学》1997 年第 4 期

56. 黄爱华《上海笑舞台的变迁及演剧活动考论》,袁国兴主编《清末民初新潮演剧研究》,广东人民出版社,2011 年

57. 钟欣志《清末上海圣约翰大学演剧活动及其对中国现代剧场的历史意义》，袁国兴主编《清末民初新潮演剧研究》，广东人民出版社，2011 年

58. 安凌《文明戏时期莎士比亚的改译及演出》，《外语与外语教学》2012 年第 3 期

59. チャールス・ラム著、松本恵子訳『シェイクスピア物語』、新潮文库、1952 年

60. 佐々木正哉「『海国図志』余談」、『近代中国』第一七巻、1985 年

61. 佐々木正哉「近代中国における対外認識と立憲思想の展開（二）」、『近代中国』第一七巻，1985 年

62. 岩田高明「士達薩，Who are you？」、『安田女子大学図書館報・図書独娯』創刊号、2003 年

第二章

63. 郑振铎编《中国新文学大系・第二集文学论争集》，良友图书公司，1935 年

64. 汤真译《莎士比亚历史剧故事集》，中国青年出版社 1981 年

65. 薛绥之・张俊才编《林纾研究资料》，福建人民出版社，1983 年

66. 林薇编《百年沉浮——林纾研究综述》，天津教育出版社，1990 年

67. 张俊才《叩问原题的消息》，中国社会科学出版社，2006 年

68. 张俊才《林纾传》，中华书局，2007 年

69. クヰラ・クウチ原著、課外読物刊行会編集部訳編『シェクスピア史劇物語』課外読物　刊行会，1925 年（大正十四年）

70. 丸山昇『魯迅その文学と革命』、平凡社、1965 年

71. 增田涉『中国文学史研究』、岩波书店、1967 年

72. 樽本照雄『林紓冤罪事件簿』、清末小説研究会、2008 年

73. 樽本照雄『林紓研究論集』、清末小説研究会、2009 年

74. 李庆国「吟辺燕語留余韻——林訳小説書・篇名一瞥」、『清末小説』第三三号、2010 年

75. 宮尾正树「林紓——外国語のできない翻訳者」、『しにか』1995 年 3 月号

76. 平田昌司「胡適とヴィクトリアン・アメリカ」、『東方学』第百十五輯、2008 年

第三章

77.《戏剧魂——应云卫纪念文集》应云卫纪念文集编集委员会出版，2004 年

78. 邱坤良《人民难道没错吗？〈怒吼吧，中国！〉特列季亚科夫与梅耶荷德》，台北艺术大学论文，2013 年

79. 诤《戏剧协社排演〈威尼斯商人〉访问记》，《申报》1930 年 5 月 1 日

80. 无署名《戏剧协社十四次公演人选》，《民国日报》1930 年 5 月 3 日

81. 无署名《戏剧协社定期公演　莎翁名剧〈威尼斯商人〉》，《申报》1930 年 5 月 6 日

82. 无署名《〈威尼斯商人〉演员速写　戏剧协社将于十六日公演》，《民国日报》1930 年 5 月 9 日

83. 无署名《剧场消息》，《申报》1930 年 5 月 10 日

84. 无署名《戏剧协社公演〈肉券〉》，《民国日报》1930 年 5 月 14 日

85. 顾仲彝《莎士比亚略传》，《民国日报》1930 年 5 月 14 日

86. 谷剑尘《舞台装置与莎士比亚剧演出之转变》，《民国日报》1930 年 5 月 14 日

87. 无署名《上海市场〈威尼斯商人〉今日公映》，《申报》1930 年 5 月 17 日

88. 莫若强《威尼斯商人》,《申报》增刊 1930 年 5 月 18 日

89. 无署名《戏剧社公演〈威尼斯商人〉》,《申报》1930 年 5 月 19 日

90. 无署名《威尼斯商人》,《民国日报》1930 年 5 月 21 日

91. 天声《〈威尼斯商人〉之反响》,《申报》1930 年 5 月 24 日

92. 郑庸《观〈威尼斯商人〉后》,《申报》1930 年 5 月 25 日

93. 周世勋《威尼斯归来》,《申报》1930 年 5 月 28 日

94. 楣《看〈威尼斯商人〉后》,《申报》1930 年 6 月 6 日

95. 无署名《戏剧协社复演　威尼斯商人》,《申报》1930 年 6 月 15 日

96. 无署名《戏剧协社复演〈威尼斯商人〉》,《民国日报》1930 年 6 月 15 日

97. 美《献给爱好演剧的女同学》,《申报》1930 年 6 月 16 日

98. 公卓《〈威尼斯商人〉将复演》,《申报》1930 年 6 月 18 日

99. 顾仲彝《我们为什么演莎士比亚的戏》,《申报》1930 年 6 月 19 日

100. 无署名《戏剧协社复演莎翁杰作》,《民国日报》1930 年 6 月 19 日

101. 无署名《〈威尼斯商人〉今日复演》,《民国日报》1930 年 6 月 21 日

102. 无署名《〈威尼斯商人〉今日复演》,《申报》1930 年 6 月 22 日

103. 谦《〈威尼斯商人〉中之沈潼》,《申报》1930 年 6 月 22 日

104. 毓楣《夏劳克的女儿》,《申报》1930 年 6 月 24 日

105. 季平《青年应该努力的戏剧运动》,《申报》1930 年 7 月 12 日

106. 无署名《全国职业教育会议要讯》,《申报》1930 年 7 月 17 日

107. 无署名《中华职业教育社第十一届年会全国职业教育机关联

合会第七届年会、昨日在华龙路法过小学举行》,《申报》1930年7月21日

108. 顾仲彝《中国新剧运动的命运》,《新月》1933年第1期

109. 顾仲彝《戏剧协社的过去》,《戏》1933年第5期

110. 应云卫《回忆上海戏剧协社》,《中国话剧运动五十年史料集》第二集,中国戏剧出版社,1985年

111. 张逸生、金淑之《记应云卫》,《中国话剧艺术家传》第三集,文化艺术出版社,1986年

112. 曹树钧《顾仲彝生平纪事》,《顾仲彝戏剧论文集》,中国戏剧出版社,2004年

第四章

113. 文化部党史资料征集工作委员会编《中国左翼戏剧家联盟史料集》,中国戏剧出版社,1991年

114. 叶永烈《江青传》,作家出版社,1993年

115. 袁鹰《长夜行人——于伶传》,上海文艺出版社,1994年

116. 业余剧人协会《业余剧人协会的抱负》,《光明》1937年5月25日

117.《娜拉》上演广告,《申报》1935年6月27日

118. 无署名《业余剧人三次公演》,《申报》1936年1月16日

119. 无署名《业余实验剧团征求研究团员》,《申报》1937年4月2日

120. 无署名《“业余”的阵容和组织》,《申报》1937年5月10日

121. 无署名《〈罗密欧与朱丽叶〉的进展》,《申报》1937年5月9日

122. 何家槐《关于〈罗密欧与朱丽叶〉》,《申报》1937年6月4日

123.《罗密欧与朱丽叶》与《武则天》上演广告,《申报》1937年

6月4日

124. 无署名《伶影春秋：影评〈罗密欧与朱丽叶〉》,《天文台》1937年第55期

125. 台生《对于〈武则天〉的意见》,《申报》1937年6月19日

126. 无署名《公演中的〈武则天〉赵慧深临时饰中宗》,《申报》1937年6月21日

127. 宝松《罗密欧与朱丽叶与武则天》(《新华月报》1937年第2卷第8期)

128. 张庚《关于〈罗密欧与朱丽叶〉——业余实验剧团演出》,《戏剧时代》1937年第3期

129. 于伶《战斗的一生》,《人民戏剧》1982年8月号

130. 岩間一弘ほか編著『上海　都市生活の現代史』、风响社、2012年

第五章

131. 国立戏剧学校《国立戏剧学校一览》，国立戏剧学校，民国二十八年十二月（可在中央戏剧学院图书馆阅览）

132. 阎折梧编《中国现代话剧教育史稿》，华东师范大学出版社，1986年

133.《剧专十四年》编集小组编《剧专十四年》，中国戏剧出版社，1995年

134. 中央戏剧学院《中央戏剧学院校友录1950—1995》（内部），中央戏剧学院，1995年

135. 李乃忱编《国立剧专史料集成》，中国戏剧出版社，2013年

136. 余师龙《读莎士比亚的〈威尼斯商人〉》,《新京日报》1937年6月16日

137. 何德璋《介绍〈威尼斯商人〉》,《新京日报》1937年6月16日

138. 王沣泉《〈威尼斯商人〉的意义》,《新京日报》1937年6月

16 日

139. 夏易初《〈威尼斯商人〉本事》,《新京日报》1937 年 6 月 16 日

140. 余上沅《我们为什么公演莎氏剧》,《中央日报》1937 年 6 月 18 日

141. 达波《关于莎士比亚剧作的上演》,《中央日报》1937 年 6 月 18—25 日

142. 其良《夏洛克》,《中央日报》,1937 年 6 月 25 日

143. 无署名《张道藩先生事略》,张道藩《酸甜苦辣的回味》,台北传记文学出版社,1968 年

第六章

144. 毛泽东《在延安文艺座谈会上的讲话》,《毛泽东选集》第三卷,人民出版社 1953 年

145. 竹内实编『毛泽东集』、北望社、1970—1972 年

146.《毛泽东选集》第二版,第三卷,人民出版社,1991 年

147. 北京人民艺术剧院戏剧博物馆编《焦菊隐文集》,文化艺术出版社,2005 年

148. 吴往(欧阳凡海)《谈哈姆雷特》,《新华日报》1942 年 12 月 12 日副刊

149. 忆湘(廖沫沙)《哈姆雷特式的悲剧》),《新华日报》1943 年 10 月 7 日副刊

150. 西村正男「陰鬱なドン・キホーテ」、『東方学』９５輯、1998 年 1 月

151. Brooks Atkinsons, Hamlet at the Kuo T'ai Theatre in Chungking, Is Not yet Quite Ready for Broadway, *The New York Times*, Dec. 18, 1942

第七章

152. 一见《上座率与舞台艺术的趋向》,《文汇报》1984 年 5 月 10 日

153. 李如茹《莎士比亚与中国戏曲》,《戏剧报》1986 年第 5 期

154. 胡伟民《和谐——越剧〈第十二夜〉的导演探求》,《导演的自我超越》, 中国戏剧出版社, 1988 年

155. 马力《中西文化在戏剧舞台上的遇合——关于“中国戏曲与莎士比亚”的对话》,《戏剧艺术》1986 年第 3 期

156. 易凯《崭新的天地巨大的变革——首届莎士比亚戏剧节五台戏曲演出观感》,《戏曲艺术》1986 年第 4 期（12）

157. 黄佐临《昆曲为什么要排演莎剧》,《戏曲艺术》1986 年第 4 期

158. 朱士场《莎味与越味——观越剧〈第十二夜〉有感》,《上海戏剧》1986 年 4 月 1 日

159. 周本义《尝试——关于越剧〈第十二夜〉的舞美设计构思》《上海戏剧》1986 年 4 月 1 日

160. 左弦《“昆味”与“莎味”的结合——昆剧〈血手记〉观后》, 1987 年第 4 期

161. 许镇华《我演昆剧〈血手记〉》,《戏剧报》1987 年第 3 期

162. 郑利《上海昆剧团首次出访演出》,《上海戏剧》1987 年第 3 期

163. 沈斌《中国的、昆曲的、莎士比亚的——昆剧〈血手记〉编演经过》,《戏剧报》1988 年第 3 期

164. 霍华德・伯曼《对话：莎士比亚与现代戏剧》,《艺术百家》1991 年第 8 期

165. 田雨《本刊将举办“昆曲表演艺术家计镇华艺术研讨会”》,《上海戏剧》1996 年第 1 期

166. 薛允璜《莎剧戏曲化的一次尝试——越剧〈王子复仇记〉改编演出的几点思考》, 孙福良主编《'９４上海国际莎士比亚戏剧节论文集》, 上海文艺出版社, 1996 年

167. 赵莱静《后生可爱》,《上海艺术家》1996 年第 8 期

168. 许寅《赞许镇华》,《上海戏剧》1997 年第 6 期

169. 老血手记,《人生十六七》(刊登杂志不明),2002 年 4 月

170. 徐宗洁《从〈欲望城国〉和〈血手记〉看戏曲跨文化改编》,《戏剧》2004 年 3 期

171. 刘晴《对〈麦克白〉和〈血手记〉的比较分析》,《湖南商学院学报》2003 年 9 月 8 日

172. 陈芳《演绎莎剧的昆剧〈血手记〉》,《戏曲研究》2008 年第 3 期

173. 沈斌《是昆剧是莎剧——重排昆剧〈血手记〉的体验》,《上海戏剧》2008 年第 4 期

174. 钱洪波《新编昆曲散议——以上海昆剧团〈血手记〉为例》,《戏剧文学》2009 年第 11 期

175. 黄蜀芹《三生有幸》,《上海戏剧》2008 年第 3 期

176.《专家建议名著改编切莫一窝蜂》,《语文教学与研究》2008 年第 12 期

177. 唐慧丽《人性中善恶力量的冲突与较量——评新编昆剧〈血手记〉与莎剧〈麦克白〉的多重》,《艺术百家》2008 年第 3 期

178. 孙丛丛《关于戏曲改编外国文学名著问题的探究》,《艺苑》2009 年第 5 期

179. 李小林《野心 / 天意——从〈麦克白〉到〈血手记〉和〈欲望城国〉》,《外国文学评论》2010 年第 2 期

180. 信芳《李家耀:从〈阿巴贡〉到〈血手记〉》,《上海采风》2011 年第 9 期

181. 秦岭《计镇华:不做“第一”,要做“更好”》,《上海采风》2013 年第 4 期

182. 胡伟民、藤野真子訳「調和——越劇『十二夜』演出をめぐる探求」、『シアターアーツ』１１号、2000 年

第八章

183. 林克欢编《林兆华导演艺术》，北方文艺出版社，1992 年

184. 林兆华《导演小人书》(林兆华口述，林伟瑜、徐馨整理)，作家出版社，2014 年

185. 孙艳娜《人人都是哈姆雷特——论林兆华对〈哈姆雷特主体再创〉》,《四川戏剧》2010 年第 1 期

186. 饭塚容『“幻のハムレット”にたどりついて』、『幕』三四号、1995 年 3 月 1 日

187. 松冈和子「林兆華『ハムレット』を観て」、『幕』三四号、1995 年 3 月 1 日

188. 扇田昭彦「円環に描かれた歴史『ハムレット』」、『ダンスマガジン』1995 年 4 月号

189. 七字英辅 『今月のベストスリー』、『テアトロ』1995 年 4 月号

190. 江森盛夫「北京人民芸術劇院による『ハムレット』」、『噂の真相』1995 年四 4 月号

191. 无署名「訳者逆転は、逆転続く社会の鏡—『北京版』演出の林兆華に聞く」、『朝日新聞』1995 年 2 月 1 日夕刊

192.「鴎座」上演第 II 期題活動『ハムレット / マシーン』(上演準備稿 / ０６０９２０翻訳　中島裕昭　近藤弘幸 / 新野守広、構成・演出　佐藤信）より、http：//members 3.jcom.home.ne.jp/kamome-za/HMtext.pdf、2016 年 2 月 7 日最后阅览

附　章

193. 立木哗子、朱凝译《莎士比亚与日本戏剧——聚焦表演形式的变化》、《戏剧》第一届亚洲戏剧论坛专辑，2008 年

194. 野田学、朱凝译《蜷川幸雄莎士比亚作品中的镜像与错位》，《戏剧》2009 年第 4 期

195. 河竹登志夫『日本のハムレット』、南窓社、1972 年

196. 坪内逍遥『逍遥選集』、第一书房、1977—1978 年

197. 出口典雄『シェイクスピアは止まらない』、讲谈社、1988 年

198. 安西徹雄编『日本のシェイクスピア一〇〇年』、荒竹出版、1989 年

199. 佐々木隆编『日本シェイクスピア総覧』、エルピス、1990 年

200. 佐々木隆编『日本シェイクスピア総覧（2）』、エルピス、1995 年

201. 蜷川幸雄、长谷部浩『演出術』、纪伊國屋书店、2002 年

202. 小林かおり编『日本のシェイクスピア上演研究の現在』、风媒社、2010 年

203. 扇田昭彦『蜷川幸雄の劇世界』、朝日新聞出版、2010 年

204. 荒井良雄『戦後日本のシェイクスピア—国際化から二十一世紀へ』、英光社、2011 年

205. 明治大学人文科学研究所编『シェイクスピアと日本』、风间书房、2015 年

206. 秋岛百合子『蜷川幸雄とシェイクスピア』、角川书店、2015 年

207. 泉纪子编『新作能マクベス』、和泉书院、2015 年

日文版后记

笔者于2000年接受了松本工房的前任社长，即现任社长松本久木先生的父亲松本义久先生的约稿请求。松本工房虽然是一个小型出版社，但一直以来保持着自身的追求，以大阪为根据地，出版了一系列优质的图书。我曾向松本工房20世纪90年代发行的戏剧杂志《JAMCI》定期投稿，和松本社长保持了很好的交流。当时，我在《シアターアーツ》(《Theatre Arts》)杂志上刚刚发表了本书序章的原型，因此觉得可以写一本中国接受莎剧历史的专著，于是答应了约稿。与此同时，作为中国现代戏剧研究者，我也想通过莎士比亚来打破日本对于邻国中国的戏剧状况基本处于无知的现状。我想，只要在《シアターアーツ》那篇文章的基础上进一步扩充内容，写一本书应该不成问题。

然而，当真正开始着手写作时，我马上意识到这并非一件易事。因为自己对中国莎剧接受史并不熟悉，因此无法形成完整的构思。于是写作遇到挫折而停滞不前。

不过，我一直没有忘记中国莎剧接受史这个课题。我没有着急去研究整体，而首先从接受史中的重要作品入手，每隔几年在日本的中国文学、戏剧学等方面的学术杂志上发表一篇文章，这些文章都成为本书各章的原型。从2011年开始的三年间，我获得了“中国莎士比亚接受史基础研究——以民国时期为主”的科研费，成为研究的一大动力。得益于科研费，研究有了很大的进展，论文达到了一定的数量，研究终于告一段落。此时我制定了出版计划，并和松本久木先生商量。以松本义久先生的约稿为契机，我才正式开始中国的莎剧接受史研究，对于之前未能完成这份约稿也一直记挂于心，因此还是希望通过松本工房出版本书。

在参加国际戏剧评论家协会日本中心关西支部机关杂志《ACT》等活动中，我一直和松本工房保持着交流，松本久木先生也表示愿意出版本书。同时我还很幸运地申请到“日本学术振兴会科研费·研究成果公开促进费”（学术图书），从而使得本书得以问世。从接受松本义久先生的约稿时起，已经过去了16年。对我来说，本书也是继2005年《中国话剧成立史研究》后时隔11年的日文专著。

本书各个章节，特别是第三章到第八章，选择了我认为在中国莎剧接受史中比较重要的公演，并在时代文脉中对其进行探讨。这种方法在《中国话剧成立史研究》中也曾尝试过。在研究戏剧这种创作和发表后便消失的艺术形式，这是一种有效的方法。当然，仅集合各章的内容，还难以把握接受史全貌，因此我在“中国的莎剧接受简史”为题的8000字的旧稿基础上，增加了大篇幅的内容，写成本书的序章。简单提及中国台湾和中国香港的情况。因关系到所获科研费，主要陈述集中于民国时期，新中国时期的内容相对薄弱。

另外，在我搜集《哈姆雷特》第四独白的中文译文的过程中，特别进入21世纪后，中国的莎剧翻译数量远远超过笔者的预想，最终只能放弃收录该资料集。本书并非我的中国莎剧研究的终点，关于中华人民共和国大陆以及中国的台湾、香港的莎剧接受史，仍然是今后需要深化的研究课题。

作为一名日本研究者，我一直在思考自己的中国现代文学戏剧研究如何获得不同于中国研究者的独特性。这种独特性可以来自不同的立场，而我认为，作为日本学者应该关注并加深对本国戏剧的理解，由此开始思考中国的现代戏剧。基于这个想法，除了中国研究的相关学会、研究会，我还参加了日本演剧学会、国际戏剧评论家协会日本中心等戏剧研究评论团体并发表了诸多研究成果。近年来，受中国的大学邀请，用中文演讲的机会逐渐增多，其中部分涉及日本的莎剧接受史。例如2012年在武汉大学艺术学系做了"多样化的莎士比亚演出在日本舞台上"，2014年在四川外国语大学做了"日本莎士比亚接受简史"为题的演讲，在中文讲稿的基础上写成了本书的附章"日本的莎剧接受简史"。序章和附章中将中国和日本的莎剧接受史划分为三个阶段也是笔者努力的结果，这是一种同时适用于日本和中国的划分方式。

本书第二章"林纾的莎士比亚观"与其他章稍显不同，是笔者与清末小说研究家樽本照雄先生论争的产物。

论争的内容大家在阅读过第二章后应该已经理解，在此不再重复。而论争中笔者的言论是否恰当，也请读者判断。因为是论争的产物，保留了对樽本先生的敬称。

除了第二章初稿外，笔者还在《中国文艺研究会会报》等刊物上发表过文章，当初打算一起收录进来，但考虑到一场在中国现代文学研究界某个角落里进行的论争对于中国现代文学研究圈外的读者来说并无意义，所以只把其中涉及学术的部分收入第一章和第二章。我的论争全文刊登在个人研究网页“電脳龍の会”（日文网页）中，有兴趣的读者可以找来一读。

我写的最早的中国莎剧接受史相关文章是1985年7月发表的「文明戯『肉券』について」(『中国文芸研究会会報』54号)，即本书第一章第四节的原型。光从时间来看，我的中国莎剧接受史研究已经跨越了30年。第一篇论文的草稿是早稻田大学研究生院在读期间，选听河竹登志夫先生的研究生课程“比较演剧研究”后提交的小论文。现在翻阅本书各个章节，笔者也再次意识到自己的研究从河竹先生的日本莎士比亚接受史研究中获得了诸多启发。从早大毕业后，和河竹先生见面的机会很少，但当我给先生寄去拙著时，却得到先生温暖的回复。河竹先生已于2013年5月逝世，如果能趁先生在世时出版本书的话，书中很多内容一定都能得到先生的批评和指导，笔者对此深感遗憾。另外，「文明戯『肉券』について」一文也收录在笔者的上一部专著《中国话剧成立史研究》中，请读者理解。

我在中国现代文学戏剧研究领域中仅列末席，更不敢称莎士比亚研究专家。所谓专家应该是能以英文原文阅读并理解莎剧的人。在日本，有很多人不懂中文却可以对中国的政治、经济、文化等发表意见，日本的中国研究学界并不将其视为专家。因为不能利用中文第一手资料的中国研究和理解是有很大局限性的。同样的情况也适用于莎剧研究。虽然笔者收集了相关的英文文献，但因能力所限，并未在研究总充分利用这些资料。对于莎士比亚以及英国文学研究专家来说，本书一定包含了诸多值得质疑的不足之处。在此也希望得到莎士比亚以及英国文学研究专家的批评和指教。

当然，很幸运的是，笔者因为参加了日本的戏剧相关学会，能够和日本的莎士比亚研究者进行交流并听取意见。在此不能一一列举这些研究者的姓名，但要对他们的帮助致以深深的谢意。而2015年突然去世的小林かおり（Kaori）（当时为名古屋市立大学教授）是必须提及的一位研究者。她不仅赠送过笔者『日本のシェイクスピア上演研究の現在』（风媒社、2010）一书，还在笔者准备在中国的大学讲授日本莎士比亚接受史时，提供相关资料并对演讲内容提出中肯的意见。对于小林女士的突然离世，笔者在感到震惊的同时，再次体会到面对比自己年轻的朋友离开的痛楚。

本书的校正得到榊原真理子（爱知县立大学博士生）、黄綿史（一桥大学博士生）的帮助。书中刊载的照片在搜集和获得刊登许可方面得到了很多中国朋友的帮助。对于跨越父子两代出版本书，由于校正的迟误而承担了繁重编辑工作的松本久木社长、装帧设计的纳谷衣美女士表示由衷的感谢！

最后，对于一直默默支持笔者自由而任性的研究生活的妻子洋子，再次表示感谢。

濑户宏

2016年2月11日

中文版后记

本书为2016年2月由日本松本工房发行出版的『中国のシェイクスピア』的中文译本。日文版的出版经过在日语版后记中已有记述，在此不再赘述。

我的上一部专著《中国话剧成立史研究》(厦门大学出版社，2015年)的译者陈凌虹女士对本书很感兴趣，我也希望有机会能将本书介绍给中国读者，因此我们商量慢慢寻找合适的出版社出版中文版。没有想到的是，在日文专著出版后不到一年，本书的中文版已经确定由广东人民出版社出版了。这也缘于一位阅读了日文版的中国留学生向出版社的推荐，以及出版社对本书的认可。

本书是我的中国现代戏剧史研究以及莎士比亚研究的部分成果，同时，出版初衷也是想通过莎士比亚向日本人普及一些中国现代戏剧的相关知识。无论在日本还是中国，都有"东西比较"这一研究领域。当然，在日本，"东方"仅指日本，或者在中国，"东方"仅指中国的情况很多，大部分研究没有把本国之外的亚洲诸国放入视野中。日中两国虽然是一衣带水的邻邦，但在文化特别是现代文化方面的相互理解是远远不够的。

据我所知，本书的附章"日本莎士比亚接受简史"，是首次用中文向中国读者介绍相对完整的日本的莎士比亚接受史。日文版后记也提到，我一直致力于通过本研究来探索日本和中国共通的莎士比亚接受史的时代划分。也就是说，我是以“日本人的视点”来探讨中国的莎士比亚接受史的。这种尝试是否成功，还有待读者的判断，但我强烈期望随着本书在中国的出版，能够唤起大家对日中两国、东亚各国的莎士比亚接受史，以及各国之间接受西方文化的异同点的关注，并加深东亚各国特别是日中两国文化的相互理解。

本书的考察以民国时期为主，而对中华人民共和国时期的考察则相对薄弱。为此，在中文版出版之际，笔者又补充了第九章（中国国家话剧院《理查三世》）、日文版未收录的《哈姆雷特》第四独白以及《罗密欧与朱丽叶》阳台一场的台词集锦。台词集的资料主要来源于北京的中国国家图书馆馆藏图书，因此有可能遗漏了部分港台地区发行的译本。中文版校正工作刚好结束时，台湾大学彭镜禧教授告知近年台湾出版的《哈姆雷特》译本，除彭教授译本外，还有利文祺译本（波士米亚工作室，2008年）。因这次已来不及补充，只好留待今后。另外，《哈姆雷特》“第四独白”这种说法，正如本书中记载的那样，依据了河竹登志夫先生的提法。台词集的电脑录入，在榊原真理子女士（爱知县立大学博士课程在读）的帮助下完成。

在制作台词集的过程中，令笔者感到吃惊的是，虽然各种译本都是有译者署名的正规出版物，但有好几个版本的独白以及阳台一场的台词却和其他译者（大部分是朱生豪版）的译文完全相同，这些译本也就未收录到本书的台词集里。

如下所示，本书的部分内容已经在中国的学术刊物上发表过（未注明译者的为笔者翻译）：

·《文明戏中的一张“肉券”》，厉震林译，《上海戏剧》1994 年第 6 期（第一章第四节原型）

·《试论林兆华的导演艺术》，《戏剧艺术》2001 年 6 期（第八章原型）

·《林纾的莎士比亚观》，熊杰平、任晓晋编《多重视角下的莎士比亚——2008 莎士比亚国际学术讨论会论文集》，湖北人民出版社，2009 年 1 月（第二章前半）

·《国立剧专与莎士比亚的演出——以第一次公演〈威尼斯商人〉为中心》（王贺校、陈晶译），《现代中文学刊》2013 年 5 期（第五章原型）

·《论上海戏剧协社的〈威尼斯商人〉演出》，《四川戏剧》2014 年 1 期（第三章原型）

在中文版出版之际，这些内容也全部由陈凌虹女士重新翻译。

本书所描绘的中国的莎士比亚接受史聚焦于“演出”，因此有的地方对于作为“读本”的莎士比亚作品的言及不够充分。且因为是以“日本人的视点”考察中国的莎士比亚接受史，大概会有不少中国的研究专家对本书的内容持不同意见。因为笔者的能力所限，谬误难免，恳请中国读者批评和指正。得益于大家的批评，笔者对中国的莎士比亚接受史的研究无疑也会更上一个台阶。

最后，在出版业界并不景气的当下，笔者要向决定出版本书的广东人民出版社以及担任本书编辑工作的王微先生、将本书介绍给出版社的徐倩女士（武汉大学博士研究生、早稻田大学留学生）、继《中国话剧成立史研究》后又翻译了本书的陈凌虹女士致以衷心的感谢！

2016 年 11 月 5 日

濑户 宏

附录一　中国莎剧接受史年表

*[ ]括号内为日本莎士比亚接受大事记

[一八四一　涩川六藏译《英文典》，第一次介绍莎士比亚]

一八四四　魏源编《西国图志》里出现“沙士比阿”

一八五六　慕维廉译《大英国志》上出现“舌克斯毕”

一八七七　此年至七九年驻英公使郭嵩焘日记上有舍克斯毕尔的记载

一八七九　曾纪泽在滞欧中日记上言及 Shakespeare

一八九八　严复译《天演论》上出现“狭斯丕尔”

一九〇二　梁启超在《新民丛报》五月号第一次使用“莎士比亚”的译名

一九〇三　译者不明《澥外奇谭》刊行

一九〇四　林纾、魏易译《吟边燕语》刊行

一九一一？　城东女学学生演出包天笑改编《女律师》

[一九一一　文艺协会在东京帝国剧场完整演出《哈姆莱特》]

一九一四　四月五日　夜新民社演出《女律师》、

五月五日　六大剧团联合演出《肉券》

一九一六　林纾、陈家麟译《雷差得纪》，后又翻译介绍四本历史剧梗概

一九二一　田汉译《哈孟雷特》第一幕（《少年中国》二卷一二期、第二年刊行全部翻译的单行本

一九二四　田汉在《少年中国》上连载《罗蜜欧与朱丽叶》译文，不久后刊行单行本

[一九二八　坪内逍遥翻译完成日文版《莎士比亚全集》]

一九三〇　五月　上海戏剧协社《威尼斯商人》公演

一九三一　徐志摩因飞机事故逝世

一九三六　梁实秋译《威尼斯商人》等开始出版

一九三七　上海业余实验剧团《罗密欧与朱丽叶》

国立剧专《威尼斯商人》演出

一九三八　国立剧专《奥赛罗》演出

一九四二　国立剧专《哈姆莱特》演出

一九四四　神鹰剧团《罗蜜欧与朱丽叶》演出。

曹未风译《莎士比亚全集》刊行

一九四七　朱生豪译《莎士比亚戏剧全集》刊行（世界书局）

一九五三　平明出版社、上杂出版社刊行莫罗索夫《莎士比亚在苏联》、

《莎士比亚在苏联舞台上》中文版

一九五四　朱生豪译《莎士比亚戏剧集》刊行（作家

出版社）

一九五六　中央戏剧学院《罗密欧与朱丽叶》演出

[一九五六　文学座福田恒存导演《哈姆莱特》演出]

一九五八　奥利维尔制作、主演电影《王子复仇记》（《哈姆莱特》）全国上映

一九六四　台湾“政工干校”《王子复仇记》（《哈姆莱特》）演出

一九六七　台湾文星书店刊行梁实秋译《莎士比亚戏剧全集》

[一九七五　日本莎士比亚剧场开始活动]

一九七七　朱生豪译《哈姆莱特》刊行（人民文学出版社）

香港话剧团《王子复仇记》演出

一九七八　《莎士比亚全集》刊行（人民文学出版社）

一九七九　上海青年话剧团《无事生非》演出

奥利维尔制作、主演电影《哈姆莱特》再上映

一九八〇　中国青年艺术剧院《威尼斯商人》演出

上海人民艺术剧院《罗密欧与朱丽叶》演出

一九八一　北京人民艺术剧院《一报还一报》演出

一九八四　中国莎士比亚研究会成立（曹禺会长）

一九八六　北京·上海召开（第一届）莎士比亚戏剧节

一九八七　台湾当代传奇剧场演出《欲望城国》

[一九八八　东京环球剧场揭幕]

一九九〇　戏剧工作室《哈姆莱特》（林兆华导演）

演出

一九九四　上海召开第二届莎士比亚戏剧节

一九九七　萧运初等《莎士比亚全集》(新世纪出版社)刊行

二〇〇〇　方平主编《莎士比亚全集》(河北教育出版社)刊行

二〇〇一　戏剧工作室《理查三世》(林兆华导演)演出

二〇〇四　上海京剧院《王子复仇记》演出

二〇〇七　北京人民艺术剧院《大将军寇流兰》(林兆华导演)演出

二〇〇八　中国国家话剧院《明》(田沁鑫导演)演出

北京人民艺术剧院《哈姆莱特》(浅利庆太导演)演出

二〇一二　中国国家话剧院《理查三世》(王晓鹰导演)演出

二〇一三　汉剧《驯悍记》演出

重建中国莎士比亚研究会(辜正坤任会长)

二〇一四　中国国家话剧院《罗密欧与朱丽叶》(田沁鑫导演)演出

上海话剧艺术中心《驯悍记》(保罗·斯特宾导演)演出

二〇一五　中方主编、辜正坤《莎士比亚全集》(中英对照、外语教学与研究出版社)刊行

附录二　莎士比亚经典作品台词集

《哈姆雷特》第四独白中文译文集

- 此译文集主要参考了中国国家图书馆馆藏图书；
- 未收录青少年读物及漫画类改编本译文；
- 同一译者的不同版本译文（多为朱生豪译）不再重复收录。

1. 田汉译《哈孟雷特》1921

还是活着的好呢，还是不活的好呢？——这是一个问题；所谓豪杰之士者，到底应该忍受着暴虐的运命的矢石呢，还是应该和狂波骇浪相抵抗死而后已呢？死，——和睡，——差不多：假若一睡可以解脱我们心里的悲痛，和一切附属于肉体上的苦恼——那真是我们求之不得的好事。死，——等于睡，——睡！也许做梦！哼，障碍就在这里了；我们捐弃尘世的时候，在那漫漫长夜之中到底会做些什么梦呢？这是使我们要踌躇一下的：这个苦恼的世界至今还存在着，也是这个关系；不然只要短剑一挥，谁都能使他自己寂灭，还愿低首下心忍受这时代的鞭笞笑骂，压制者的横暴，榨取者的凌辱，失恋的苦痛，法律的迁延，官吏的傲慢，和小人们的嫉害吗？若不是有死后的危惧，若不是到那未经发现之国去的旅客，没有一个回来的，使我们心志摇惑宁愿守着我们固有的这个火炕，不愿跳到我们所不知道的另一个火炕里去时，谁还肯负着包裹在厌倦的人生底下呻吟胼胝呢？以此我们的心智便把我们一切人类都化成了卑怯者了：以此决心的本色也被思虑的苍颜混淆了，大规模的计划也以此把道儿改了，把实行的名儿丢了，——且住！美丽的婀翡丽亚！——女神，你的祷告中间，请代赎我的罪过。

田汉译《哈孟雷特》，中华书局　1921 年（参阅了《田汉全集》
第十九卷，
花山出版社，2000 年）

2. 邵挺译《天仇记》1924

吾将自戕乎？抑不自戕乎？成一问题矣。脑海烦苦，如矢石交加，将忍忍受之乎；抑将拔剑而起，蹈海而终乎。二者孰为磊落光明？夫死长睡也，睡而已矣。睡焉，则痛心恨事，与夫尘世万千惊扰之事变，为人生所不获免者，悉与我无与。毕世如斯，故乃所愿。故曰，死者睡也。然而难题即于是生矣，夫睡或有梦焉，而死之长睡。世纷捐弃，而梦想之事或致焉，是不可以不停思。嗟乎！世之伫苦停辛者，必其有故。夫暴君之压抑也，傲人之谩骂也，邻女之投梭而伤心也，笔吏之枉法而迁延也，达官之骄嚣而俾倪也，庸夫俗子悉当包羞忍耻而受之。则何如匕首剸胸以自宁逸乎？何为劳生自苦，呻吟喘汗而不甘休乎？然而死之后有所畏焉，死乃不可知之乡也，入其域者，无复反者焉，用是进退维谷，一转念间，宁忍有生之苦痛。而不敢就死之不可知。是故良心使人怯，顾虑使志迁。临兹生死关头，动辄中途迂折，而消其果决之心焉。镇神静虑哉，良善鹤飞莱哉。尚望女菩萨祈祷之顷，代予忏悔。

邵挺译《天仇记》，商务印书馆，1924 年

3. 梁实秋译《哈姆雷特》1936

死后还是存在，还是不存在？——这是问题；究竟要忍受这强暴的命运的矢石，还是要拔剑和这滔天的恨事拼命相斗，才是英雄气概呢？死，——长眠，——如此而已；阖眼一睡，若是就能完结心头的苦痛和肉体承受的万千惊扰，——那真是我们要去虔求的愿望。死；——长眠；——长眠么！也许做梦哩！唉，阻碍就在此了；我们捐弃尘世之后，在死睡当中会做些什么梦，这却不可不加思索；苦痛的生活所以能有这样长的寿命，也就是这样的动机所致；否则在短刀一挥就可完结性命的时候，谁还甘心忍受这时代的鞭挞讥嘲，高压者的横暴，骄傲者的菲薄，失恋的悲哀，法律的延宕，官吏的骄纵，以及一切凡夫俗子所能加给善人的欺凌？谁愿意背着负担，在厌倦的生活之下呻吟喘汗，若不是因为对于死后的恐惧，——死乃是旅客一去不返的未经发现的异乡，——令人心志迷

惑，使得我宁可忍受现有的苦痛，而不敢轻易尝试那不可知的苦痛；所以“自觉的意识”使得我们都变成了懦夫，所以敢作敢为的血性被思前思后的顾虑害的变成了灰色，惊天动地的大事业也往往因此而中途旁逸，壮志全消了。小声些！美貌的奥菲里阿？——仙女，你在祈祷里别忘了代我忏悔。

梁实秋译《哈姆雷特》，商务印书馆，1936 年（参阅了《哈姆雷特》，
台湾文星书店，1964 年）

4. 曹未风译 《汉姆雷特》 1946

活着还是不活着，就是这个问题，
是在心里忍受着那暴虐之命运的，
横竖打击更为可贵，
还是面对着海一样深的苦恼换起武器。
用反抗的行为来将它们消灭？去死，睡：
——一切完了在一种沉睡中。譬如说我们结束了
那心上的剧痛，以及这肉体所必须
承受的上千种的人间的伤创，这种毁灭
正是我们虔诚乞求的那种。去死，去睡，
去睡！也许要去做梦——唉，这里就出了枝节。
因为在这种死亡的昏睡中，当我们抖弃了
这种人生的苦痛，会有什么梦境来临呢？
这事不得不细细斟酌：正是这一点

才把灾祸赋予了长久的生命：
因为谁肯受时间的鞭挞的讥讽，
压迫者的横行，傲慢者的鄙夷，
受爱人的不屑的苦恼，法律的延掩，
官吏的无礼以及那寒素之人的
忍耐的美德所接受的种种刺激，
倘他自己能用赤裸的一种小剑，
便将他自己解放！谁肯荷负重担，
在疲惫的人生中呻吟流汗，
若不是为了恐惧死后的那一点事，
那未经发现的境地。从那个国境中，
从没有旅客归来，那事使意志迷乱
才使我们宁愿忍受我们已有的灾难，
而不肯逃至我们所不知的境界。
这样良知便把我们都变成了懦夫，
面似这样，那果断的本来面目，
才被那思虑的阴森涂上了病容，
那伟大高远的雄图才因此
而把它的潮流改变，
失去了实践的荣名。你轻些！
那美丽的欧菲丽婀！水仙哪，请在你的祈祷中，
将我的全部罪恶记起啊。

曹未风译《汉姆雷特》，新文艺出版社，1946年

5. 朱生豪译《哈姆莱特》 1947

生存还是毁灭，这是一个值得考虑的问题；默然忍受命运的暴虐的毒箭，或是挺身反抗人世的无涯的苦难，通过斗争把它们扫清，这两种行为，哪一种更高贵？死了；睡着了；什么都完了；要是在这一种睡眠之中，我们心头的创痛，以及其他无数血肉之躯所不能避免的打击，都可以从此消失，那正是我们求之不得的结局。死了；睡着了；睡着了也许还会做梦；嗯，阻碍就在这儿：因为当我们摆脱了这一具朽腐的皮囊以后，在那死的睡眠里，究竟将要做些什么梦，那不能不使我们踌躇顾虑。人们甘心久困于患难之中，也就是为了这个缘故；谁愿意忍受人世的鞭打和讥嘲、压迫者的凌辱、傲慢者的冷眼、被轻蔑的爱情的惨痛、法律的迁延、官吏的横暴和费尽辛勤所换来的小人的鄙视，要是他只要用一柄小小的刀子，就可以清算他自己的一生？谁愿意负着这样的重担，在烦劳的生命的压迫下呻吟流汗，倘不是因为惧怕不可知的死后，惧怕那从来不曾有一个旅人回来过的神秘之国，是它迷惑了我们的意志，使我们宁愿忍受目前的磨折，不敢向我们所不知道的痛苦飞去？这样，重重顾虑使我们全变成了懦夫，决心的赤热的光彩，被审慎的思维盖上了一层灰色，伟大的事业在这一种考虑之下，也会逆流而退，失去了行动的意义。且慢！美丽的奥菲利娅！——女神，在你的祈祷之中，不要忘记替我忏悔我的罪孽。

朱生豪译《莎士比亚戏剧全集·第二辑·汉姆莱脱》，世界书

局，1947年

（在此参阅《哈姆莱特》人民文学出版社，2000年第二版）

6. 卞之琳译 《哈姆雷特》1956

活下去还是不活：这是问题。
要做到高贵，究竟该忍气吞声
来容受狂暴的命运矢石交攻呢，
还是该挺身反抗无边的苦恼，
扫它个干净？死，就是睡眠——
就这样；而如果睡眠就等于了结了
心痛，以及千百种身体要担受的
皮痛肉痛，那该是天大的好事，
正求之不得啊！死，就是睡眠；
睡眠，也许要做梦，这就麻烦了！
我们一旦摆脱了尘世的牵缠，
在死的睡眠里还会做些什么梦，
一想到就不能不踌躇。这一点顾虑
正好使灾难变成了长期的折磨。
谁甘心忍受人世的鞭挞和嘲弄，
忍受压迫者虐待、傲慢者凌辱，
忍受失恋的痛苦、法庭的拖延、
衙门的横暴，做埋头苦干的大才、
受作威作福的小人一脚踢出去，
如果他只消自己来使一下尖刀

就可以得到解脱啊？谁甘心挑担子，
拖着疲累的生命，呻吟，流汗，
要不是怕一死就去了没有人回来的
那个从未发现的国土，怕那边
还不知会怎样，因此意志动摇了，
因此便宁愿忍受目前的灾殃，
而不愿投奔另一些未知的苦难？
这样子，顾虑使我们都成了懦夫，
也就这样子，决断决行的本色
蒙上了惨白的一层思虑的病容；
本可以轰轰烈烈的大作大为，
由于这一点想不通，就出了别扭，
失去了行动的名分。啊，别作声！
美丽的莪菲丽亚——女神，你做祷告
别忘掉也替我忏悔罪恶。

卞之琳译《哈姆雷特》，作家出版社，1956年（参阅《莎士比亚悲剧四种》
人民出版社，1988年）

7. 林同济译《哈姆雷》 1982

存在，还是毁灭，就这问题了。
到底哪样算高贵——忍在心中，
容受那欺人命运的箭伤枪挑，
还是拔起刀，向那海翻潮涌来的磨难

搏斗去，一了百了。死去，睡去——
再也没事了。一睡去，也就是说
结束了这心头苦痛，这肉体所必然
承继的千百种惊骇震动；这倒是
焚香祈求的好归宿。死去睡去！
睡去，也许梦去。嗳，症结就在此了。
因为摆脱了人生的骚乱纠缠，
在那死的睡中又会闯来什么梦，
这不能不令人犹豫——正是这考虑，
使这苦难如此长拖下去啊：因为
谁还肯忍受这世间的鞭笞嘲弄，
压迫者的横暴，傲慢者的欺侮，真情
被鄙视，国法被挠阻，官僚们的倚势
凌人、劳苦功高反而遭到了
小丑们的诅咒，如果仅仅自己
一刺刀、就可以把这孽债永销除；
谁还肯重担挑着走，熬了一辈子
气喘汗流，如果不为了害怕
那死后，害怕那茫茫莫辨的彼岸，
行客渡过去，从不见转回头。因而
使我们心乱意浮，宁可忍受着
当前的灾祸，不敢向未知之数
奔投。这样，深思竟就把我们
全变成懦夫，果断力的本然灵光
也就蒙上了忧疑的黯淡迷雾。

声势浩大的事业，为了这踌躇
一顾，也就抛开了原有的奔流，
失去了行动的荣誉……可轻些，现在，那美好的莪菲丽，——水仙姑，你祷告里好把我所有的罪恶记住啊。

林同济译《丹麦王子哈姆雷的悲剧》，中国戏剧出版社，1982年

8. 孙大雨译《罕秣莱德》1991

是存在还是消亡，问题的所在；
要不要衷心去挨受猖狂的命运
横施矢石，更显得心情高贵呢，
还是面向汹涌的困扰去搏斗，
用对抗把它们了结？死掉；睡去；
完结；若说凭一瞑我们便结束了
这心头的怆痛和肉体所受千桩
自然的冲击，那才真是个该怎样
切望而虔求的结局。死掉，睡眠；
去睡眠：也许去做梦；唔，那才绝；
因为摒弃了这尘世的喧阗之后，
在那死亡的睡眠里会做什么梦，
使我们踌躇：——顾虑到那个，
便把苦难变成了绵延的无尽藏；
因为谁甘愿受人世的鞭笞嘲弄，

压迫者的欺凌虐待，骄横者的鄙蔑，
爱情被贱视，法律迁延不更事，
官吏的专横恣肆，以及那耐心而
有德之辈所遭受的卑劣者的侮辱，
如果他只须用小小一柄匕首
将自己结束掉？谁甘愿肩重负，
熬着疲累的生涯呻吟而流汗，
若不是生怕死后有难期的意外，
那未知的杳渺之邦，从它邦土上
还不曾有旅客归来，困惑了意志
使我们宁愿忍受现有的磨难，
不敢投往尚属于未知的劫数？
就这样，思虑使我们都成了懦夫，
果断力行的天然本色，便这么
沾上一层灰苍苍的忧虑的病色，
而能令河山震荡的宏图大业，
因这么考虑，洄流误入了歧途，
便失去行动的名声。噤口，莫作声！
明艳的莪斐丽亚！仙娥，请记住
祈祷时替我忏悔。

孙大雨译《罕秣莱德》，上海译文出版社，1991 年

9. 方平译《哈姆莱特》 2000

活着好，还是别活下去了，这是个难题啊：
论气魄，哪一种更高超呢？——忍受命运的
肆虐，任凭它投射来飞箭流石；
还是面对无边的苦海，敢挺身而起，
用反抗去扫除烦恼。死了——睡熟了，
就这么回事；睡熟了，如果可以说：
就一了百了——了却心头的创痛，
千百种逃不了的人生苦恼，那真是
求之不得的解脱啊。死了——睡熟了；
睡熟了，也许梦就来了——这可麻烦了啊；
一旦我们摆脱了尘世的束缚，
在死亡似的睡眠中，会做些什么梦呢？
想到这，就不能不为难了——正为了这顾虑，
被折磨的人们，会这么长期熬下去。
谁甘心忍受这人世的鞭挞和嘲弄，
受权势的压迫，看高高在上者的眼色，
挨真情被糟蹋的痛苦，法庭的拖延，
衙门的横暴，忍气吞声还免不了
挨作威作福的小人狠狠地踢一脚？——
只消他拔出了尖刀，就可以摆脱
痛苦的残生。谁甘心压着重担，
流汗、呻吟，过着那牛马般的日子，
要不是害怕人死后，不知会怎么样；
害怕那只见有人去，不见有人回的
神秘的冥府——才把意志瘫痪了：

宁可受眼前的气，切身的痛苦，
却死活不肯向未知的苦难投奔。
正是这顾前思后，使人失去了刚强；
就这样，男子汉果断的本色，蒙上了
顾虑重重的病态，灰暗的阴影。
本可以敢作敢为，大干它一番，
就为了这缘故，偃旗息鼓地退下来，
只落得个无声无息。
（发现奥菲丽雅正在一边祈祷）
啊，别作声，
美丽的奥菲丽雅！
（上前去）女神啊，你作祷告，
别忘了也替我忏悔我许多的罪孽。

方平译《新莎士比亚全集》第四卷《悲剧·哈姆莱特》，
河北教育出版社，2000 年

10. 周玉笙译《哈姆雷特》2000

生存还是死亡：这是问题。
究竟该忍气吞声来承受狂暴的命运射来毒箭呢，
还是该挺身反抗无边的苦恼，
把它清除干净？二者中哪个更高贵？死，就是睡眠——
就这样；而如果睡眠就等于了结了
心灵创伤，以及千百种身体要承受的皮肉之苦，

那该是天大的好事，
正求之不得啊！死，就是睡眠；
睡眠，也许要做梦，麻烦就在这儿！
我们一旦摆脱了尘世的牵绊，
在死的睡眠里还会做些什么梦，
一想到就不能不疑虑。这正好使灾难
变成了长期的折磨。
谁甘心忍受人世的鞭挞和嘲弄，
忍受压迫者虐待、傲慢者凌辱，
忍受失恋的痛苦、法庭的拖延、衙门
的横暴，埋头苦干换来的
小人的鄙视，
如果他只消自己来用一把尖刀就可以得到解脱？
谁甘心挑担子，
拖着疲累的生命，呻吟，流汗，
要不是怕去了没人回来的那个从未发现的国土，
怕那边还不知会怎样，因此意志动摇了，
那便宁愿忍受目前的折磨，
而不愿投向另一些未知的苦难？
这样子，顾虑使我们都成了懦夫，
决心放出的赤热的光彩
蒙上了灰色的一层思虑的病容；
本可以轰轰烈烈的伟大事业
由于这一点想不通，就出了别扭，
失去了行动的名分。啊，别作声！

美丽的莪菲丽亚！——女神，你做祷告
别忘掉也替我忏悔罪恶。

周玉笙译《哈姆雷特》，内蒙古出版社，2000 年

11. 彭镜禧译《哈姆雷》 2001

要生存，或不要生存，这才是问题：
比较高贵的是在内心容忍
暴虐命运的弓箭弩石，
还是拿起武器面对重重困难，
经由对抗来结束一切？死去——睡去；
如此而已；假如一觉睡去就结束了
内心的痛苦，以及千千万万种
肉体必然承受的打击：这种结局
正是求之不得。死去，睡去；
睡去，可能还做梦——对，这才麻烦。
因为在死亡这睡眠里会做哪一种梦，
即使当时已经摆脱了凡尘的羁绊，
还是会逼得我们踌躇——也因此
苦难的生命才会如此长久。
谁甘心容忍世间的鞭笞和嘲讽、
压迫者的欺负、傲慢者的侮辱、
失恋的创痛、法律的延误、
官员的蛮横，以及有德之士

默默地承受小人的践踏——
假如他自己单凭一把短刀
就能清偿宿债？谁甘心背负重担，
在困顿的人生中喘气流汗，
若不是从死亡那个未明就里的
国度，没有一个旅客回来过，
而对死后的恐惧麻痹了意志，
使我们宁愿忍受现有的苦难
也不要飞向未知的折磨。
就这样，意识使我们懦弱，
就这样，决心的赤胆本色也因
谨慎顾虑而显得灰白病态，
于是乎，伟大而重要的事业
由于这种关系改变了方向，
失去了行动之名。且慢！
是美丽的娥菲丽！仙子，你祈祷时，
要替我一切罪行忏悔。

彭镜禧译《哈姆雷》，联经出版社，2001 年（在此参阅的是联经 2014 年版）

12. 剧鹏译《哈姆雷特》 2001

是生存还是毁灭，这是个问题。
要做到高贵无上，究竟是该忍气吞声

地来接受狂暴的命运矢石的交替攻击呢?
还是该挺身反抗无边无际的痛苦烦恼,
将它彻底地扫个干净?死,就是睡眠——
仅仅是这样而已,而如果睡眠就等于了结所有一切的
心痛以及身体要担受的千百种
皮肉之苦,那该是天大的好事
正是求之不得啊!死,就是睡眠;
睡眠,也许要做梦,这就麻烦了!
我们一旦摆脱了这尘世的牵绊,
在死的睡眠里还会做些什么梦,
一想到这些就不能不让人感到满怀的踌躇。这一点
顾虑
正好使短暂的灾难变成了长期的折磨。
有谁甘心忍受人世间的鞭挞和嘲弄,
忍受压迫者虐待、傲慢者凌辱,
忍受失恋的痛苦、法庭的拖延、
衙门的横暴。作为一个埋头苦干的天才、
却被作威作福的小人一脚踢出去。
如果他只需要自己来使一下尖刀
就可以得到永远解脱!有谁愿意甘心挑担子,
拖着疲累的生命,呻吟不止,汗流浃背,
如果不是怕万一死去了就会到那个没有人会回来的
至今从未被发现的国土,害怕到了那
个地方也不知道究竟会发生什么,
因此意志从此便动摇了起来,

因此便宁愿忍受目前的灾难，
也不愿奔向另一些未知的苦难。
这样子，顾虑使我们变成了懦夫，
也就是这个样子，决断决行的本色被
蒙上了一层惨白的思虑的病容；
本来可以轰轰烈烈的大有作为，
就是由于这一点儿想不通，就出了一些别扭，
失去了行动本身的名分。啊，别作声！
是美丽的娥菲莉娅！——女神，当你做祷告的时候请
别忘掉也替我忏悔一下罪恶。

剧鹏译《哈姆雷特奥赛罗》，内蒙古大学出版社，2001 年

13. 王成云译《哈姆莱特》 2001

我们是要生存还是要死亡，这是一个耐人寻味的问题；是把命运那无情的毒箭来默然承受，或是挺身而出去与那人世的无涯的苦难进行搏斗，这其中哪种才是更　可贵的行为？死了，睡去了，那一切都结束了；如果我们心头的创痛和那无数凡体俗躯无法承受和避免的打击，都可以在这一种睡眠之中全部消失，那种结局也是我们求之不得的。死了，睡去了；也许梦会在睡眠中出现。嗯，这便是我们面临的困境：因为究竟会有一种什么样的梦境会在我们把这具枯败的尸体丢弃之后的睡眠中出现，实在

是一个值得多加考虑的问题。亦是因为这样的一个原因，人们会情愿长期地在这困境之中磨难。如果一个人只用一把小小的刀子便可以把自己的一生来结算，那么有谁愿意忍受世上的一切苦难，人世的鞭挞和讥讽、压迫者的欺凌、傲慢的冷眼、被爱情轻蔑所受的悲痛、法律的迁延、蛮横的官吏和杰俊人士费尽周折所换来的小人的轻贬？若不是因为对那不曾有人可以返回的神秘之国的畏惧，对不可知的死后的担忧，谁愿意呻吟流泪于困劳的无奈的生命重压之下，背负着如此的重担！我们之所以甘心忍受目前的折磨而不愿飞向我们不所知的世界，正是因为它瓦解了我们的意志。我们在重重的忧虑之下变成了懦夫，拘谨的思维在我们散发着光芒的决心之上把一层灰色覆盖，而在这一种思维之下，再伟大的事业也会因此而退步，行动已没了本身的意义。且慢！美丽的奥菲利娅！——我心目中的女神，请记住把我的罪恶的忏悔亦加入到你的迷人的祈祷之中。

王成云译《哈姆莱特》，延边人民出版社，2001 年

14. 曾冲明译《哈姆雷特》2007

活，还是死——这是摆在面前的问题。心里痛苦地忍受厄运的弹弓和毒箭，还是拿起武器去反对与结束人世间的千万种烦恼（或直译“汪洋大海般的烦心事”）——哪样做更高贵呢？死了；睡了；什么都没有了；心里的

伤痛和肉体承受的千百次自然打击，如果说一睡就可以结束；——这种结局当然是我们衷心希望的。死，或者睡；睡，或许还要做梦；啊，这里又有了问题（rub 直译“摩擦”，或意译“矛盾”）。因为在死这种睡眠里（in the sleep of death 或意译“长眠于地下），当我们艰难地摆脱了人间的羁绊，什么样的梦会降临我们头上，这一定会使我们犹豫徘徊，止步不前；这也是造成如此长的人生灾难的原因。其实，谁愿意忍受时间的鞭打和嘲笑、压迫者的邪恶、骄矜者的傲慢无礼、爱情遭到轻视时的痛苦、法律的拖延、官吏的侮辱和小人们的轻视？（这些小人自己对此也忍气吞声，安之若素，他们仅用一根粗针就可以清算自己的一生！）谁愿意在痛苦生活的重压下呻吟、流汗？但对死的恐惧（或直译：对死后某东西的害怕，又没有哪个游客从那个神秘的国度返回——这就困惑（或译：迷乱）了我们的心志，使我们宁愿忍受我们现有的灾难，而不愿飞往我们不知道的天国。于是，这种心情使我们大家变成了懦夫；坚定的决心变成了犹豫不定的思想（直译：决心的本来色彩呈现出思想的苍白病容）；伟大的事业（或直译：具有伟大时代意义的事业）在这方面也会随波逐流，微不足道，名不符实了。现在你小声一点儿，美丽可爱的奥菲丽娅，女神！在你的祈祷里，但愿记起我的全部罪过！

曾冲明译《哈姆雷特》，长征出版社，2007 年

15. 北塔译《哈姆雷特》2007

活下去。还是不活，这是个问题。
在心里默默忍受残暴的命运
投来的箭石和箭矢，或者操起
武器，反抗无边的苦海、扫除
所有的苦恼。到底哪样更高贵？
去死——去睡——死无非就是睡；
我们睡一觉，是否就能够结束
心灵的痛苦和肉体所要承受的
成千上万与生俱来的打击？
那正是我们梦寐以求的结局。
去死——去睡。去睡——恐怕要做梦！
唉，原来障碍在这儿。当我们
解除了尘世的纷纷扰扰，在那
死睡中可能会出现什么样的梦呢？
这一点顾虑就使我们踯躅，
使如此漫长的人生充满了不幸。
谁甘愿承受时世的鞭打和嘲骂、
压迫者的胡作非为、傲慢者的凌辱、
爱情被蔑视的惨痛、法庭的拖延、
衙门的凶蛮，谁甘愿承受自己
耐心取得的功劳被卑劣的小人
无礼地弃绝；假如他只需一把
小刀，就能了断人世的孽债，

谁甘愿背着包袱，在生活的重压下
疲惫地喘气、流汗？只因为害怕
死后的空寂——还没有死人去那
未被发现的国度旅行后，能活着
回来——是这迷惑了我们的心志，
使我们宁愿承受那些我们所
知道的灾祸，而不愿飞向其他
未知的可能。因此正是顾虑
使我们都成了懦夫，决断的血红
本色也被染上了忧虑的病态的
苍白，崇高而伟大的事业也因为
这份思虑而流向了错误的航道，
失去了干练的名声——啊，轻点！
美丽的奥菲丽娅！——仙女，在你
祈祷时，别忘了替我忏悔罪孽。

北塔译《哈姆雷特》，中国少年儿童出版社，2007 年

16. 郭漫译《哈姆雷特》2012

（自言自语）生存或毁灭，这是个必须回答的问题。是默默忍受坎坷命运的无情打击，还是应该与深如大海的无涯的苦难奋然为敌，并将它克服。这个抉择，究竟哪一个较为崇高？死，不过就是睡着了而已！倘若睡一觉就能够了结内心的苦楚与肉体上的打击，那么，这个结局是

值得期待的！死去，睡去……但在睡眠中可能有梦，啊，这就是个阻碍。我们摆脱了这副腐朽的皮囊过后，在死的长眠中又会有什么样的梦来临呢？它令我们踌躇，使我们心甘情愿地承受长久的苦难，否则谁肯容忍人世间百般的折磨，就如暴君之政、骄者之傲、失恋之痛、法章之慢、贪官之侮或庸民之辱，假如他能用一把小小的刀子，就可以清算他自己的一生，那还有谁会肯去做牛做马，终生疲于操劳，默默地忍受命运的苦难。如果不是因为恐惧死后发生的事情，惧怕那从来不曾有一个游人回来过的神秘之国，是这些迷惑了我们的意志，让我们犹豫不前，宁愿忍受现实的折磨，也不敢向我们所不知道的痛苦飞去。所以，"理智"能使我们成为懦夫，而"顾虑"能使我们本来辉煌的心志变得黯然无光，像个病夫。再者，这些更能坏大事、乱大谋，使它们失去魄力。

（见到奥菲利娅）哦，小声点。美丽的奥菲利娅，可爱的小姐，在你的祈祷中，不要忘记替我忏悔我的罪孽。

郭漫译《哈姆雷特》，航空工业出版社，2012年

17. 李其金译《哈姆雷特》2012

活着，还是死去，这是个难题：
哪一种选择更为高贵，是甘心
忍受残暴命运的飞箭流石，

还是奋起搏击无边的苦海
通过反抗了却一切？死去——睡去，
仅此而已；如果说睡去能了结
肉体注定要承受的伤心以及
千百次的打击：那可是一种
朝思暮念的结局。死去，睡去；
睡去，也许还做梦——啊，障碍在这里：
因为当我们摆脱了尘世的羁绊，
进入死亡的长眠还会做啥梦，
定让人犹豫——正是这一点
才使不幸变得竟如此长命。
谁愿意忍受时世的鞭打和讥讽，
压迫者的冤屈、傲慢者的无理、
爱被轻蔑的剧痛，法律的拖延、
官僚的怠慢、德才兼备者遭受
小人的欺凌，而他本人仅用
一把短刀即可将自己的孽债
全部清算？谁愿意身负重担，
拖着疲惫的身躯呻吟流汗，
不过是因为对那死后的惧怕，
那个神秘的国度，所有行者
有去无还，让我们神迷意乱，
从而宁愿忍受现有的痛苦，
而不愿飞向我们未知的磨难？
因此意识让我们全成了懦夫，

原本赤诚的决心就这样因为
思虑而蒙上一层苍白的病容，
伟大而崇高的事业就此逆流
转向，从而失去了行动之名。
安静一下，美丽的奥菲丽娅！
仙女，在你的祷告里可要记住
我的所有罪行。

李其金译《哈姆雷特》，浙江大学出版社，2012 年

18. 王宏印译《哈姆雷特》 2012

活人呢，还是不活？这就是问题哪！
究竟做何选择，才能保持心灵的尊贵：
在命运乖戾的矢石交攻下默默地忍受，
还是直面这无边苦海一般的人生磨难，
挺身反抗，将它一扫而光？死了——
睡着了——那就全完了；假若死亡，
就意味着了结了心痛，以及千百种
血肉之躯不得不忍受的皮痛肉痛，
那可是一了百了，正求之不得啊！
死了，睡着了，睡着了也许要做梦——
唉，那可麻烦了！因为在那死后的
睡眠里还要做些什么梦，一旦我们
摆脱了凡尘浊世的这一摊子牵烦，

倒使人犹豫不前——这一点儿顾虑，
把一时的磨难变为终生的忧心忡忡。
谁人甘愿忍受世风的鞭挞和讥嘲，
忍受压迫者的冤枉，傲慢者的不屑，
忍受昔日恋人的白眼，法庭的拖延，
忍受衙门的傲慢，做任劳任怨的干才，
反要讨小人的嫌——只要他
舍得用性命一试尖刀，
这一切就能了却啊！谁人甘心身负重担，
在生活的重压下，呻吟，流汗，
若不是顾虑身后，顾虑那一去不复返
的神秘的去处，使得意志迟疑了，
使我们心甘情愿地忍受尘世的忧患，
而不敢欣然迎接另一种未知的苦难！
就这样，道德上的疑虑，把人们
全都变成了懦夫，就这样，那决断
决行的血色本性，蒙上了一层思虑的
苍白的病容，原本有一番轰轰烈烈的
伟业可以成就，就因为这样的顾虑
被迫改弦易辙，使得行动的名分顿失。
嘘，轻声点儿，奥菲莉雅，天仙一般！
你祈祷时，别忘了代我把悔忏！

王宏印译《哈姆雷特》，上海外语教育出版社，2012 年

19. 瑞烨译《哈姆雷特》2013

是生存还是死亡，这是个问题。想要做到高贵，究竟是要忍气吞声忍受这狂暴命运矢石的交攻，还是来挺身反抗这无边的苦恼，将它扫干净？死亡，就是睡眠——不过如此，但倘若睡眠就等于是结束了心痛及其千万种要由身体来承受的疼痛，那可真是天大的好事，是求之不得的事情！死亡，就是睡眠，睡眠就有可能做梦，这可就麻烦了！一旦我们将尘世的牵绊摆脱了，那么在这死亡的睡眠里还有什么梦要做？想到这些就要踌躇。这一点顾虑恰好令这灾难变成了长期的折磨，谁也不甘心忍受人世的鞭笞和嘲弄！然后受傲慢者的凌辱、压迫者的虐待，忍受失恋之苦、法庭的拖延、衙门的专横，做那埋头苦干的大才，忍受被作威作福的小人一脚踢出去。倘若他自己用一把尖刀就能让自己得到解脱，那么谁也不甘心挑担子，拖着那疲惫的生命，流汗、呻吟，倘若不是担心一死就去了没有人回来的那块从未被发现的国土，担心那里不知是什么情形，所以意志被动摇了，所以甘愿忍受现在的灾难，却不愿投奔于另外那些未知的苦难。就这样，在顾虑中，我们变成了懦夫，这就是如此，一层思虑的病容，将决断绝行的本色蒙上了；原本可以轰轰烈烈的大有作为，就因为这一点没想通，就出了岔子，将行动的名分失去了。啊，请等一等，漂亮的奥菲莉娅——我的女神，你做祷告之时不要忘记也为我忏悔罪恶。

瑞烨编译《哈姆雷特》，南海出版公司，2013 年

20. 黄国彬译《哈姆雷特》2013

活下去呢，还是不活，是问题所在；
在心中忍受残暴命运的弓弩利箭，
或拿起武器对抗一海的
灾难，把灾难了断——两种行动，
哪一种更崇高呢？死亡，不过是
睡眠；我们可以说，睡眠能了结
肉体所承受的心疼跟千百种
与生俱来的打击。这睡眠，是馨香
以求的圆满结果——死亡，睡眠——
睡眠，也许是做梦——唉，真棘手：
把这个躯壳的缠绕蜕掉之后，
长眠中会做什么梦呢？想到这点，
我们就会犹疑；考虑到这点，
受难的人才宁愿长期熬下去。
要不是这样，谁愿意忍受世间的
鞭笞和嘲笑、暴君的虐待、凌人的
盛气、失恋的剧痛、法律的延误、
官吏的傲慢呢？该获善报的人
何必对恶人忍气吞声呢？光是
一把短剑，不是就可以把账目
付清了吗？死后的情景是永不公开的

国度，没有旅人从境内归来。
我们惧怕死后的未知而心志
惶惑，宁愿忍受今生的痛苦
而不愿投奔未知的境况。要不是
这样，谁愿意身负重担，在疲累的
生命下流汗，猪猡般气喘吁吁呢？
因此，思前想后，就会变懦夫——
因此，果决之心的自然颜彩，
会叫忧思的苍白色调沾染，
而高飞的雄图大略会因为
这样的忧思把气流弄歪，结果
会失去行动之名。嘿，等一下……
是好姑娘欧菲丽亚！仙女呀，祈祷时，
别忘记我的罪孽。

黄国彬译《哈姆雷特》，清华大学出版社，2013 年

21. 鲁守正译《哈姆雷特》 2014

活着还是不活，就是这样一个问题：
究竟怎样才算是心灵高贵：
是忍受暴虐命运的矢石交加，
还是面对无边的烦恼拿起武器，
结束它们，和它们对立？
死了，睡着了，如此而已。

如果睡眠能结束我们心头的苦痛，
和我们血肉之躯注定要承受的千万个打击，
那正是我们虔诚以求的良好结局。
死了，睡着了，睡着了也许要做梦，
唉，麻烦就在这里，
因为我们离开了尘世的纷扰之后，
究竟会做什么梦，我们不能不考虑，
人所以能长期忍受苦难，
正是因为有这样一种动机。
因为，谁愿意忍受人世的鞭打和嘲笑，
压迫者的横暴，傲慢者的无礼，
受到轻蔑的爱情的痛苦，法律的延宕，
官吏的粗野，君子要受小人的气，
如果只用一把小小的刀子，
就能把这些事情清算彻底？
谁愿意背着沉重的负担，
过令人厌倦的生活，呻吟劳累，
如果不是害怕死亡——那个未被发现的国土，
从来不曾有旅行者从那里回归——
会使我们心神迷惑意志动摇，
让我们宁可忍受眼前的灾祸，
而不愿意飞到那个未知的领域？
重重思绪使我们全都变成了懦夫，
决断的本性蒙上一层灰色的思虑，
惊天动地的伟业也会由于这种原因，

中途转向，从而失去了行动的意义。
等一等，美丽的奥菲利亚，
你做祷告请记住替我忏悔。

高文斌、鲁守正《〈哈姆雷特〉全新解读》，东北大学出版社，2014 年

22. 辜正坤译《哈姆莱特》 2015

死，还是生？这才是问题根本：
莫道是苦海无涯，但操戈奋进，
终赢得一片清平；或默对逆运，
忍受它箭石交攻，敢问，
两番选择，何为上乘？
死灭，睡也，倘借得长眠
可治心伤，愈千万肉身苦痛痕，
则岂非美境，人所追寻？死，睡也，
睡中或有梦魇生，唉，症结在此；
倘能撒手这碌碌凡尘，长入死梦，
又谁知梦境何形？念及此忧，
不由人踌躇难定：这满腹疑情
竟使人苟延年命，忍对苦难平生。
假如借短刀一柄，即可解脱身心，
谁甘愿受人世的鞭挞与讥评，
强权者的威压，傲慢者的骄横，

失恋的痛楚，法律的耽延，
官吏的暴虐，甚或默受小人
对贤德者肆意拳脚加身？
谁又愿肩负这如许重担，
流汗、呻吟，疲于奔命，
倘非对死后的处境心存疑云，
惧那未经发现的国土从古至今
无孤旅归来，意志的迷惘
使我辈宁愿忍受现世的忧闷，
而不敢飞身投向未知的苦境？
前瞻后顾使我们全成懦夫，
于是，本色天然的决断决行，
罩上了一层思想的惨淡余阴，
只可惜诸多待举的宏图大业，
竟因此如逝水忽然转向而行，
失掉行动的名分。啊，肃静，
美丽的奥菲利娅！——女神啊，
请记住在你祈祷之际，
别忘了代我忏悔罪行。

辜正坤译《莎士比亚全集·英汉双语本·哈姆莱特》，
外语教学与研究出版社，2015 年

《罗密欧与朱丽叶》阳台一幕台词集

1. 田汉译《罗蜜欧与朱丽叶》1924

朱（不知罗蜜欧来了，独语）： 啊，罗蜜欧，罗蜜欧！你为什么要叫做罗蜜欧呢？您要否认您的父亲，取消您的名字！您若不肯时，只要您发誓爱我，我就不做嘉普列特家的人了。

罗（旁白）： 我还是再听一下呢，还是抢着答她的话呢？

朱： 只有您的名字是我的仇人；您就不是孟塔格，您还是您自己。孟塔格是什么？他也不是手，也不是脚，也不是腕，也不是脸，也不是人体中别的哪一部。啊，您何不取一个别的名字。其实名字又有什么？比如蔷薇花，我们任拿什么别的名字唤她，嗅去她还是一样的香；罗蜜欧也是一样的，他不叫罗蜜欧，就没有那个名号，他的天生的美德，依然是留着的。——罗蜜欧，丢掉您的名字；您若把您那非血非肉的名字丢了，我的身子，我的心，便都是您的了！

田汉译《罗蜜欧与朱丽叶》，中华书局，1924 年

2. 以蛰译《若邈玖嫋新弹词》1928

玖嫋：啊！若邈！若邈！何处是若邈？

你的父亲太蹉跎，你的名字我也觉得不太妥。

除非你，名字倘改不去，若果真见爱；当深深誓约；或者我也无须叫卡碧落。

若邈（私自语道）：我还听他说下去？还是告诉他一个的确？

玖嫋：不过你那名姓，是我家的仇敌：

你是你自家，何关你叫不叫曼得爵。

曼得爵，是什么？既不是手，又不是脚。

既不是四肢，也非面瞉。

啊，你快改个别的名字波！

名不名，算什么：我们叫他玫瑰和芍药。

倘不然，香和美，也不错。

这样讲起来，若邈！我即不叫你若邈，

你的完璧美玉岂可破。

名不名，算什么，若邈！

抛去你的名字来娶我！

我想你抛去一个名字，不用身子割。

以蛰译《若邈玖嫋新弹词》，新月书店，1928 年

3. 徐志摩节译《罗米欧与朱丽叶》1931

朱：啊罗米欧，罗米欧，为什么你是罗米欧？

你怎不否认你的生父，放弃你的姓名？
再不然，你如果不愿，只要你起誓爱我，真心地爱我，
那我立时就不是高家人。
罗：我还是往下听，还是就在这时候接口？
朱：说来我的仇敌还不就只是你那门第；
你还是你自己，就说不是一个孟泰谷。
什么是孟泰谷？那既不是手，也不是脚，
不是臂膀，不是脸，不是一个人身上的
任何一部分。啊，你何妨另姓了一个姓！
一个名字有什么道理？我们叫玫瑰
那东西如果别样称呼那香还是一样；
罗米欧即使不叫罗米欧，也能一样的，
保留他那可爱的完美，那是天给他的
不是他们的门第罗米欧，不要你的姓吧，
只要你拾得放弃那满不关你事的姓，
你就有整个的我。

徐志摩节译《罗米欧与朱丽叶》，《新月》1931 年第四卷第一期

4. 曹禺译《柔蜜欧与幽丽叶》1944

幽丽叶：哦，柔蜜欧，柔蜜欧，你为什么是柔蜜欧？
不认你的父亲，也不要姓你的姓！
或者你不肯，你就起誓说你爱，
我可以再也不姓凯布。

柔蜜欧（踌躇自语）：我再听一听，或者就去答应?

幽丽叶：不过是你的姓才成了我的仇人，

你是你，即便你不姓猛泰。

猛泰这两个字是什么呢?

它又不是手，不是脚，

不是胳臂，不是脸，不是你身上任何一部分。

哦，换个别的姓吧!

姓名又算什么?我们叫作玫瑰的，

不叫它玫瑰闻着不也一样的甜么?

柔蜜欧也这样，就不叫他柔蜜欧，

还是保留着他天生的完美。

柔蜜欧，去掉你的姓吧，

不是为了那无关紧要的姓，我就完全是你的。

曹禺译《柔蜜欧与幽丽叶》，文化生活出版社，
1944年（在此参阅的是《曹禺全集》第七卷，花山出版社，1996年）

5. 曹未风译《罗米欧与朱丽叶》 1946

朱：啊，罗米欧，罗米欧!你为什么是罗米欧呢?

否认你的父亲，拒绝你的名字吧；

若不然，如果你不肯，便立下爱的誓，

我便从此不再做间普莱特了。

罗（自语）：我再多听几句吗，还是现在就发言?

朱：只有你的名字是我的仇人；

你即使不是蒙泰格岂不还是你，
蒙泰格是什么？它不是手也不是足，
不是臂也不是面庞，更不是人身上的
任何一部肉体，啊，叫一个别的名字！
名字里有些什么？我们把它叫作玫瑰的，
如果换个名称，它的气味还是一样芬芳；
罗米欧虽然不叫罗米欧，他仍然可以
保有那种可爱的完美。不管他是否
有那个称呼。罗米欧啊，抛却你那个名字。
然后为了那本不属于你的名字，
便接受我的全身罢。

曹未风译《罗米欧与朱丽叶》，文化合作公司，1946 年

6. 朱生豪译《罗密欧与朱丽叶》1947

朱丽叶：罗密欧啊，罗密欧！为什么你偏偏是罗密欧呢？否认你的父亲，抛弃你的姓名吧；也许你不愿意这样做，那么只要你宣誓做我的爱人，我也不愿再姓凯普莱特了。

罗密欧（旁白）：我还是继续听下去呢，还是现在就对她说话？

朱丽叶：只有你的名字才是我的仇敌；你即使不姓蒙太古，仍然是这样的一个你。姓不姓蒙太古又有什么关系呢？它又不是手，又不是脚，又不是手臂，又不是脸，又不是身体上任何其他的部分。啊！换一个姓名吧！姓名本来是没有意

义的；我们叫做玫瑰的这一种花，要是换了个名字，它的香味还是同样的芬芳；罗密欧要是换了别的名字，他的可爱的完美也绝不会有丝毫改变。罗密欧，抛弃了你的名字吧；我愿意把我整个的心灵，赔偿你这一个身外的空名。

朱生豪译《莎士比亚戏剧全集》第二辑《罗密欧与朱丽叶》，世界书局，
1947 年（在此参阅的是《莎士比亚全集》，人民文学出版社，1978 年）

7. 梁实秋译《罗密欧与朱丽叶》1964

朱：啊罗密欧，罗密欧！你为什么是罗密欧？否认你的父亲，放弃你的姓氏；如果你不肯，那么你只消发誓做我的爱人，我便不再是卡帕莱特家的人。

罗（旁白）：我听下去呢，还是就此开始说话？

朱：只是你的姓氏成为我的仇敌；你就是不姓蒙特鸠，你还是你自己。蒙特鸠是什么？不是手，不是脚，不是臂，不是脸，也不是人身上任何其他一部分。啊！换另外一个姓吧：姓算得什么？我们所谓的玫瑰，换个名字，还是一样的香；所以罗密欧，如果不叫罗密欧，名字虽然换掉，依旧可以保持他的那份优秀。罗密欧，放弃你那个名姓，那名姓本不是你的一部分，为弥补这名姓的损失请把我整个自己拿了去吧。

梁实秋译《罗密欧与朱丽叶》，文星书店，1964 年

8. 方平译《罗密欧与朱丽叶》2000

朱丽叶：罗密欧，罗密欧啊，为什么你要叫“罗密欧”？

不认你的父亲，也不要姓你的姓！

也许你不愿意？只消你发个誓：你爱我；那我就从此不做卡普莱家的人。

罗密欧（自语）：我现在就开口，还是再听她说些什么？

朱丽叶：不过是你的姓，才成了我的仇人，

你即使不姓蒙太古，你还是你，

“蒙太古”算什么呢？又不是手，不是脚，

又不是胳膊，不是脸，又不是人身上的

四肢百节……换一个别的姓吧！

姓名又算得什么呢？我们叫做玫瑰的，

不叫它玫瑰，闻着它，不也一样地香？

罗密欧也这样，就算不叫他罗密欧，

他还是保留着他那天生的完美，

跟名字没关系。罗密欧，甩掉你的姓吧！——

为了补报你失去那没要紧的姓，

把整个儿的我，拿去吧！

方平译《新莎士比亚全集》第四卷《悲剧·罗密欧与朱丽叶》，
河北教育出版社，2000 年

9. 孙大雨译《罗密欧与朱丽叶》2001

朱丽叶：啊，罗密欧，罗密欧！为什么你是

罗密欧？否认你父亲，放弃你的名姓：
或者，如果你不肯，只要你发誓
爱我，我就摒绝我的凯布莱忒
这姓氏。

罗密欧（旁白）：我再听下去，还是就接口？

朱丽叶：只有你这个名字才是我的冤仇；
你即使不姓芒太驹，还是你自己。
芒太驹算是什么？不是手，不是脚，
不是手臂、面孔，也不是人身上
任何一部分。 啊唉，另一个姓！
一个姓名算什么？那朵花我们
叫它是玫瑰，换一个名字我们
嗅来同样香；故而罗密欧，若是他
不叫罗密欧，会保持原来的完美，
没有了原名，对于你丝毫也无损。
罗密欧，放弃你的名字，接受整个我。

孙大雨译《哈姆雷特，罗密欧与朱丽叶》，上海译文出版社，2001 年

10. 王成云译《罗密欧与朱丽叶》2001

朱丽叶：罗密欧啊，罗密欧，为何你不是别人而是罗密欧？否认你的家庭并将你的姓名抛弃吧，如果你不愿如此，那我宁愿不做凯普莱特，来换取你做我的爱人吧！

罗密欧（旁白）：我该怎么办？是继续听下去还是开口对

她说话？

朱丽叶：我的仇敌只是你的姓名，如果没有蒙太古，你仍然是你。姓甚名谁又有何用呢？它变不成身体的任何一个部分。啊！抛弃你的姓名吧。姓名本身并没有什么意义，正如一朵玫瑰，即使冠以它草的名字，它的芬芳仍旧保留如昔。罗密欧那可爱的完美不会因为名字的改变而削减分毫。罗密欧，我愿用整个的心魂来换取你用另一个身外的姓名。

王成云译《罗密欧与朱丽叶》，延边人民出版社，2001 年

11. 辜正坤译《罗密欧与朱丽叶》2015

朱丽叶：啊，罗密欧，罗密欧！为何是这名称？
快否认你的父姓，抛弃你的本名；
你纵然不肯，但只消发誓做我的爱人，
我便从此改变这凯普莱特之姓。
罗密欧：我是和她搭话，还是继续聆听？
朱丽叶：只有你的姓氏才是我的仇敌；
你即使不姓蒙太古，不也是你自身？
不姓蒙太古又有何患？它不是手脚，
不是手臂不是脸，不是身上任何部分。
啊！我求你换一个别的名称！
名称算什么？我们称玫瑰作玫瑰，
即使换了名，不也有同样的香味？
罗密欧若换了名，他那珍贵的完美

不也会安然无恙，毫无损毁？
罗密欧，抛弃你的姓名吧，
那种东西不属于你的根本，
你没这空名称你获得我身心。

辜正坤译《莎士比亚全集》英汉双语本《罗密欧与朱丽叶》，
外语教学与研究出版社，2015 年

图书在版编目（CIP）数据

莎士比亚在中国：中国人的莎士比亚接受史/［日］濑户宏著；陈凌虹译. —广州：广东人民出版社，2017.1

ISBN 978-7-218-11398-2

Ⅰ. ①莎… Ⅱ. ①濑… ②陈… Ⅲ. ①莎士比亚（Shakespeare，William 1564-1616）—戏剧文学—影响—戏剧文学史—中国—近代 Ⅳ. ①I561.063 ②I207.309

中国版本图书馆 CIP 数据核字（2016）第 289751 号

Shashibiyazaizhongguo：zhongguorendeshashibiyajieshoushi

莎士比亚在中国：中国人的莎士比亚接受史

［日］濑户宏 著 陈凌虹 译

出 版 人：曾 莹

责任编辑：赵世平
封面设计：今亮后声 HOPESOUND pankouyugu@163.com 田松
责任技编：周 杰 易志华

出版发行：广东人民出版社
地　　址：广州市大沙头四马路 10 号（邮政编码：510102）
电　　话：（020）83798714（总编室）
传　　真：（020）83780199
网　　址：http：//www.gdpph.com
印　　刷：北京彩虹伟业印刷有限公司
开　　本：880mm×1230mm 1/32
印　　张：12　**字　　数：**250 千
版　　次：2017 年 1 月第 1 版　2017 年 1 月第 1 次印刷
定　　价：58.00 元

如发现印装质量问题，影响阅读，请与出版社（020-83795749）联系调换。
售书热线：（020）83795240